Bibliografische Information der Deutschen Nationalbibliothek:
Die Deutsche Nationalbibliothek verzeichnet diese Publikation
in der Deutschen Nationalbibliografie; detaillierte
bibliografische Daten sind im Internet über www.dnb.de
abrufbar.

© 2015 Priska Schmid,4922 Thunstetten
Cover Design: Debby DireStair ART
„Herstellung und Verlag:
BoD – Books on Demand, Norderstedt"

ISBN: 978-3-7347-7403-4

1.Kapitel

Durch die finstere Nacht ging ein Zischen. Die beiden Männer schraken zusammen, was irgendwie grotesk wirkte. Sie sahen nicht aus wie Männer, die zusammenschraken, eher wie solche, vor denen man erschrecken sollte. Schneller als normale Menschen drehten sie sich um, nur ein Blinzeln später standen sie der Frau gegenüber, die das Zischen verursacht hatte. Erstaunen, Erkennen und Angst, eine Reaktion, die Alica gewohnt war. Mittlerweile war sie bekannt bei den Wesen der Nacht in ihrer Stadt: Vampire und Werwölfe, Dämonen und Unterweltler fürchteten sie gleichermaßen.
Das Zischen wurde ausgelöst, wenn Alica ihr Schwert rief. Ein Gedanken an Rambura, so war der Name ihres Schwertes, und es erschien vor ihr in der Luft. Alt in seiner Verarbeitung, zart gefasst für die Hände einer Frau und dennoch kein normales Schwert. Es war das Schwert einer Jägerin, leuchtend blau in der Nacht, extra gefertigt, dass es alles Widernatürliche ohne Ausnahme töten konnte. Auch sie, die Jägerin.
Die beiden Männer starrten sie immer noch an. Ihre Haut schimmerte in einem zarten Weiß. Fast wirkte es durchsichtig. Ihre Haare hatte sie in einem Knoten zusammengebunden, ein paar Strähnen hatten sich gelöst und umrahmten ihr edles Gesicht. Sie sah aus wie ein Model. Einzig ihre Muskeln, die im Mondlicht spielten, zeugten von ihrem gestählten Körper, und ihre blauen Augen glitzerten kalt in der Dunkelheit.

„Was willst du von uns?" Die Stimme zerschnitt die Stille der Nacht wie ein Peitschenknall, doch Alicas Mund kräuselte sich nur zu einem Lächeln.
„Euch als Häuflein Asche vor mir, sonst brauche ich nichts von euch." In ihrem Kopf hörte sie das Lachen ihres Halb-Bruders, der wie immer in einem Restaurant in ihrer Nähe saß und sie überwachte. Er war kein Kämpfer, wusste aber in einem Notfall, wie er ihr helfen konnte. Da er aber die dominanten menschlichen Gene seines Vaters in sich trug, wollte Alica ihn nicht direkt dabei haben. Das wäre für ihn zu gefährlich gewesen. Dazu kam noch, dass er ein Trottel war, der immer nur Unsinn im Kopf hatte.
Na, vielen Dank auch, Schwester.
Musst mir ja nicht immer zuhören.
Die beiden Vampire hatten ihre wahre Gestalt angenommen. Ihre Augen glitzerten in einem hellen Gelb, ihre Körper waren um einiges gewachsen, Muskeln stachen unter ihren Hemden hervor. Es waren noch frisch verwandelte Vampire, die kaum mentale Kraft besaßen. Das Böse umgab sie zwar wie eine zweite Haut, doch es strahlte nicht aus. Als Alica einmal gegen einen Klasse-Drei-Vampir gekämpft hatte, konnte dieser das Böse in ihre Richtung lenken, es griff nach ihr und versuchte, ihr Bewusstsein zu beeinflussen. Ein Klasse-Fünf-Vampir war kaum zu besiegen. Er beherrschte die ganze Umgebung um sich herum, konnte Pflanzen und Gegenstände lenken und normale Menschen mental unterwerfen.
Fauchend machten die zwei Vampire sich zum Angriff bereit. Alica sprang vor und schnitt mit einem gezielten Hieb dem einen den Kopf ab. In einer fließenden Bewegung glitt sie um den anderen und stiess ihm Rambura ins Herz. Das ganze wirkte wie ein Tanz.

Zum Schluss blieben zwei Rauchwolken übrig. Alica stand einen Moment bewegungslos da. Den Kopf auf die Brust gesenkt, Rambura schwebte vor ihr. Sie horchte in die Nacht. Horchte auf andere Gefahren, die sich möglicherweise näherten, doch alles blieb ruhig.
Das waren nur Klasse-Eins-Vampire. Das war kein Problem.
Na sei doch froh. Der letzte Klasse-Drei war ein Werwolf, da musste ich dich nachher zusammenflicken.
Ich brauche die zur Übung. Recall ist ein Klasse-Fünf-Vampir. Und ich habe noch nicht einmal gegen einen Klasse-Vier gekämpft, egal was für eine Art. Ich bin noch Welten davon entfernt, gegen Recall eine Chance zu haben.
Ach Kleine, irgendwann werden wir soweit sein. Und dann kriegen wir diesen gemeinen Mörder. Aber wenn wir ihn zu früh suchen, tötet er uns beide, davon haben wir auch nichts.
Ich weiss nicht, ob ich es jemals alleine gegen ihn aufnehmen kann.
Dann suchen wir uns Hilfe! Du brauchst sowieso jemanden, mit dem du trainieren kannst.

Mittlerweile war Alica im Café bei ihrem Bruder angekommen. Sie setzte sich neben ihn und bestellte einen Milchkaffee.
„Ja, nur wissen wir nicht, wem wir trauen können. Du weißt. Mom und Dad wurden von den Jägern verraten."
„Klar, weil unsere Mutter alle Regeln brach und sich mit deinem Vater einließ. Du weißt, das war Hochverrat damals."

Alicas Haut fing wieder an, weiß zu schimmern, ihre blonden Haare glitzerten wie Sterne. Sie sah aus wie ein Engel, nur dass bei ihr der Schein durch Wut ausgelöst wurde.

Alica sprang hoch. „Rechtfertigst du es etwa damit? Nur weil sie sich liebten? Dad hat dich aufgezogen, als wärst du sein Sohn! Er hat dich geliebt. Ja, er war ein Vampir, aber er hatte niemals einen Menschen getötet, wenn er sich nährte, wie viele andere Vampire auch nicht. Er half Mutter bei der Jagd nach ihnen. Er hat massenweise böse Vampire gejagt und getötet. Er war immer gut genug für ihre Drecksarbeit, bis sie herausfanden, was er war und ihn an Recall verrieten!"

Alicas Haut schimmerte immer noch weiß. Robert schmunzelte über die Blicke der wenigen Gäste. Nur Männer um diese Zeit, ausser zwei Bordsteinschwalben, die sich wohl in die Wärme geflüchtet hatten und ihn schon seit einer ganzen Weile mit ihren Blicken auszogen.

„Bitte, Kleine, wir sind hier nicht allein, und du weißt am besten, dass ich dieses Verbrechen niemals verzeihen werde. Ich will den Tod der Schuldigen genauso wie du, nur kann ich nichts gegen diese Monster unternehmen."

Alica sah, wie sich sein Blick verdüsterte, und sofort tat ihr der Ausbruch von vorhin leid. Sie wusste, wie sehr Rob darunter litt, nicht mehr tun zu können, nur ein Mensch zu sein.

„Sei froh, dass du ein Mensch bist und nicht so ein Monster wie ich. Irgendwann findest du Ruhe und kannst ein normales Leben führen. Nicht so wie ich."

„Na ja, du bist meine Schwester, das wird wohl nichts mit dem normalen Leben."

Robert schmunzelte schon wieder, doch nun verfinsterte sich Alicas Blick. Ihre Augen wurden wieder kalt wie ein Gletschersee.
Wenn wir unsere Rache beendet haben, werde ich von hier weggehen. Mein Leben ist viel zu gefährlich für dich.
Rob antwortete nicht darauf. Es hatte keinen Sinn, mit ihr zu streiten. Für ihn war klar, dass er niemals zulassen würde, dass sie ihn aus ihrem Leben ausschloss. Ganz egal, wie gefährlich es noch werden würde. Er würde lieber sterben, als seine kleine Schwester nie mehr zu sehen.
Schweigend saßen sie in dem nun leeren Café, mit ihren Gedanken beschäftigt, während die Bedienung die frischen Brötchen einräumte. Draußen stieg die Sonne hoch. Eine weitere düstere Nacht ging zur Neige in ihrer Stadt. Draußen erloschen nach und nach die Strassenlaternen, und das Licht schlich sich in den Tag. Ein paar Frühaufsteher joggten durch den Morgen, einige führten ihre Hunde aus. Ein Kiosk öffnete bereits das Rollo, und es roch nach frischem Kaffee. Die Zeitungsständer wurden aufgefüllt. Ein Mann im Anzug nahm einem Teenager bereits eine Neuausgabe aus der Hand. Alica erkannte, dass das wohl zu dem morgendlichen Ritual der beiden gehörte, denn ihr Lächeln war vertraut, und der Mann klopfte dem Teenager freundschaftlich auf die Schultern.
Alica sah den normalen Menschen zu, wie sie ihren Tag begannen und beneidete sie einen kurzen Moment. Sie würde nie so ein unbescholtenes Leben führen, so ahnungslos gegenüber den gefährlichen Kreaturen in der Nacht. Doch in einer Welt, in der das Böse allgegenwärtig war, brauchte es auch das

halbwegs Gute, das dagegen ankämpfte, um das ganz Gute, das es selten noch gab, zu bewahren.
Alica sah zu ihrem Bruder, seine Liebe zu ihr stand in seinem Gesicht, und sie war dankbar, nicht ganz allein auf der Welt zu sein.

Keiner der beiden bemerkte den Schatten in der hintersten Ecke des Cafés, der sich lautlos in ein rotes Flimmern verwandelte und über sie hinweg verschwand.

2. Kapitel

Fernab von aller Zivilisation, mitten in den Bergen Perus lag ein kleines Dorf. Über ihm ragte hoch und dunkel ein Schloss auf. Die kräftige Zinne rund herum wirkte erhaben und majestätisch.
Es schien, als wäre es in den Berg gehauen. Kein Weg führte hin, weder von unten hoch, noch von oben herunter.
Sogar sehr gute Kletterer hätten Mühe gehabt, dahin zu gelangen.
Es war das Heim der stolzen Kondore, eines Volkes, das es schon länger gab als die Vampire, länger als die Menschen, länger als die Zeit.
Zumindest kam es König Gregor so vor. Ewig lebten sie schon und versuchten die Geschicke der Erde ins Reine zu lenken. Die Menschen hatten die Sache nicht einfacher gemacht, obwohl sein Volk daran nicht ganz unschuldig war. Denn durch die Vermischung von Menschen und abtrünnigen Kondoren entstanden die mystischen Wesen erst. Der erste Vampir, der erste Werwolf, der erste Moon Rider, alle hatten einen Kondor zum Vater und eine menschliche Mutter. Nein, keinen Kondor, nein, es waren die böse gewordenen Väter der übrig gebliebenen Kondoren, die zu Dämonen geworden waren. Es gab nur noch männliche Kondore. Seine Mutter sowie eine Handvoll anderer weiblicher Kondore hatten ihrem Leben ein Ende gesetzt, als ihre Männer die Seiten wechselten und dem Bösen verfielen, getrieben von einer fremden Macht. Gregor, der König dieser uralten Gemeinschaft,

wusste jetzt noch nicht, was die Männer in Monster verwandelt hatte. Der Kontakt zum Fidre, ihrer höheren Macht, ihres Himmels, dem Lenker ihres Schicksals, brach in dem Moment ab, als der Letzte ihrer Vorfahren dem Bösen verfiel. Als wollte es sie strafen für die Vergehen ihrer Väter. Er und seine acht Freunde, die letzten ihrer Art, die noch an das Gute hielten, waren damals noch Kinder. Alexander, ihr Gelehrter und Heiler, glaubte, dass sie deshalb dem Bösen widerstehen konnten. Nun jagten sie Ihresgleichen und deren Nachfahren, um die Menschen zu schützen, die es verdienten. Acht Krieger und ein König, vereint in Gedanken und Seite an Seite bis in den Tod.

Vor ein paar Wochen stellten sich plötzlich Alexanders Visionen wieder ein – die ersten seit ewigen Zeiten. Da Alexanders Visionen vom Fidre geschickt wurden, bedeutete dies, dass das Fidre wieder zu ihnen zurückgekehrt war. König Gregor war sich noch nicht sicher, ob er froh darüber war oder nicht.

Alexander sah nicht viel in seiner Vision, eigentlich gar nichts Bildliches, er hörte nur eine Stimme aus einem gleißenden Wirbelsturm aus Licht, die zu ihm sagte: – Macht euch bereit! Die Zeit der Veränderungen beginnt, bald kehrt das Böse zurück, schützt eure Frauen. –

Gregor erschrak bei den Worten „eure Frauen", denn bisher hatte noch keiner von ihnen geheiratet, um eine Frau in die Kreise der Kondore aufzunehmen. Doch bei der letzten Zusammenkunft kam eine Heirat ins Gespräch, sie brauchten Kinder, ansonsten würde es die Kondore irgendwann nicht mehr geben. Roran, sein härtester und dunkelster Krieger, war der

Meinung, dass er als König als erstes seine Nachfolge regeln müsste.
Ihm war das zuwider. Eine Frau zu nehmen, nur wegen der Kinder. Schließlich würden sie eine sehr lange Zeit miteinander leben müssen. Zum Glück konnte nicht jede Frau zu einer Kondorin gemacht werden.
Sie alle hatten reihenweise Frauen in den hunderten von Jahren, die sie schon lebten, gehabt. Sie waren schön und stark. Jede Frau wäre glücklich gewesen, einen von ihnen zu bekommen, doch die Legende besagte, dass nur die eine, die nicht wollte, würdig sei, eine Kondorin zu werden. Nicht dass es schwierig wäre, ihre Meinung zu ändern, die Schwierigkeit bestand eher darin, eine zu finden, die nicht wollte.
Gregor schnaubte belustigt über seine Gedanken, als die Tür aufging und sein Diener Mewil eintrat.
„Sire, Sir Lesley wünscht Sie zu sprechen. Er ist eben aus New York angereist, in einer anscheinend dringenden Sache."
„Na dann nichts wie her mit ihm, Mewil."
Mewil kam aus einer der besten Schulen für Butler und beherrschte die Anstandsregeln einwandfrei. Aber mit der Zeit hatte er sich angepasst und war eher leise belustigt über den Umgangston seiner Herren, als erstaunt oder schockiert. Nach einiger Zeit hatte man ihm Vertrauen geschenkt und ihn eingeweiht in das, was sie waren und taten. Mewil war stolz, ein Teil ihrer Mannschaft zu sein. Er war ihnen wichtig, das wusste er, da sie mit ihren Problemen auch immer noch zu ihm kamen.
Sir Lesley stand im Eingang an die Wand gelehnt. Er war nur ein Schatten. Ein dunkler Umhang bedeckte seinen gestählten Körper, sein Haar, ebenso dunkel,

kräuselte sich in an seinem Hals zusammen. Als er aufsah, blitzte es in seinen grünen Augen. „Und, Mewil? Lässt er mich ein, der grosse König?"
Mewil lächelte Lesley an und antwortete, völlig Herr über die Situation: "Sir Lesley, seid gewiss, dass ich mich stets an das Protokoll halten werde, gleichgültig meinem Gegenüber. Sire Gregor lässt bitten."
Mewil konnte mit seinen Augen nicht mitverfolgen, wie Lesley zu Gregor ging. Er war viel zu schnell weg. Im selben Augenblick hörte er auch schon Stimmen aus dem Büro und bemerkte einen Augenblick später missmutig, dass Lesley ihm im Vorbeigehen seinen Mantel in die Hand gedrückt hatte. Er war doch kein Garderobenständer!

„Hey Greg, alles fit im Schritt?"
Gregor drehte sich zu Lesley um, der ihn herausfordernd ansah. Sie schlugen in einem Ritual die Hände zusammen, und Gregor drückte Les kurz an der Schulter. „Hier ist alles bestens. Alexander arbeitet unten an was weiss ich, Phil und Harris sind in Europa auf der Jagd nach einem Klasse-Vier Moon Rider, der alle zwei Nächte mit seinen Drohnen ganze Züge leerfrisst, Tyrell, Drako und Tynan haben in Nordamerika gerade einige Vampirnester ausgelöscht. Dort sind wohl drei oder vier recht starke, böse Vampire am Werk, die sie suchen, aber bisher ohne Erfolg."
„Ja, ich bin ihnen in New York kurz begegnet, allerdings hatten wir nicht viel Zeit für einen Plausch, da ich selber auf der Jagd war."

Lesley und Roran waren die einzigen von ihnen, die alleine auf die Jagd gingen. Ihre Kraft war unermesslich, mental und auch körperlich konnte ihnen kaum jemand das Wasser reichen, auch kein anderer der abtrünnigen Kondore. Allerdings gingen auch sie zu zweit oder dritt, wenn es darum ging, eine grosse Menge oder einen Klasse-Fünf anzugreifen, denn unsterblich war keiner von ihnen – nur sehr schwer zu töten.
„Ich habe mich in New York an die Spur einer Frau gehängt. Sie geht bei Nacht auf die Jagd, erledigt kleinere Gruppen von schwächeren Wesen. Am Tag trainiert sie wie eine Besessene, und nachts geht sie wieder auf die Jagd."
Greg sah ihn verwundert an: „Was? Alleine? Gehört sie keiner Gruppe an?"
„Nicht ganz allein, ein Mann begleitet sie und setzt sich jeweils in ein Café in der Nähe. Ich spüre, dass sie sich per Telepathie unterhalten, kann ihre Worte aber nicht aufnehmen. Auch in ihren Köpfen kann ich nichts lesen, sie haben eine Barriere aufgebaut. Allerdings wohl von ihr ausgehend, da er ganz bestimmt nur ein Mensch ist. Bisher hab ich nicht versucht, sie niederzureißen, da ich unentdeckt bleiben wollte."
Gregor runzelte die Stirn. „Sie kann sich vor dir abschirmen, ihren Bruder auch und dabei noch kämpfen? Was ist sie?"
„Ich bin mir nicht sicher. Sie hat ein Schwert wie eine Jägerin, bewegt sich wie ein Vampir und hat von irgendwoher noch ein wenig Zauberkraft. Allerdings ist sie bestimmt keine Hexe."
„Bring sie her! Ich muss wissen, wer sie ist und was sie genau will. Je nachdem wird sie zu einer Gefahr, oder sie könnte uns helfen."

Lesley hatte sowieso vorgehabt, die Frau herzubringen. Er wollte nur erst beim König etwas klarstellen, bevor ein anderer seine Frau zu Gesicht bekam.

„Mach ich, nur noch eins, bevor ich sie herbringe. Sie gehört mir! Ich werde sie herbringen, und sie wird bleiben!"

Gregor sah verdutzt hoch. Lesleys Augen waren kalt und hart. In ihnen brannte ganz klar eine Warnung an alle, die sich ihr nähern würden.

„Bist du dir sicher, dass sie dich erst ablehnen wird?"

„Sie wird gegen mich kämpfen, aber sie wird verlieren. Ich weiss es, seit ich ihr zufällig über den Weg lief, als wir die gleiche Gruppe jagten. Um es mit unseren alten Worten zu sagen: Sie wird mein sein und ich ihr, sie wird gehorchen und geloben, ich werde sie schützen und ehren. Sie wird meine Kinder zur Welt bringen und in meinem Sinne aufziehen. Sie wird in alle Ewigkeit zu mir gehören."

Gregor blieb stumm stehen. Fasziniert sah er seinen sonst so vernünftigen und kalten harten Krieger an. Er hatte sich gerade gebunden, auf ewig, an eine Kriegerin, mit der er noch nie geredet hatte. Doch seine Augen strahlten ein Wissen aus, das sogar ihn überzeugte, dass die Frau Lesleys Gefährtin war. Nur sie selbst wusste es noch nicht. Doch sie würde es wohl ziemlich bald erfahren. Das gab den Worten aus Alexanders Vision eine ganz neue Bedeutung. Die nächste Zeit dürfte noch recht interessant werden.

3. Kapitel

Alica schrak auf. Irgendetwas hatte sie gerade berührt, doch da war niemand. Ihr ganzes Zimmer war leer, sah aus wie immer. Ein Stuhl, ein Bett und ein Schrank. Sonst nichts. Die Jalousien ihres Fensters waren noch unten, doch sie konnte den Mond durchschimmern sehen. Vollmond. Das würde eine harte Nacht werden. Bei Vollmond waren etwa dreimal so viele Monster unterwegs wie sonst. Seufzend stand sie auf, immer noch ein mulmiges Gefühl im Magen, als würde sie jemand innerlich streicheln. Zwischen ihren Beinen begann es zu kribbeln. Sie hatte wohl schon zu lange keinen Sex mehr gehabt. Nicht dass sie den oft gehabt hätte, doch ungefähr alle zwei Jahre bekam sie so ein Jucken, und wenn es juckt, muss man sich kratzen. Amüsiert lächelte Alica in sich hinein und drängte die komischen Gefühle in ihrem Inneren in den Hintergrund. Vor so einer Nacht durfte man sich nicht ablenken lassen. Sie konnte sich morgen einen Pförtner suchen.
Immer noch lachend verließ sie ihr Apartment und traf unten schon auf Robert.
„Was findest du so witzig?"
Alica schmunzelte ihn an „Kennst du einen guten Pförtner?"
Verdutzt sah Robert sie an. Was sollte das? „Wozu brauchst du einen …! Alica!" Als Alica zu lachen begann, wusste Robert sofort, was sie meinte. Ein Thema, das sie sonst mieden.

„Ja ja, ist ja schon gut, ich sag nichts mehr." Alica lachte noch immer, als ihr ein Schauer über den Rücken glitt, zwischen ihren Beinen begann es wieder zu pochen. Das Gefühl, dass jemand sanft über die straffen Muskeln ihres Bauches streichelte, war so real und intensiv, dass sie ein Keuchen unterdrücken musste. „Scheisse!"
Robert sah verwundert zu ihr „Was ist los mit dir? Vielleicht solltest du heute besser zu Hause bleiben. In einer Vollmondnacht ist es gefährlich, sich nicht richtig zu konzentrieren."
Komischerweise ließ das Gefühl sofort nach, und sie konnte wieder klar denken. Alica fühlte, dass sie beobachtet wurde, doch sie fühlte keine Gefahr. Zumindest keine im herkömmlichen Sinn. Der, der sie beobachtete, wollte sie und nicht ihr Leben. Alica wurde wütend. Sie wusste nicht, wie derjenige es schaffte, ihre Abwehr zu überwinden und an sie ranzukommen. Sie sandte einen Gedankenschub aus, auf gut Glück. War er der Telepathie mächtig, würde er ihn auffangen, und jemand, der sie Kraft seiner Gedanken berühren konnte, musste die Gedankenübertragung einfach beherrschen.
-Wage es nicht, mich nochmal zu berühren, oder ich werde dich finden und dir den Arsch aufreißen.-
Die Stimme, die sich in ihrem Kopf formte, war männlich und äußerst rau. Das freche Lachen, das den Worten vorauseilte, trug einen Hauch Sinnlichkeit, was ihren Körper sofort wieder zum Klingen brachte.
-Du hättest noch nicht mal den Hauch einer Chance, Kriegerin.-
Robert bemerkte, dass sich Alica mit jemandem unterhielt. Erst wollte er sich einklinken, doch als er die Barriere bemerkte, ging er wortlos ins Café, um zu

warten. Alica wusste, was sie tat und würde es ihm beizeiten sagen, wenn sie Hilfe bräuchte.
-*Wer sagt das? Du?*-
-*Ja, das genügt. Willst du dich nicht an die Arbeit machen, Kriegerin? Die Wesen der Nacht warten nicht mit dem Töten, bis du deine Gefühle wieder unter Kontrolle hast.*-
-*Ich habe meine Gefühle bestens unter Kontrolle. Du schleichst mir hinterher, auch ein Wesen der Nacht, nicht böse, aber auch nicht gut. Muss ich dich vernichten?*-
-*Um mich mach dir keine Sorgen. Ich bin ein Jäger wie du. Allein in der Nacht unterwegs, um die Schwachen zu schützen.*-
-*Dann tritt vor und kämpfe mit mir heute Nacht, anstatt deinen Schabernack mit mir zu treiben.*-
Alica sah in den Schatten, von wo sie seine Energie spürte. Langsam löste er sich davon und kam näher. Als er vor ihr stand, blieb Alica einen Moment der Mund offen stehen. Er war riesig, überragte sie um einen halben Meter. Seine Haare waren schwarz wie die Nacht, doch seine Augen leuchteten grün. Sein Körper war gestählt vom Scheitel bis zur Sohle. Fasziniert sah sie seinen Anzug an, der im krassen Gegensatz zu seinem Auftreten als Krieger stand.
„Auch du bist von nahem noch schöner als von fern, Kriegerin."
Alica fasste sich wieder, und ihre Augen wurden abweisend: „Wer bist du, Fremder, und was willst du in meiner Stadt?"
„Ich hörte das Gerücht von einer Frau, einer Kriegerin, die in New York umherstreift und den Schreckgespenstern das Fürchten lehrt. Mein König

schickte mich los, dich zu ihm zu bringen, damit er erfährt, wer du bist und was du vorhast."
Alica hatte eine Vermutung, wer er war. Daher auch die unbändige Kraft, die sie in ihm spürte. Er war ein Urwesen, ein Beschützer der Erde und eine der gefährlichsten Kreaturen, die die Welt je gesehen hatte.
„Ich bin Sir Lesley Charleston, vom Volk der Kondore. Und mit wem hab ich die Ehre?"
Sie hatte es gewusst. Ausgerechnet sie musste die Aufmerksamkeit der gefährlichsten Nachtwesen erregen!
„Alica Fortsy. Ich gehöre keinem Bund an. Ich bin ein Einzelkämpfer."
„Freut mich."
Alica sah seinem Grinsen an, dass er sie aufzog. Doch das störte sie nicht weiter, denn vom Central Park her hörte sie einige Schreie. Sie ließ ihren Verfolger stehen und war in Sekunden bei den kreischenden Frauen. Eine Gruppe junger Vampire hatte sich den jungen Frauen angenommen. Alica musste sich kurz einen Überblick schaffen, ob es ernst war und die Vampire von der bösen Seite stammten oder ob es eine Bande Jungspunde waren, die sich einen Scherz erlaubten. Hätte sie einen der Nachkommen der guten Vampire getötet, hätte das üble Folgen für sie haben können.
Lesley stand neben ihr, als hätten sie sich nicht bewegt. Mit einem Wisch seiner Hand brachte er die Frauen zum Schweigen, was die sechs Vampire aufschauen ließ. Ein Blick in ihre Augen genügte Alica, um zu wissen, dass dies einige jugendliche Vampire der Oberschicht waren.

Sie nickte ihnen zu. „So einen Unsinn zu fabrizieren und das auch noch in einer Vollmondnacht, wo euch eure Feinde zu Dutzenden auflauern können, ist tatsächlich das idiotischste, was ich in letzter Zeit erlebt habe."
Dass die Jungs tatsächlich vor Scham erröteten, versöhnte sie wieder ein bisschen, bis Lesley leise zischte. Sofort konzentrierte sie sich auf die Umgebung und fühlte in ihrer Nähe ein Rudel Werwölfe, die sich an die Vampire heranpirschten. Ihre Stärke war nicht einzuordnen, da es viele verschiedene waren, aber mindestens ein Klasse-Drei war dabei. Die Jugendlichen hier hätten nicht den Hauch einer Chance, den Werwölfen zu entkommen. Sie waren alle noch grün hinter den Ohren.
Also tat Alica das einzig Richtige. „Los, dematerialisiert euch sofort weg, oder ihr werdet sterben."
Die Jungs, die die Gefahr nun ebenfalls spürten, brauchten keine weitere Aufforderung. Ohne an die Mädchen zu denken, dematerialisierten sie sich.
Um Lesley begann es rot zu leuchten, als er die Energie in sich sammelte, als würden viele winzige Blutströpfchen in der Farbe von Rubinen um ihn herum kreisen und mit einer Handbewegung, die ein bisschen wie ein Wegwischen aussah, materialisierte er die Mädchen ein paar Strassen weiter weg. Zur selben Zeit suchte er im Umkreis nach seinen Freunden. Roran war der einzige, den er erreichte, aber das reichte völlig. Er ließ den Kanal offen, als er nach Roran rief, damit Allce mithören konnte.
-Roran, hast du Zeit? Wir haben ein kleines Problem. Eine Herde Werwölfe verschiedenen Alters.-
-Klar, bin gleich bei dir.-

Nur einen Wimpernschlag später stand Roran zwischen Alica und ihm. Dem entsetzten Schnauben nach war Alica sehr überrascht über sein Erscheinungsbild. Kein Wunder. Roran war noch größer und fester gebaut als Lesley. Seine Haare hatte er zu einem Pferdeschwanz auf den Rücken gebunden. Alles in allem sah er aus wie ein Wikingerkrieger aus früheren Zeiten.

„Conan der Barbar", keuchte Alica, was ihr einen amüsierten Blick von Roran einbrachte, eine Seltenheit bei dem harten Krieger. Doch bevor er etwas erwidern oder fragen konnte, wer sie war, brachen die Werwölfe aus dem Gebüsch. Überrascht hielten sie inne, da sie immer noch die Vampire witterten, aber keiner da war. Alica drängte sich an Roran und Lesley vorbei, die sich schützend vor sie gestellt hatten. „Die Jungs haben wir nach Hause geschickt, aber keine Angst, wir machen euch auch alleine fertig."

Roran brach in Lachen aus, während Lesley die Augen nach oben verdrehte. „Auch schon mal was von Diplomatie gehört?"

„Wozu? Wir werden sie ja sowieso töten, da muss ich doch nicht freundlich sein."

Alica rief Rambura, das sofort blau schimmernd erschien. Auch Roran zog sein Schwert. Lesley sah Alicas fragenden Blick.

–*Ich räume erstmal im Fernkampf auf.*–

Alica fragte nicht näher nach, sondern stürzte sich gleich in die Schlacht. Roran kämpfte neben ihr und hielt die älteren Werwölfe von ihr fern. Zu ihr ließ er nur Klasse–Eins–Werwölfe.

Lesley stand noch an derselben Stelle, er hatte die Aufmerksamkeit auf den ältesten Werwolf gerichtet. Alica bemerkte, dass es sogar ein Klasse–Vier–

Werwolf war. Sie kämpften im Moment noch ein Gedankenduell. Sie versuchten, sich kraft ihrer Gedanken in die Knie zu zwingen. Der Klasse–Vier-Werwolf keuchte vor Schmerz, und aus seiner Schnauze trat Blut. Lesley wirkte wie vorher völlig ruhig und gelassen. Er konzentrierte sich einzig auf den ältesten und überließ ihnen die jüngeren. Roran pflügte sich durch die hässlichen Kreaturen, ohne ins Schwitzen zu kommen. Alica erledigte einen kleineren Werwolf mit einem einzigen Hieb und wandte sich an den nächsten. Aus den Augenwinkel bemerkte sie, wie der Werwolf von Lesley seine Kräfte bündelte, um in den Nahkampf zu gehen, doch bevor er angriff, war Les bereits bei ihm; nur ein kleines scharfes Messer in der Hand, stürzte er sich auf den Werwolf.
Roran achtete jetzt weniger auf sie und brachte sich näher an Lesley heran, um ihm im Notfall helfen zu können. Lesley blutete aus verschiedenen Wunden, wie sein Gegner auch. Alica kämpfte gerade gegen einen etwas älteren Werer. Rambura triefte vor schwarzem Blut. Der Werer griff an dem Schwert vorbei und erwischte sie an der Brust, Alica schrie auf, ihr Oberteil riss und sog sich voll mit Blut, doch ihr Gegner war nicht mehr da. Lesley war binnen Sekunden neben ihr und hatte den Werer mit nur einem Schlag in einen Haufen Asche verwandelt. Roran hatte in der Zeit alle anderen niedergestreckt, nur der starke Werer war noch da und glitt knurrend auf Lesley zu. Doch Roran hatte die Lust am Kampf verloren und schlug ihm mit einem kräftigen Hieb den Kopf ab. Alica stand keuchend da, ihre Brust schmerzte.
Roran blickte auf die vielen zerstreuten Leichenteile am Boden, die um sie herum lagen.

„Was für eine Schweinerei", grunzte er. Seine Augen wurden blicklos, und Alica fühlte das Aufkeimen einer mächtigen Kraft. Ein violett schimmerndes Licht flackerte auf, und mit ihm zusammen verschwanden unmittelbar darauf auch die zerstückelten Werer.
Für Alica war klar, mit diesen Männern würde sie mitgehen. Von ihnen konnte sie lernen, bis sie soweit war und Recall töten konnte. Sie waren die Richtigen. Lesley sah sie fragend an, seine Wunden waren bereits verheilt. „Soll ich dich heilen?"
„Wie?" Bevor er antworten konnte, hörten sie Schritte, die eilig näher kamen. Roran zog sein Schwert wieder, doch Alica legte ihm kopfschüttelnd die Hand auf den Arm. „Der gehört zu mir", sagte sie, als Robert um die Kurve kam.
„Alica!" Heftig zog Rob sie an sich. „Ich spürte, als du verletzt wurdest. Geht's dir gut?" Erschrocken ließ er sie los, als Lesley knurrte wie ein Hund, der seinen Knochen verteidigt. „Wer ist das, Kleines?" Bei der vertraulichen Anrede knurrte Lesley erneut. Sie war sein!
Alica sah ihn verwundert an. Was sollte dieses Besitzdenken? Sie kannten sich ja gar nicht, doch als Lesleys Augen langsam wieder die Farbe der Rubine annahmen und der Boden unter Roberts Füssen zu beben begann, beeilte sie sich zu sagen:
„Lesley, das ist mein Bruder Robert! Robert, Lesley und sein Freund Roran sind vom Volk der Kondore und haben mir geholfen, ein Rudel Werer zu vernichten. Ihr König möchte mich gerne befragen, ich denke, sie sind die Richtigen."
Sie sind die, die uns helfen können, es gibt keine gefährlicheren Wesen als die Kondore. Mit ihrer Hilfe werden wir unsere Eltern rächen können.

„Richtig wofür?", fragte Roran.
-Sie sind gefährlich, Kleines.-
-Nicht für uns.-
-Bist du sicher?-
-Nein.-
Alica blockte ab. „Ich bin bereit, eurem König Antworten zu geben, wenn er bereit ist, mir Fragen zu beantworten."
Lesley hatte sich sichtlich entspannt, seit er erfahren hatte, dass Rob ihr Bruder war. „Er ist ein Mensch und du nicht?"
„Er ist nicht ganz ein Mensch. Unsere Mutter war eine Jägerin, allerdings trägt er vor allem die Gene seines Vaters weiter."
Alica blutete immer noch, Lesley konnte es nicht mehr mit ansehen und packte sie. Trotz ihres erschrockenen Aufschreis zog er sie mit ihrem Rücken zu sich an seinen Körper und legte die Hand auf ihre Brust. Er ignorierte ihre Gegenwehr vollends und gebot Roran, Rob aufzuhalten, der auf ihn losgehen wollte.
„Sei nicht dumm, ich will sie nur heilen." Rob sah in Les' Augen, und was er da sah, machte ihm Angst. Alicas Schicksal war besiegelt. Lesley war ihr Schicksal. Doch schaden wollte er ihr nicht, also nickte Rob ihm zu. Alica hingegen wehrte sich mit Händen und Füssen. Er brauchte einiges an Kraft, ihre Arme mit einer Hand auf ihrem Bauch zusammenzuhalten, während seine andere Hand auf ihrer Brust lag. Ihr Schwert erschien vor ihr, doch hatte sie keine Chance, es zu nehmen. Alica war wütend. Nein, sie war fuchsteufelswild. Wie konnte er es wagen, sie so zu demütigen, vor den Augen ihres Bruders? Sie spürte seine warme Hand auf ihrer Brust, ihre Wunde brannte heiß.

–*Lass mich los!*-
-*Ich bin gleich fertig, Kriegerin.*-
Alica wehrte sich nicht länger, es hatte keinen Sinn. Ihre Wunde brannte nun kaum noch.
„Ich lass dich los, sei brav. Ich wollte dich nur heilen."
„Das nächste Mal wäre es nett, mich zu fragen."
Lesley ließ sie frei. „Ich glaube nicht, dass du es zugelassen hättest, dass ich dich so berühre."
Roran lachte. „Das dürfte interessant werden."
Lesley sah Robert fragend an. „Kommst du mit zu unserem König? Oder bleibst du hier?"
„Wirst du Alica wieder zurückbringen?" Seine Frage war ernst gemeint, aber so leise gesprochen, dass Alica es kaum hörte.
Lesley beschloss, ehrlich zu ihm zu sein. „Nein, nicht ohne mich. Sie wird nie mehr alleine auf die Jagd gehen. Sie ist jetzt mein, und ich beschütze, was mein ist."
Robert fiel eine riesige Last von den Schultern. Er war froh, dass es endlich jemanden gab, der auf seine Schwester aufpasste und den sie nicht mit Links ins Aus manövrieren konnte.
„Aber ihr kommt mich besuchen?"
„Ja, ich werde sie zu dir bringen, oft. Für mich ist die Reise nur ein Wimpernschlag."
„Dann werde ich hierbleiben und weiter nach dem suchen, was wir vermissen."
Lesley fragte nicht nach, sondern legte die Hand auf Roberts Schultern „Wenn du uns rufst, sind wir da."
Dann drehte er sich weg.
Alica sah zu ihrem Bruder. „Ich komme morgen zurück, dann können wir wieder zusammen los. Pass auf dich auf."

Robert lächelte sie an und drückte sie kurz. „Bis bald, Kleines." Dann drehte er sich um und überließ seine Schwester ihrem Schicksal. Er hoffte inständig, das Richtige zu tun.
Alica verstand die Gefühle nicht, die Rob zu bedrücken schienen. Sie ging ja nur kurz zu diesem König, danach kehrte sie wieder zu ihm zurück. Mit den Jungs trainieren konnte sie auch von hier aus.
„Wo wohnt denn dieser König? Ich möchte morgen zurück sein. Ich möchte weder meinen Bruder, noch meine Stadt zu lange allein lassen."
Roran warf Lesley einen wissenden Blick zu. So wie die Kleine tickte, wollte er nicht in dessen Haut stecken. Oder doch? Wenn er Alica so ansah, konnte er fast etwas neidisch werden. Ihr Feuer brannte lichterloh, er konnte die zuckenden Flammen fast spüren.
Schnell wandte Roran sich von ihr ab. Er wusste, dass Lesley sie gebunden hatte, das konnte er auf kilometerweite Entfernung schon riechen. Er wollte verdammt sein, die Eifersucht seines besten Freundes anzustacheln. Dafür würden Tyrell und Drako wohl noch genug sorgen, wenn sie sie erst kennenlernten.
„Wenn du dich an mir festhalten würdest, wären wir in zwei Sekunden dort."
Alica wollte sich ihm nicht nähern. Ihre Wut auf ihn war noch zu groß. Sie trat zu Roran und ergriff dessen Arm. Unter ihrer Hand fühlte sie das Spiel seines Körpers. Ein ganzer Mann! Er hatte harte Augen, die Kraft, jeder Herausforderung standzuhalten, doch im Moment blickte er eher entsetzt auf sie herunter.
„Ne, ne mein Großer, ich bin bloß sauer auf den da drüben. Ansonsten lässt du mich absolut kalt." Ihr Lächeln war so süß und unschuldig, dass die beiden

Männer nicht anders konnten, als ihrerseits in Gelächter auszubrechen.
„Pass auf, dass du nie den Falschen herausforderst, kleines Mädchen", raunte Roran ihr ins Ohr. Der Seitenblick auf Les wäre nicht nötig gewesen, Alica wusste auch so, um wen es ging. Doch sie kam nicht mehr dazu, etwas zu erwidern, denn die Welt um sie verschwamm.
Alica hatte sich noch nie dematerialisiert, das lag nicht in ihren Fähigkeiten. Ein Kribbeln ging durch ihren ganzen Körper. Es war kein unangenehmes Gefühl, doch ehe sie es richtig einordnen konnte, bildete sich vor ihr eine andere Welt.
Roran materialisierte sie beide im Dorf unten, damit Alica sich erst wieder sammeln konnte, bevor sie bei Greg ankam. Er schickte Les den Gedanken, Lesley war bereits im Schloss und fand sich mit etwas Unmut damit ab, da Roran die richtigen Beweggründe für seine Tat hatte. Wenn Les jemandem vertraute, dann Roran.
Alica sah sich in dem Dörfchen um. Ein paar bunt gekleidete Männer saßen um einen Brunnen. Sie schnitzten an irgendwas. Auch die Frauen saßen in einer Gruppe zusammen. Die einen schlugen Korn, die anderen waren bereits dabei, aus getrocknetem Korn Mehl zu mahlen. Dazu benutzten sie bloß einen großen Felsen mit einer Kuhle in der Mitte und ein paar runde Steine. Sie sangen in einer fremden Sprache ein schönes fröhliches Lied. Die Kinder sprangen mit einem alten Fussball hin und her und lachten. Rund herum sah man nur hohe felsige Berge, über denen große Vögel ihre Kreise zogen. Alica sog die Ruhe und die Kraft, die diesem Ort innewohnte,

förmlich in sich auf. Binnen kurzer Zeit fühlte sie sich erholt und stärker als je zuvor.

„Wo sind wir hier?" Ihre Stimme war kaum mehr als ein Hauch.

Roran spürte ein Gefühl in sich, das er schon lange nicht mehr gefühlt hatte, als er auf die junge Frau hinabblickte. Nicht Leidenschaft, nicht Begehren, sondern eine tiefe Liebe und den Wunsch, sie zu beschützen. Sie war ihm nahe, als würden sie sich schon ewig kennen.

„Das ist unser Zuhause, tief in den Bergen Perus. Hier kommen wir immer wieder her und schöpfen Kraft für unsere Schlachten."

„Ihr seht aber gar nicht aus wie Peruaner."

„Kleines, wir sind Kondore. Uns gibt es schon länger als dieses Dorf. Wir haben unser Aussehen nur der Zeit angepasst. Wir können alles sein, was wir wollen."

Alica begriff erst langsam, wer ihre neuen Freunde waren.

„Darf ich dich fragen, wie lange du schon lebst?"

„Die Kondore gibt es schon seit Anbeginn der Zeit, doch etwas Böses hat uns vor langer Zeit angegriffen und unsere Väter und Brüder zu Monstern gemacht. Unsere Mütter setzten daraufhin ihrem Leben ein Ende, da sie es nicht ertrugen, ihre Männer so zu sehen. Ihre Liebe zu verlieren. Die einzigen, denen das Böse damals nichts anhaben konnte, waren die Jüngsten, kaum hundert Jahre alt waren wir damals."

Alica wusste um den Verlust geliebter Familie. Sie legte Roran zärtlich die Hand auf den Arm.

„Das tut mir leid. Ich habe meine Eltern auch verloren."

„Das Ganze ist über dreitausend Jahre her, wir sind darüber hinweg. Aber wir kämpfen immer noch gegen unsere Väter und Brüder und deren Kinder. Eine

Klasse-Fünf, egal welcher Art, ist nichts anderes als ein Kondor, der böse geworden ist. Je älter, desto schlimmer. Wir kämpfen gegen sie und hoffen jeden Tag, dass uns nicht das Böse einholt und uns auch auf die dunkle Seite zieht."
Alica hing an seinen Lippen. Er war über 3000 Jahre alt. Das Wissen, das er hatte, die Erlebnisse, das war unbeschreiblich.
„Alexander, unser Gelehrter und Heiler, versucht seit Jahren herauszufinden, was uns böse gemacht hat. Wir hoffen, er findet es raus. Wir sind nur noch zu neunt. Wenn wir auch noch böse werden, gibt es keinen mehr, der uns aufhalten kann."
Alica nickte verstehend. Dieses Wissen musste sie sehr belasten. Sie waren der Ursprung und könnten auch der Untergang sein. In Gedanken versunken sah sie in die Berge. Steinterrassen, mit Moos bewachsen, türmten sich auf, ab und an hörte sie einen Esel rufen oder einen Hund bellen. Ansonsten war dieser Ort die Ruhe selbst. Hoch oben auf einem Berg sah sie ein Schloss, in den Stein gehauen. Zu Fuss unmöglich zu erreichen, ragte es stolz über der Gegend. Ein Wächter und Beschützer.
„Eures?" Eine völlig überflüssige Frage. In den verschiedenen Löchern der Burg sah sie nistende Kondore, ein paar flogen schreiend um den Turm. Roran antwortete nicht, er nahm sie wieder am Arm und materialisierte sich ins Schloss. Lesley wartete schon vor Gregors Büro auf sie. Bei seinem Anblick stockte ihr der Atem.
„Wie gefällt dir unser Dorf?"
Alica trat einen Schritt auf ihn zu. „Ruhig, ein Ort, in dem man sich gut erholen könnte."

„Ja, ich gehe oft dorthin, um neue Kraft zu schöpfen. Es ist, als fließe sie direkt aus dem Boden in den Körper hinein."
Alica nickte nur und sah überrascht auf einen Mann im Frack, der auf sie zutrat. Er war älter, um die 60 Jahre und wirkte auf sie wie der perfekte Butler aus den Märchen. Seine Haare waren ergraut, doch sein Blick war wach und sehr freundlich.
„Willkommen auf Schloss Rondocan, Lady Alica. Ich bin Mewil, Ihr ergebenster Diener."
Alica lachte „Nein, nein, ich bin weit von einer Lady entfernt, und einen Diener brauche ich auch nicht, aber vielen Dank."
Mewil zwinkerte ihr zu. „Möchten Sie gleich Ihr Zimmer beziehen oder erst mit König Gregor sprechen, Lady Alica?"
„Oh, Sie haben extra für mich ein Zimmer bereit gemacht? Das ist sehr nett, aber nicht nötig, ich gehe nach Hause schlafen."
„Das Zimmer von Sir Lesley ist immer bereit. Das war keine Mühe. Ich werde Sie dem König melden, den Rest klären Sie am besten mit Sir Lesley."
Alica sah verwundert von Lesley zu Mewil und wieder zurück. Irgendwie hatte sie hier etwas verpasst. Roran war schon vor einer Weile verschwunden, den konnte sie nicht fragen. Mit Lesley wollte sie im Moment nicht sprechen. Die Art, wie er sie vorher gehalten hatte, ohne dass sie sich wehren konnte, machte ihr Angst und erregte sie gleichermaßen. Bevor sie sich weiter Gedanken machen konnte, schritt ein ebenfalls sehr gutaussehender großer Mann auf sie zu. Seine angeborene Arroganz und seine forschen Schritte machten ihr sofort klar, wer das war.
„König Gregor, nehme ich an? Freut mich."

Der König deutete mit einem Nicken an, sie zur Kenntnis zu nehmen, doch sie war nicht beleidigt. Dieser Mann hatte eine Präsenz, die alle anderen zu kleinen Insekten machte, die ziellos herumirrten. Seine Erfahrung, seine Kraft, seine Güte, das alles sah man auf den ersten Blick. Wahrlich ein König.
„Ich habe Hunger, habt Ihr etwas dagegen, wenn wir uns zum Essen setzen, während wir reden?"
Alica wusste nicht recht, was diese Männer unter Essen verstanden, da sie keine Ahnung hatte, was sie genau essen würden.
Deshalb fiel ihre Antwort eher zögerlich aus. Doch keiner der beiden Männer achtete darauf.
Schulterzuckend trottete sie hinter den beiden her, die sie kaum beachteten und betrachtete das Schloss etwas näher.
Es war sehr antik eingerichtet, kein Wunder bei den antiken Bewohnern. Alica lachte schnaubend.
Gregor zog eine Braue hoch. „Na vielen Dank auch Frau."
„Alica, Greg kann deine Gedanken lesen, egal wie sehr du dich abschirmen willst. Also pass auf, was du denkst."
Na super, wo war sie denn hier gelandet? Im Mittelalter! Frau hatte er zu ihr gesagt, als wäre sie etwas Schlechteres. Vielleicht war sie nicht so stark wie er, aber sicher genauso klug. Oder auch nicht, schliesslich war sie wirklich erst 23, und der Kerl war über 3000 Jahre alt. Na ja, genau genommen war sie nur ein kleiner Fliegenschiss gegen ihn, also durfte er sie Frau nennen, so viel er wollte.
Gregs Lachen verriet ihr, dass er immer noch ihre Gedanken las.

„Es ist nicht nett, in den Köpfen anderer herumzugeistern, Mister."
Sie klang eher schnippisch.
„Mein Reich, meine Regeln. Hier darf ich geistern, so oft ich will."
Als sie in einen kleinen Salon traten, mit einem riesigen Tisch, der etwa 20 verschiedene Speisen trug, war Alica erleichtert. „Ihr esst ganz normal?"
„Was dachtest du denn? Dass wir eine lebende Kuh jagen und reißen, während wir eine gepflegte Unterhaltung führen?"
„Ehrlich gesagt, dachte ich gar nichts. Von Roran weiß ich, dass ihr alles sein könnt. Woher soll ich da wissen, was ihr esst?"
„Wir essen jeweils so wie die Gestalt, die wir annehmen. Wir machen alles jeweils so wie die Gestalt: essen, schlafen, Sex." Lesley war mit jedem Wort, das er sagte, näher zu Alica hingetreten. Das letzte hauchte er in ihr Ohr, während seine Hand wie zufällig über ihre Brust strich. Alica hüpfte quiekend zurück, was sie sofort bereute. Verflucht noch mal, sie war eine Kriegerin, und zwar nicht irgendeine, sondern eine richtig gute, eine Killerin. Und dieser Mann verwandelte sie in ein bibberndes unerfahrenes Mädchen.
„Lass den Scheiß, Mann! Ich mag es nicht, wenn mich irgendjemand ungefragt berührt. Ich bin kein kleines Mädchen, das sich in deine Arme stürzt, bloß weil du etwas besser aussiehst oder etwas erotischer bist als andere Männer oder ein verdammter Fast-Gott!"
Lesley ließ sie gewähren, als sie sich von ihm entfernte, dafür war nachher noch Zeit.

Alica ließ sich neben König Gregor auf einem Stuhl nieder, möglichst weit weg von dem Mann, der sie so durcheinanderbrachte.
„Was wollen Sie von mir, König Gregor?"
„Nenn mich Greg, ich bin nicht so ein König." Greg grinste sie an. „Wer bist du, und warum mischst du in New York die Wesen der Nacht auf? Und so viel ich gehört habe, nur die Bösen – die Guten beschützt du."
„Ich bin die Tochter von Larielle du Marewese und Armande Fortsy. Larielle war eine hochangesehene Jägerin vom Orden. Zumindest bis sie erfuhren, wer mein Vater war. Vater war ein sehr starker Vampir."
Lesley sah sie überrascht an, und auch Gregor wirkte aufgeregt. „Ich kannte Armande sehr gut. Er half uns ein paar Mal in unseren Fällen. Auch Larielle war mir bekannt. Was weißt du über deine Großeltern, Alica?"
„Gar nichts. Meine Eltern starben, als ich sechs Jahre alt war. Mein Bruder kannte unsere Großeltern nicht, er zog mich alleine auf. Dabei war er selbst erst 16 Jahre alt und musste mit meinen Kräften fertig werden."
„Ich muss erst mit Roran reden. Wenn er einverstanden ist, kann ich dir vielleicht sagen, wer die Eltern deines Vaters waren."
Alica fragte nicht näher nach. Sie hatte nie nach ihren Verwandten gesucht, also konnte sie noch eine Weile warten, auch wenn sie nicht verstand, was das Roran anginge.
„Ich habe von meinem Bruder alles gelernt, was er über Vampire, Werwölfe, Moon Rider und all die anderen Nachtwesen weiß, auch alles, was er über die Jäger wusste. Er lehrte mich alles, was er zusammentragen konnte und brachte mir alles über

das Kämpfen bei, obwohl es für ihn sehr schwer war, weil er ein Mensch ist."
„Wie konnte er ein sechsjähriges Mädchen zu einer Kriegerin erziehen? Frauen gehören nicht in solche Rollen."
Alica wusste, dass Greg das ernst meinte. Sie waren ein Volk, in dem die Männer zum Kämpfen geboren wurden.
„Ich wollte es selbst, er wusste das. Allerdings denke ich, dass er es auch tat, weil er selbst gegen unsere Feinde keine Chance hatte."
Lesley sah, wie ihre sonst so schönen Augen ganzl leer wurden. Sie wussten zwar, dass Larielle und Armand gestorben waren, doch die genaueren Umstände wurden vom Orden der Jäger nie erklärt.
„Alica, wie starben deine Eltern?"
„Darüber möchte ich nicht sprechen."
Auch Gregor bemerkte die Veränderung in der jungen Frau. Ihre Augen wurden kalt wie Eis, und ihr ganzer Körper war angespannt. Er versuchte, etwas von ihrer Vergangenheit in ihren Erinnerungen zu finden, doch wenn zu weit in ihren Kopf drang, sah er nur noch rot. Sie verdrängte es selber, etwas, das sie so sehr in Wut versetzte, dass es ihr den Atem nahm.
„Okay. Warum bist du mitgekommen, wenn du nicht mit mir reden willst? Mal abgesehen davon, dass du es sowieso nicht hättest verhindern können."
„Robert kann mir nichts mehr beibringen. Ich hoffte, dass ich mit euch zusammen trainieren darf, um noch mehr zu lernen, damit ich meine Stadt gegen alle verteidigen kann."
Nun war Gregor ehrlich überrascht. Er zog eine Augenbraue hoch, was Alica ganz klein werden ließ.

„Versteh ich das richtig: Du bist nur hierhergekommen, weil du mit uns trainieren willst und von unserem Wissen profitieren möchtest?"
Als Alica kleinlaut nickte, brach er in lautes Gelächter aus, dass sogar Mewil den Kopf zur Türe hineinstreckte, um zu sehen, ob alles in Ordnung war. Les sah seinen König an und schüttelte den Kopf. Er sollte ihren Kampf nicht noch unterstützen; da er nun über sie bestimmen konnte, würde er ihr das Kämpfen weitgehend verbieten.
Das weitere Essen verlief mit normalen Gesprächen. Als sie das Dessert beendet hatten, stand Gregor auf. „Zeit fürs Bett, ich habe morgen einige Termine. Da du nun Lesleys Frau bist. kannst du alles Weitere mit ihm besprechen. Er wird entscheiden. was du darfst und was nicht. Allerdings denke ich, wir sehen uns morgen beim Frühstück, da Les veranlasst hat. deine Kleider bei deinem Bruder abzuholen und sie in seinem Zimmer unterzubringen. Sogar deine Katze ist hier."
Alica sah Gregor mit offenem Mund an. Über sie bestimmen! Seine Frau! Was zum Teufel!
„Na vielen Dank auch, Greg", beschwerte sich Lesley, „ich dachte, ich könnte sie wenigstens noch ohne Kampf ins Zimmer schaffen. Da vorher alle zurückkamen, wird das ein Schauspiel mit vielen Zuschauern werden."
Gregor zuckte mit den Schultern. „Bei uns gelten andere Regeln, das wird sie schnell merken und auch schnell lernen. Du bist der Erste, der sich eine Frau ausgesucht hat, also hat sie keine Unterstützung von jemand anderem. So ist es nur gerecht, wenn wir wenigstens ehrlich zu ihr sind. Sie gehört nun zu dir und wird gar nichts daran ändern können."

Alica sah immer noch verwirrt von einem zum anderen. Greg verließ den Salon, und Lesley wartete auf eine Reaktion von ihr.
„Das war ein schlechter Scherz, fand ich gar nicht lustig."
„Das war kein Scherz, ich habe dich an mich gebunden."
„Na da ich nicht dabei war, hat das wohl keine Rechtsgültigkeit. Über mich bestimmen werde sowieso immer ich selber, und Robert hätte dir meine Sachen nie mitgegeben."
Alica lachte leise vor sich hin. Die ganze Sache konnte nur ein Scherz sein. Doch da sah sie Lesley in die Augen und was die sagten, war eindeutig. Alica wog kurz ihre Chancen ab, ihn zu besiegen, doch das verwarf sie schnell wieder. Sie hatte nicht den Hauch einer Chance. Auf einer Skala von eins bis fünf war er eine klare 10. Also blieb nur noch die Flucht. Doch wen kannte sie hier schon … Roran. Alica drehte sich, so schnell sie konnte, um und rannte zur Tür.
„Roran!" Ihr Schrei hallte durch das Schloss. Wo sollte sie hinrennen, den Gang runter und dann? Ihr nächster Schrei war panisch: „Roran, hilf mir." Fremde Männer stürzten in den Gang aus verschiedenen Türen, Roran war nirgends zu sehen. Der König stand noch im Gang. Alica versteckte sich hinter ihm und spähte hinter seinem Rücken hervor. „Das ist nicht fair, Gregor, wie soll ich mich gegen ihn wehren? Ich habe doch keine Chance."
„Wehr dich nicht, du gehorst jetzt ihm."
„Nein, ich gehöre nur mir." Alica spähte wieder an dem König vorbei, doch Lesley war nicht zu sehen. Er folgte ihr nicht. War das nun ein gutes oder ein schlechtes Zeichen? Heute Abend, als sie aufwachte, hätte sie

sich sowas nicht im Traum gedacht. Wie war es nur soweit gekommen? Sie versteckte sich vor einem Mann, den sie kaum kannte und der sie auf irgendeine Weise an sich gebunden hatte. Nein, kein Mann. Ein Wesen höherer Macht. Er würde sie einfach mitnehmen und behalten, sie würde sich wehren mit allen Mitteln und verlieren. Gott, und dieser Gedanke machte ihr zwar Angst, aber es erregte sie auch.
„Du irrst dich, Frau, du wurdest auserwählt, da gibt es kein Zurück mehr. Schon morgen wirst du eine Kondor sein."
Alica sah dem König in die Augen. Er hatte ihre Gedanken gelesen. Sie war sich des Wissens in seinen Augen bewusst. Schnell drehte sie sich um, um weiterzurennen, doch da stand Lesley. Die anderen waren neugierig, wie sie reagieren würde. Alica beschloss zu kämpfen. Rambura erschien vor ihr, und sie ergriff es entschlossen. „Bring mich nach Hause, Lesley. Ich will das hier nicht."
„Wenn du sie nicht willst, Les, bin ich sofort bereit, sie zu nehmen." Alica warf dem Mann, der gesprochen hatte, einen wütenden Blick zu. Der zwinkerte ihr zu und bekreuzigte sich übertrieben. Les knurrte: „Die hier, die gehört mir."
„Niemandem! Ich gehöre niemandem." Wütend griff sie ihn an. Les ließ sie rankommen, er wich aus, packte sie von hinten und schlug Rambura zu Boden. Es beschämte sie, wie leicht er sie unter Kontrolle brachte. Dazu kam noch das Johlen der Männer, fast war sie den Tränen nah. -*Nicht. Bitte.*-
-*Ich werde dir nichts tun, Kriegerin. Hab keine Angst, ich werde gut auf dich achtgeben.*-
Alicas Beine waren frei, was sie als Antwort nutzte und ihm einen Tritt in die Weichteile versetzte. Mehr aus

Überraschung, denn aus Schmerz ließ er sie los. Alica wollte wieder wegrennen, doch ohne seine Hände zu gebrauchen, hielt er sie weiter fest. Alica spürte, wie sie in die Luft gehoben wurde und auf seinen Schultern landete. All ihr Zappeln nutzte ihr gar nichts, er trug sie ohne Zögern in sein Zimmer. Dort ließ er sie auf sein riesiges Bett fallen, von dem sie sofort wieder aufsprang. Alica wich zur hintersten Ecke zurück. -
Warum machst du das?-
-Ich habe dich beobachtet, lange Zeit. Vom ersten Moment an war mir klar, dass du zu mir gehörst.-
-Warum ich?-
-Ich weiss es nicht. Sie war einfach da, die Gewissheit. Wenn du ehrlich bist, bemerkst du auch, dass wir zusammengehören.-
-Nein … ja, vielleicht fühle ich etwas. Aber ich brauche bestimmt keinen Mann, der über mein Leben bestimmt.-
-Das werde ich nur tun, wenn es sein muss.-
-Ich werde mich niemals einfach unterwerfen.-
-Das erwarte ich auch gar nicht.-
Mit raubtierhafter Geschmeidigkeit sprang er vor sie hin. Super nachgedacht, denn aus der Ecke kam sie nicht mehr raus. Links und rechts von ihr stemmte er seine Hände ab. Arme wie Baumstämme schlossen sie ein. Alica schnaubte erregt aus, ihr Herzschlag begann zu rasen, und ihre Beine zitterten. Les sah, wie ihre Augen sich verdunkelten und wurde hart wie Granit. Sie war die pure Versuchung, er musste sie jetzt einfach berühren, schmecken und riechen. Mit einer fließenden Bewegung schob er sein Knie zwischen ihre Beine und hob sie damit hoch, bis ihre Augen auf gleicher Höhe waren. Alica hatte die ihren

geschlossen, sein Bein lag fest zwischen ihren Schenkeln und drückte an ihre empfindsamste Stelle.
„Ich werde dich jetzt nehmen. Ich werde dich verwöhnen, bis du mich anflehst aufzuhören, weil du nicht mehr kannst, und dann, erst dann werde ich in dich stoßen bis zum Schaft, hart und schnell und dich endgültig zu meiner Frau machen."
Alica konnte nichts erwidern. Sie fühlte ihn überall an ihrem Körper. Ihre Füsse kringelten sich zusammen, und sie erlag der Versuchung, ihre Weichteile an ihm zu reiben.
Lesley nahm dies mit einem zufriedenen Knurren wahr. Ihre Gegenwehr war weg. Sie wollte ihn. Gegen ihren Willen hätte er sie niemals genommen, doch sie sehnte sich nach jeder weiteren Berührung von ihm. Langsam beugte er sich vor und berührte ihren Mund mit seinen Lippen, erst sanft, bis sie sich öffnete, danach stieß er mit seiner Zunge in sie. Ganz der Eroberer. Doch das war ihm nicht genug. Er wollte sie unbedingt schmecken.
Als Alica merkte, dass er den Kuss beendete, lag sie auf dem Bett. Wie waren sie denn hierhergekommen? Les richtete sich auf und sah auf sie herunter. Ein erstickter Laut drang aus seiner Kehle, er sah fast so aus, als hätte er Schmerzen.
„Was ist los?"
„Du bist so wunderschön, ich muss dich schmecken, es tut mir leid, ich kann nicht warten, ich muss jetzt gleich ..."
Alica schrie erschrocken auf, als er ihre Beine spreizte und mit dem Kopf dazwischen ging. Seit wann war sie nackt? Sie versuchte nach oben auszuweichen, als Les seine Lippen da unten drauf drückte und seine Zunge hervorschoss und in ihren Schoss drang, doch

er hielt sie erbarmungslos fest. Er schmeckte sie wirklich. Seine Zunge erforschte ihre Höhle wie zuvor ihren Mund. Wieder wand sie sich, um dem Ansturm der Gefühle zu entkommen, das war zu viel, viel zu schnell.
Les bemerkte ihre Gegenwehr, was ihn noch mehr anstachelte. Er wusste genau, wo sie es am liebsten haben würde, so glitt seine Zunge aus ihr raus und fuhr ein kleines Stück nach oben. Diesmal war es ein Aufschrei reiner Lust. Innerhalb Sekunden explodierte in ihrem Bauch ein Feuerwerk, doch das war Les nicht genug. Er wollte sie noch mehr schreien hören, er wollte, dass sie bettelte, darum, dass er sie endlich nahm. Wiederum ließ er seine Zunge in sie gleiten, trank ihren Saft, ließ ihr keine Erholung. Alica dachte schon lange nichts mehr. Sie wand sich unter ihm hin und her, versuchte ihm zu entkommen, zugleich näher zu kommen. Sie wusste nicht, wie lange er sie weiterquälte, ihr kam es vor wie Stunden, in denen sie hilflos unter ihm lag. Es staute sich etwas in ihr auf, neben all den Feuerwerken gab es da etwas anderes, das immer größer wurde. Wenn er doch nur endlich in sie drang.
-Ich werde nicht betteln.-
Les erforschte ihren ganzen Körper, mit Händen und dem Mund. Er saugte an ihren Brustwarzen, biss in sie. Jede Stelle, die er berührte, bebte und brannte. Lesley bemerkte sehr wohl, dass sie sich immer noch gegen ihn wehrte, seine Kriegerin, doch er wusste, sie war nur noch ein Hauch vom Abgrund entfernt. Er legte sich auf sie und drückte seinen harten Schaft an ihre Öffnung. Nur Millimeter weit glitt er in sie. Alica stiess ihm entgegen, um ihn ganz aufzunehmen, doch

seine Hand auf ihrem Bauch hielt sie auf. Ihr ganzer Körper war gespannt und zitterte.
„Bettle, meine Süße, ich will, dass du dich mir ganz ergibst."
„Niemals!", Alica war es ernst. Sie lag unter ihm, zitterte, gierte nach ihm, aber nicht einmal, wenn er sie zu Tode reizte, würde sie darum betteln.
Les wusste, wie er es machen könnte, doch im letzten Moment hielt er sich zurück und wahrte ihre Würde. Bis zum Anschlag stieß er in sie, wild schrie sie auf, da brachen auch in Lesley alle Dämme, wieder und wieder wuchtete er sich mit aller Kraft in sie hinein.
Alica keuchte bei jedem Stoss auf. Sie hielt dagegen, doch es war noch nicht genug. Les packte eins ihrer Beine und zog es über ihre Schulter, so kam er bis in ihr Innerstes. Nach drei weiteren Stössen krampfte Alica sich zusammen, es war eine Explosion, die sie zerriss und in Wellen durch ihren ganzen Körper ebbte. Alles an ihr zitterte. Sie spürte, wie auch Les zu zucken begann und fühlte seinen Samen in sie spritzen.
Lesley sah auf sie herunter. Sie hatte die Augen geschlossen, ihr Körper zitterte immer noch in kleinen Schüben. Seine Frau! Nach all den Jahren hatte er sie endlich gefunden. Alexander hatte schon so etwas erwähnt, es begänne die Zeit der Veränderung für sie alle, das Fidre sei zurückgekehrt.
Alica ließ ihre Augen geschlossen. Langsam kehrte die Wirklichkeit zurück. Lesley lag immer noch auf ihr, sie spürte ihn in sich. Seine starken Arme verhinderten, dass er sie erdrückte. Sie bemerkte, wie er sie betrachtete, langsam schoss ihr die Hitze ins Gesicht, und sie errötete bis zum Hals. Sie hörte Lesleys Lachen. „Das kommt jetzt etwas spät, meine Süße. Ich

habe nicht nur deinen ganzen Körper gesehen, sondern auch überall berührt und geküsst."
Alica erwiderte nichts, sie ließ ihre Augen noch immer krampfhaft geschlossen und errötete noch tiefer.
„Oh, du denkst aber nicht, dass du die Sache verdrängen kannst, nur weil du mich nicht anschaust."
So dumm war sie nicht. Ihre Augen sahen ihn vielleicht nicht, doch für ihren Körper war er nicht zu übersehen. Sie konnte sich einfach nicht überwinden, ihn anzusehen.
Les genoss die Situation sichtlich. Er konnte in aller Ruhe ihren Körper betrachten. Ihre ebenmässigen Gesichtszüge, ihren schlanken Hals, ihre festen Brüste, die sich ihm entgegenreckten. Er senkte seinen Kopf und nahm die eine in den Mund.
Alica zuckte zusammen, sie fühlte, wie er wieder hart wurde in ihr. Lesley wollte sich gerade zurückziehen und sich neben sie legen, da er ihr kein weiteres Mal zumuten wollte. Als er in sie eingedrungen war, hatte er gemerkt, dass ihr letztes Mal schon etwas zurücklag. Er wollte nicht, dass sie wund wurde. Da sagte Alica: „Nein, bitte nicht, noch einmal überlebe ich nicht."
Das veranlasste Lesley, es sich anders zu überlegen und ihr gründlich das Gegenteil zu beweisen.

Nachher lag sie erschöpft da. Ihre Knochen waren aus Gummi, ihre Kraft davon geschwemmt. Ohne Gegenwehr ließ sie zu, dass Les sie an sich kuschelte, ihren Kopf auf seine Brust legte und sie umschlungen hielt. Er küsste ihren Scheitel.
„Schlaf gut, meine kleine Kriegerin."

4. Kapitel

Alica erwachte, als die ersten Sonnenstrahlen durchschimmerten. Sofort spürte sie, dass Les nicht mehr im Zimmer war. Sie war sehr froh darüber. Langsam stand sie auf. Ihr ganzer Körper schmerzte, als hätte sie gestern Prügel bezogen. Doch am schlimmsten sah es in ihrem Innern aus. Jeder Schritt brannte wie die Hölle. Mit Freude entdeckte sie, dass eine Tür offenstand, die in ein Badezimmer führte. Sofort stand sie unter der Dusche und ließ sich kaltes Wasser über ihren Körper laufen. Sie wischte alles ab, alle seine Berührungen und auch die Wärme, die sie noch immer empfand, wenn sie an ihn dachte. Sie musste sich unbedingt gegen ihn durchsetzen. Jetzt nach der ersten Leidenschaft sollte sie sich besser beherrschen, sich nicht mehr so leicht umgarnen lassen. Er hatte auf ihr gespielt wie auf einem Instrument und noch dazu sehr gekonnt. Es war nicht so, dass sie es sehr schlimm fand, mit ihm zusammenzubleiben. Der Gedanke entlockte ihr sogar ein Lächeln, doch diese Kondore waren extrem überheblich und brauchten dringend eine Lektion in Bescheidenheit.
Nach der Dusche fühlte sie sich stark wie nie zuvor. Mit frischem Mut und einem etwas komischen Schritt, da es immer noch brannte, verliess sie das Zimmer in Richtung Salon. Sie würde in Ruhe frühstücken und danach daran arbeiten, nach Hause zu kommen.
Mewil empfing sie bei der Salontüre und öffnete diese schwungvoll. „Guten Morgen, Lady Alica, ich hoffe, Sie kamen auch dazu, etwas zu schlafen."

Sofort wurde Alica rot. Mewil wurde sein Fehler bewusst. Betreten stotterte er: „Ich meinte … na nicht … ich dachte, ein neuer Ort und …" Entschlossen fasste er sich wieder. „Ich wollte Sie nicht in Verlegenheit bringen und entschuldige mich in aller Form für meine unangebrachte Wortwahl. Ihre Katze ist im Moment in der Küche untergebracht, damit sie sich eingewöhnen kann. Es geht ihr gut. Die Küche liegt den Gang runter und dann links. Sie sind da jederzeit willkommen. Wenn Sie später vorbeikommen, stelle ich Ihnen den Rest des Hauspersonals vor."
„Vielen Dank Mewil, ich werde nicht hierbleiben. Sobald ich die Möglichkeit sehe, bin ich weg. Aber trotzdem danke."
Eins musste man Mewil lassen, er wusste über alles Bescheid, ließ sich aber durch ihre Worte gar nicht beirren. „Natürlich, Lady Alica. Wie Sie wünschen."
Alica trat durch die Türe des Salons und wäre am liebsten wieder rückwärts hinausgerannt. Der Tisch war voll. Anscheinend waren alle neun Bewohner hier. König Gregor sass an der Spitze, die anderen rechts und links von ihm. Alles Männer, von denen einer besser aussah als der andere. Hier konnte man in Testosteron ertrinken.
Alle schauten ihr entgegen. Mit wissenden Augen nahmen sie ihren etwas schmerzhaften Schritt zur Kenntnis. Alica riss sich zusammen und hob stolz das Kinn.
„Morgen allerseits. Ich möchte nur noch kurz was essen, bevor ich gehe."
Die Gesichter grinsten ihr entgegen, und einer klopfte Les auf die Schulter. „Noch nicht ganz gezähmt, wie?"
Les grinste zurück „Doch, sie muss es nur erst noch begreifen."

Alica ignorierte sie. Neben Les war noch ein Gedeck frei, doch sie dachte nicht mal im Traum daran, sich neben ihn zu setzen. Forsch ging sie um den Tisch herum und setzte sich neben Roran, der ihr mit hochgezogener Augenbraue entgegensah. „Willst du, dass er auf mich losgeht?", fragte Roran, der Lesleys Knurren hörte.

Alica wurde rot. „Nein, ich will nur nicht neben ihm sitzen."

Roran nickte. „Okay. Fühl dich bei mir wie zu Hause. Lesley, reich mir mal ihr Gedeck rüber."

Les war nicht wütend, eher amüsiert über ihren Kampfgeist. Er reichte Roran das Gedeck.

Roran stellte ihr alle Anwesenden vor, während sie ihren Teller anhäufte mit dem leckeren Frühstück und genüsslich eine Tasse Kaffee schlürfte. Jeder war ein ganz anderer Typ. Doch alle waren sie Krieger, wie sie die Welt selten sah.

Selbst Alexander, der Heiler, strahlte eine Kraft aus, gegen die sie nichts hätte ausrichten können.

Tyrell und Drako waren die Witzbolde unter ihnen, Robert hätte sich super mit ihnen verstanden. Sie flachsten herum. „Du sitzt so steif da, tut dir etwas weh?" fragte Tyrell frech.

„Ja? Hat dich Lesley überfordert letzte Nacht?", setzte Drako drauf, doch Alica ließ sich nicht mehr in Verlegenheit bringen. „Nein, gar nicht, es war eher lahm."

Sie fühlte Les' Blick auf sich, er fixierte sie. Alice spürte, wie er sie berührte, erst am Knöchel. So wie in der ersten Nacht, wie machte er das nur in seinen Gedanken?

Drako lachte „Also bist du wohl aus dem Bett gefallen und hinkst deshalb hier herum?"

„Nein. Als ich gestern gegen die Werwölfe kämpfte, stellte ich mich vor Lesley, um ihn zu schützen, da erwischte mich ein Werer am Bein." Roran schnaubte nur, die anderen sahen sie eher ungläubig an. Les' Berührung wanderte auf ihren Oberschenkel hoch.
„Ich würde sagen, es hat eher mit deinem *Bitte nicht noch einmal* zu tun", bemerkte Lesley.
Alicas gute Vorsätze waren dahin. Sie wurde Puderrot, doch sie konterte frech, sie konnte nicht anders. Sie konnte ihm körperlich nicht das Wasser reichen, sie musste einfach verbal die Oberhand behalten. Lesley wusste genau, was sie versuchte, doch er wollte ihr zeigen, wer in ihrer Beziehung die Hosen anhatte, und zwar gleich von Anfang an. Sie war viel zu sehr darauf bedacht, sich in Gefahr zu bringen. Sie musste lernen, dass das mit ihm nicht mehr möglich war.
„Na ja, es war so schlecht, dass ich es einfach nicht nochmal mit dir machen wollte."
Alle lachten, nur König Gregor ließ Lesley nicht aus den Augen. Er sah genau, was dieser vorhatte. Mitleidig sah er zu Alica rüber. „Tu das nicht, Lesley, das würde sie dir nicht so leicht verzeihen."
Alica sah zu Lesley rüber, was sollte er nicht tun? In seinen Augen las sie eine Warnung, nicht weiterzugehen. Doch Alica konnte es nicht lassen, sie musste ihn weiter herausfordern.
„Alica nicht!" Gregors Warnung stachelte sie nur weiter an, auch Rorans Hand auf ihrer Schulter nützte nichts.
„Wenn ich ehrlich bin, hatte ich mit normalen Menschen schon wesentlich besseren Sex als mit dir."
Alica wusste, dass sie zu weit ging, doch sie wollte ihn bloßstellen, auch wenn der Schuss nach hinten losgehen würde. „Gerade letzte Woche hatte ich etwa

drei Orgasmen, wusstest du, dass Frauen das auch haben können?"
Lesley wusste, dass sie log, und auch die anderen wussten es alle, doch er durfte ihr solche Reden nicht durchgehen lassen. Sie steckte ihre Grenzen ab, und er wollte diese eng halten. Doch war er auch wütend, dass sie es auf diese Art versuchte. Sie zog ihre gemeinsame Nacht in den Schmutz.
Roran versuchte, ihn davon abzubringen, doch er wollte sie bestrafen für ihre bösen Worte. Alica sah, wie seine Augen in den Wirbel übergingen, der ihr nun langsam schon vertraut war. Sie spürte seine Magie, die sie umfloss und vollständig einhüllte, sie auf ihren Stuhl fesselte, bis seine Berührung sie traf. Sie fühlte seine Zunge an ihren empfindlichsten Stellen, während er einfach da saß und sie mit seinem heißen Blick gefangen nahm. Er würde es doch nicht wagen, sie hier vor allen zu nehmen!
-*Was tust du da?*-
-*Ich erteile dir eine Lektion.*-
-*Nein.*-
-*Doch.*-
-*Nein, bitte nicht. Nicht hier.*-
-*Du hast mich herausgefordert.*-
-*Bitte nein.*-
Alica entfuhr ein Keuchen, als er seine Zunge auf und ab bewegte, langsam, fast zärtlich. Wie machte er das bloß? Sie drückte die Beine zusammen, um dem Gefühl zu entgehen. Alica schloss gequält die Augen, um niemanden ansehen zu müssen.
„Lesley, es reicht, du hast deinen Standpunkt klargemacht, lass sie frei."
-*Bitte, bitte hör auf.*-
-*Was willst du machen, wenn nicht?*-

Sie wehrte sich gegen das Gefühl, das sich brodelnd erhob. Wie konnte er ihr das nur vor den anderen antun!

Alica spürte, wie sich ein Höhepunkt in ihr zusammenstaute, sie zitterte am ganzen Körper. Nur zu bewusst waren ihr die anderen Männer im Raum. Sie wusste nicht, ob jemand zu ihr schaute, sie spürte nur den Blick ihres Peinigers. Noch nie hatte sie sich so hilflos gefühlt.

Als sie spürte, wie der Orgasmus in ihr ausbrach, schrie sie auf. Augenblicklich ließ Les sie frei. Er hatte sich nicht einmal bewegt auf seinem Stuhl, und doch hatte er sie so gedemütigt, als wäre er aufgestanden, hätte sie auf den Tisch gelegt und vor allen Augen genommen.

Alica traten Tränen in die Augen. Schnell stand sie auf und rannte aus dem Salon. Sie würde nie mehr einem der dort Anwesenden in die Augen sehen können.

Lesley war zufrieden. Jetzt sollte allen klar sein, dass sie ihm gehörte.

„Ich weiss nicht, ob das klug war, auch wenn sie es verdient hatte", meinte Roran nach einem kurzen betroffenen Schweigen. Die anderen entschieden sich, nichts dazu zu sagen.

„Sie ist eine Kriegerin. Sie muss lernen, dass sie nicht die Falschen herausfordern darf."

Da musste sogar Greg zustimmen. „Ja, sonst wird es für sie gefährlich, wenn sie wieder einmal kämpft und an den Falschen gerät."

„Tynan, du bist ein guter Lehrer, würdest du mit ihr trainieren? Sag nur nicht, dass ich dich schicke, sonst verprügelt sie dich."

Tynan lachte. „Also soll ich die Wogen wieder glätten und dir den Weg ebnen."

„Genau so."

Alica saß auf der Mauer zwischen den Zinnen und sah ins Tal hinunter, als sie die Stimme eines der Männer hinter ihr vernahm. Es war Tynan, einer der ruhigeren Jungs, wie sie sie in Gedanken nannte.
„Wenn du springst, würde dir das auch nichts nützen."
„Er wird mich nicht mehr gehen lassen, nicht wahr?"
„Nein, das wird er nicht. Er liebt dich, vom ersten Augenblick an hat er dich gewollt. Unser Volk hat so die Art, sich zu nehmen, was es will."
„Wie schnell holt er mich zurück, wenn ich fliehe?"
„So schnell, wie er will, du weisst ja selbst, dass wir binnen eines Wimpernschlags von einem Ende der Welt zum anderen reisen können."
„Ja, und doch möchte ich fort. Irgendwann werde ich es versuchen."
„Und er wird dich finden und wieder bestrafen, auf seine Weise."
„Dann bin ich nicht besser dran als eine Sklavin." Alica sank nach vorn und ließ sich fallen, nur um einmal zu sehen, was passieren würde. Tynan erschrak nicht darüber. Er wusste, dass sie Vampirblut in sich hatte. Sie konnte ihren Fall jederzeit abbremsen und zu Boden schweben. Nur hoch konnte sie nicht mehr alleine. Ein kleiner Zweifel blieb in ihm, bei der Demütigung von vorher, also fing er ihren Fall selbst ab und holte sie zurück. Alica drehte sich zu ihm um und begann zu weinen. Noch immer hatte sie ihn nicht angesehen.
Sanft legte er den Arm um sie. „Ich verrate dir jetzt etwas. Und wenn du Lesley niemals verrätst, dass du

es weißt, verschafft dir das einen kleinen Vorteil ihm gegenüber."
Alica riss sich zusammen und sah ihn zum ersten Mal an. In seinem Blick war nur Freundlichkeit zu sehen.
„Als er dich vorher, wie soll ich es ausdrücken, … bestrafte, hat er dich von uns total abgeschottet, wir konnten dich nicht sehen, du uns aber schon. Wahrscheinlich hat er auch deine Wahrnehmung manipuliert, damit du das Gefühl hattest, wir wären noch da."
„Aber ich habe den König einmal reden hören."
„Na ja, gehört haben wir dich auch, was ja nicht so schlimm war, aber gesehen haben wir dich nicht mehr. Und egal, wie wütend du ihn machst, er würde uns solche Sachen nie sehen lassen, dafür ist er viel zu besitzgierig."
„Also habt ihr mich erst wieder gesehen, als ich rausgelaufen bin?"
„Nein, erst als du die Türe hinter dir zugeschlagen hast."
Alica fiel ein Stein vom Herzen. „Danke Tynan. Danke, dass du mir das gesagt hast. Das wird mir nächstes Mal helfen."
„Vielleicht wäre es besser, wenn du dafür sorgen würdest, dass es kein nächstes Mal gibt."
Alica konnte schon wieder frech grinsen. „Das widerspricht meiner Natur. Ich bin eine Kriegerin, und das werde ich auch bleiben."
„Na ja, wenn du danach wieder springen willst, ist immer einer da, der dich auffängt. Wir beschützen die unseren."
Alica bekam ein warmes Gefühl in sich. Sie hatte keine Familie gewollt außer ihrem Bruder, und nun hatte sie noch 8 weitere Brüder bekommen. Was für ein Segen,

doch was für ein Fluch. Dazu kam noch ein Gefährte, der so aufreizend und leidenschaftlich, so stolz und stark war, dass ihre Knie beim bloßen Gedanken an ihn schon wieder weich wurden.
„Na ja, bei so einer Familie kann ich ja auch das Übel dazu in Kauf nehmen."
Tynan lachte laut auf.
„Darf ich dich noch was fragen?"
„Was?"
„Wie ... wie macht er das?"
Tynan sah sie verwirrt an. „Was?"
„Wie kann er auf seinem Stuhl sitzen, und doch ... solche Sachen mit mir machen?"
„Ah, was stellst du nur für Fragen."
„Bitte, sag es mir."
„Wir können das alle. Einige besser, andere schlechter, doch keiner beherrscht diese Fähigkeit besser. Er kann sich teilen. Der eine Teil bleibt im Körper und lenkt diesen, so könnte er locker weiter essen und plaudern, während der andere Teil aus seinem Körper rausgeht und etwas anderes tun kann, in welcher Gestalt auch immer. Bei dir hatte er die Form von Luft."
„Aber Luft kann vielleicht den Körper umspülen, doch nicht sowas machen, wie er gemacht hat."
„Herrgott, ich bin kein Mönch. Frag solche Sachen deinen Gefährten selber."
Alica lachte ihn frech an. „Verlegen?"
Tynan wusste, dass er sie nicht zurechtweisen sollte. Das war Les' Sache, aber so eine kurze Belehrung würde nicht schaden. Er packte ihre Hand und drückte sie an sein Glied, das steif gegen seine Hose drückte, danach ließ er sie sofort wieder los. „Eher nicht. Und du?"

Alica war rot angelaufen. „Okay, das hatte ich verdient. Aber ich hoffe mal, dass mir jetzt nicht jeder Lektionen erteilen darf, nur weil ich meinen Mund nicht halten kann."

„Grundsätzlich sollte das nur Lesley tun, aber ich denke, es würde nicht schaden, wenn du dein Mundwerk etwas im Zaum hältst. Wir sind alle ein recht wilder Haufen."

„Ja, trotz eures fortgeschrittenen Alters", zog Alica ihn schon wieder auf. Tynan antwortete nicht, er schüttelte nur den Kopf, packte ihren Arm und materialisierte sich auf den Übungsplatz.

Tyrell und Drako trainierten gemeinsam in einem harten Kampf, Lesley und Gregor ebenfalls. Fasziniert sah Alica, wie die starken Männer aufeinander los preschten, doch keiner schien richtig zu schlagen, und zwischendurch hielten sie inne, um miteinander über verschiedene Bewegungsabläufe zu diskutieren. Alica nickte ihnen grüßend zu. „Darf ich hier auch trainieren?"

„König Gregor hat mir aufgetragen, mit dir zu üben, doch ich möchte dein Können erst in der Bahn sehen." Die Bahn war ein Laufband, in dem von allen Seiten Gegner auf einem zusprangen. Mal von links oder rechts, mal von beiden Seiten und von vorn oder hinten. Die Abläufe waren zufällig, also nicht vorhersehbar. Alica rief Rambura und stellte sich in Position. Die Männer schauten fasziniert auf sie. Sie stand ruhig und völlig konzentriert da. Rambura hielt sie in beiden Händen, die Arme leicht abgewinkelt, den Kopf schräg zur Seite geneigt, wartete sie auf den Angriff. Sie hörte ein leises Zischen links, da schlug sie dem Gegner auch schon den Kopf ab. Immer wieder hieb sie auf einen neuen Gegner. Mal stach sie zu,

mal hieb sie ihnen die Köpfe ab. Es wirkte wie ein Tanz.
Alle schauten ihr begeistert zu. Diese kleine Frau, so feingliedrig und zart, und doch so schnell und tödlich. Als das Band durchgelaufen war, blieb Alica keuchend in der Mitte stehen. Tyrell applaudierte. „Bravo, Kriegerin, keiner hat dich erwischt."
Lesley spürte ihre Schmerzen in der zweiten Rippe rechts und im Oberschenkel.
Er hatte genau gefühlt, als eine der Keulen sie traf. Bei der zweiten wäre er fast dazwischen gegangen. Danach hatte er die Figuren immer an ihr vorbei gelenkt, er wollte nicht, dass man ihr wehtat, noch nicht einmal im Training.
-Du solltest das nicht tun, nachher überschätzt sie ihre Fähigkeiten und gerät bei einem echten Kampf in Schwierigkeiten. Das gilt für euch beide.-
Komm schon, ich konnte do-ch nicht zulassen, dass meine Gefährtin verletzt wird!-
-Und ich wollte nicht, dass meine Nichte sich wehtut. Ob sie nun weiß, dass ihr Vater mein Halbbruder war oder nicht.-
-Wann willst du es ihr sagen, Roran?-
-Erst wenn sie sich mit der neuen Situation abgefunden hat.-
-So, Leute, ich nehme mal die Kriegerin mit mir und heile ihre Wunden. Ich weiss noch genau, wie schmerzhaft es ist, wenn man von einer der Keulen getroffen wird.-
„Für heute reicht's mit dem Training, Kriegerin, du kannst morgen wieder üben. Komm mit mir."
Alica hatte so gar keine Lust, mit Lesley mitzugehen. Sie hatte Angst davor, was passieren könnte, doch sie wollte auch nicht schon wieder vor den anderen

bloßgestellt werden. Also ließ sie Rambura verschwinden und ging los, zwar ohne einen Plan, wohin sie überhaupt gehen musste, aber die Hand ignorierend, die Lesley ausstreckte.
Natürlich hatte sie wieder mal kein Glück und fand sich nach einem weiteren Schritt in Les' Zimmer wieder, er stand hinter ihr.
„Zieh die Bluse aus, ich will deine Rippen heilen."
„Nein."
Lesley verdrehte die Augen nach oben: „Komm schon Kriegerin, ich will dich nur heilen, sonst nichts. Du läufst immer noch so, dass man sofort sieht, dass du noch wund bist. Ich bin doch kein brutaler Wüstling."
„Das liegt im Auge des Betrachters. Ich bin es gewohnt, ein paar Verletzungen zu haben. Sie heilen dank meines Vampirblutes ziemlich schnell. Ich traue dir nicht, also möchte ich mich auch nicht ausziehen vor dir."
Es dauerte nicht mal eine Sekunde, da stand sie vollkommen nackt vor ihm, eine Handbewegung von ihm, und ihre Kleider waren weg. Alica fluchte los und bedeckte sich mit den Händen, so gut sie konnte.
„Mann, das ist nicht fair! Kann ich denn gar nichts mehr alleine entscheiden? Ich hasse es, wenn du mich so nötigst, ohne mir eine Chance zu lassen."
„Ich hätte ja nichts gegen einen Kampf, aber da dir jetzt schon einiges Schmerzen bereitet, denke ich nicht, dass es klug wäre zu kämpfen."
„Warum hast du dann nicht nur die Bluse genommen sondern gleich alle Kleider?"
„Wenn ich sage, dass ich nur alle auf einmal wegnehmen kann, glaubst du mir das dann?"
Alica schüttelte schnaubend den Kopf.

„Also gut, ich sehe dich gerne nackt. Du bist wunderschön! So wunderschön, dass ich am liebsten deine Wunden heilen würde, um eine neue zu verursachen. Aber da ich nachher noch schnell weg muss, begnüge ich mich damit, dich anzusehen und zu heilen."
Alica setzte sich aufs Bett und ließ ihre Arme sinken.
„Also gut, heile mich."
Lesley war erfreut über diesen kleinen Erfolg. Er stieß sie nach hinten und legte sich neben sie. Seine Hand legte sich genau unter ihre Brust. Alica wurde augenblicklich erregt, er konnte riechen, wie sie feucht wurde. Doch dies war das erste Mal, dass sie sich ihm anvertraute, und diesmal würde er es nicht ausnutzen. Schnell heilte er ihre Rippe und dann ihren Oberschenkel. Als er fertig war, ließ er sie los und streifte wie zufällig die innenseite ihrer Schenkel. Es war so verlockend, er konnte nicht anders. Doch weiter ging er nicht. Mit derselben Handbewegung zog er sie wieder an. Alica stand die Enttäuschung ins Gesicht geschrieben, denn er zog sie amüsiert an sich, legte einen Finger unter ihr Kinn und zog ihre Lippen an seine. „Später meine Süße. Wenn ich nach Hause komme."
Les hauchte einen Kuss auf ihre Lippen und war weg. Alica blieb erleichtert und enttäuscht zugleich allein im Zimmer zurück.

Roran und Lesley standen vor dem Hauptsitz des Ordens der Jäger. Die Jäger waren ein ziemlich bunter Haufen von echten Jägerinnen und ihren Möchtegern-Anhängern. Sie jagten auch nicht immer nur die Bösen, manchmal vernichteten sie in ihrer Dummheit auch eines der guten Wesen der Nacht. Jetzt, nachts, war ihr Hauptsitz praktisch leer. Roran und er glitten in den Raum, in dem sie ihre Aufzeichnungen aufbewahrten. Viele alte Bücher und Akten lagen herum, doch auch ein Computer war zu sehen. Roran setzte sich daran und versuchte, etwas über den Aufenthaltsort der Akte über Larielles und Armandes Tod zu finden.

„Hier drin steht nichts."

„Komisch. Normalerweise finden wir alle Einzelheiten hier drin."

„Du verstehst nicht. Hier drin ist nichts, was darauf hindeutet, dass Larielle überhaupt mal im Orden war."

In Les kroch eine leise Ahnung hoch.

„Damals, kurz vor ihrem Tod, hat Armande nicht etwas gesagt darüber, dass der Orden herausgefunden hatte, dass er ein Vampir war?"

„Du meinst, sie haben es herausgefunden und sie exekutiert?"

„Nein, dazu wären sie nie fähig gewesen, ich denke eher daran, dass sie sie an Recal verraten haben, damit der die Drecksarbeit für sie erledigte."

Roran überlegte kurz. „Ja, das ergibt Sinn. Recal war damals der Erzfeind von Armande."

„Ich werde die genaueren Infos wohl aus Alica rauskitzeln müssen."

Roran war derselben Meinung. Zusammen gingen sie zur Straße, auf der Suche nach ein paar Werwölfen oder Vampiren, die sie auslöschen konnten, doch die Nacht war ruhig. Ein paar anständige Vampire genossen den Abend in einer Bar. Les nickte ihnen grüßend zu, was sie freundlich erwiderten.

Les steuerte auf Roberts Wohnung zu. „Nur ein kurzer Blick, ob alles in Ordnung ist bei ihm."

Robert machte erfreut die Türe auf, als er sah, wer draußen stand.

„Hey, hallo zusammen. Was führt euch zu mir? Wollt ihr ein Bier?"

„Hey Robert, wir wollten nur mal nachsehen, ob es dir gut geht." Sie traten ein, aus dem Schlafzimmer kam schnurrend die Stimme einer Frau. „Kommst du?"

„Später, ich hab Besuch, warte einfach im Bett auf mich."

Roran grinste: „Anscheinend geht es ihm so richtig gut."

„Na ja, in der Zeit, als meine Schwester bei mir wohnte, nahm ich nie eine Frau nach Hause. Das genieße ich jetzt."

Les nickte zustimmend. „Genieß deine neue Freiheit. Hast du heute schon mit Alica geredet?"

„Ja, sie meldete mir kurz, dass sie mich nicht mehr sehen möchte und ich ein dämlicher blöder Idiot sei. Also nehme ich an, es geht ihr gut."

„Ja, sie findet sich etwas schwer damit ab, auf jemanden zu hören oder ihr loses Mundwerk im Zaum zu halten, aber das kommt noch."

Jetzt war es an Robert zu lachen. „Wenn du dich da mal nicht irrst. Ich habe Jahre lang versucht, ihr Manieren beizubringen. Keine Chance."

„Ich habe da etwas andere Mittel als du."

„Hör auf, genauer will ich das gar nicht wissen. Wenn sie vergessen hat, dass sie mich nicht mehr sehen will, musst du sie mal herbringen. Ich vermisse die kleine Kratzbürste ein bisschen."

„Mach ich. Ich hätte da noch eine andere Frage. Weisst du, wie eure Eltern ums Leben kamen? Wir fanden nichts in den Akten des Ordens."

Roberts Blick verfinsterte sich. „Der Orden hat meine Eltern an einen Meistervampir verraten, als sie herausfanden, dass Vater ein Vampir war. Dieser hat sie dann umgebracht. Ich war nicht dabei, aber Alica hat alles miterlebt. Sie trägt jetzt noch das Zeichen dieses Vampirs. Wenn ihr Genaueres erfahren wollt, müsst ihr sie fragen, doch sie hat so schon genug durchgemacht."
Lesley sagte nichts mehr und ging stumm zur Tür. Es traf ihn sehr, dass seine Kriegerin als sechsjährige den Tod ihrer Eltern miterleben musste. Roran blieb noch kurz zurück.
„Dein Stiefvater war mein Halbbruder, deine Schwester weiß das noch nicht, und ich werde es ihr auch vorerst nicht sagen, da sie sich erst an die neue Situation gewöhnen muss."
Les sah ihn verwundert an.
„Dir sag ich es, weil ich dir danken möchte, dass du so gut auf meine Nichte aufgepasst hast. Du warst ein guter Bruder. Für mich spielt es keine Rolle, ob du mit mir blutsverwandt bist oder nicht, für mich bist du ein Teil dieser Familie. Ruf mich, wenn du mich brauchst oder wenn du zu uns kommen möchtest. Unser Heim ist auch dein Heim, denn mein Halbbruder hat dich geliebt, als wärst du sein eigenes Kind. Er hat immer voller Stolz von dir gesprochen."
Diese Worte bedeuteten Robert sehr viel. Er hatte seinen Dad auch sehr geliebt und hatte häufig Angst, dass sein Vater in seinem Tod nur an Alica gedacht haben könnte und nicht auch an ihn. Doch Rorans Worte gaben ihm die Gewissheit, dass Dad auch auf ihn achtgegeben hatte.
„Vielen Dank, Roran."

Roran trat nach draußen zu Lesley. „Alles okay?"
„Ich will nach Hause, ich muss sie ansehen. Verflucht, sie war sechs."
„Gregor sagte, ihre Erinnerungen seien nur verschwommene rote Flecken, sie verdrängt es. Vielleicht solltest du ihr mehr Zeit lassen, dir zu vertrauen, bevor du sie drängst."
„Wenn Rob und sie auf Recal Jagd gemacht haben und er das herausfindet, bleibt uns nicht viel Zeit. Recal ist von reinem Kondorgeblüt. Er ist sehr stark. Um mit ihm fertig zu werden, müssten wir wohl zu dritt arbeiten. Greg ziehen wir da besser nicht mit rein. Aber Tyrell und Drako wären dafür gut geeignet. Sie könnten sie abwechslungsweise bewachen, denn ich denke, Recal würde sie auch bei uns finden."
„Denkst du wirklich, er würde es wagen, nach Schloss Rondocan zu kommen?"
Les war überzeugt, dass Recal frech genug wäre, das zu tun: „Ja, er würde kurz reinkommen und sie dann mitnehmen. Das müssen wir unbedingt verhindern. Recal ist ziemlich gut darin, seine Spuren zu verwischen. Solange sie sich mir nicht ganz ergeben hat, kann ich sie nicht überall finden. Erst wenn sie die Worte sagt, ist die Verbindung vollständig."
Roran sah verwundert auf. „Du hast sie noch nicht ganz zu deiner gemacht?"
„Ich konnte es nicht, sie ist so stolz. Ich möchte ihr noch etwas Zeit lassen."
„Lesley, wenn das stimmt, was wir herausgefunden haben, dann hast du keine Zeit mehr. Wenn Recal sie in die Finger bekommt, ist ihre einzige Chance zu überleben, wenn sie eine Kondor ist. Du solltest es tun, und zwar sofort!"

Lesley nickte, Roran hatte recht. Aber es kam ihm so falsch vor, sie so weit zu bringen, dass sie die Worte sagte. Gestern hatte er es abgebrochen, weil er ihren Stolz wahren wollte. Es wäre schlimm für sie, wenn sie ihn anflehen würde, sie zu nehmen. Aber aus irgendwelchen Gründen war das, was ihre Verbundenheit vollständig machte, wenn sie sich ihm beim Liebesakt vollständig unterwarf. Wenn sie ihn anbetteln würde, dass er sie nahm, dann war sie vollständig die seine.

Seit Urzeiten war das schon so, früher, als sie andere Gestalten annahmen, oder auch in ihrer richtigen Gestalt. Alle aus ihrem Volk verbanden sich auf diese Weise. Nur früher gab es noch weibliche Kondore, die wussten, wie es vonstattengehen musste. Sie waren dafür da zu lieben und geliebt zu werden, gaben sich gerne ihren Männern hin, ohne Stolz oder Vorurteile. Das war das Vermächtnis des wilden Tieres in ihnen. Seine Eltern hatten die menschliche Gestalt schon, als sie sich vermählten.

Nun war alles anders, doch das Ritual, um sich zu binden, blieb dasselbe.

Seine Kriegerin war stolz, doch lieber verletzte er ihren Stolz, konnte sie aber jederzeit finden und vor Recal beschützen.

Nachdem sie das Ritual beendet hätten, wäre sie eine Kondor. Sie hatten nicht die Kräfte ihrer Männer, aber eine innere Schutzmauer, die sie sehr gut vor Unbill beschützte. Sie hatten einen unsichtbaren Kokon um sich, der von ihrem Mann ausging, oder vorher von ihrem Vater. Wenn allerdings dieser starb, war der Schutzwall weg, bis sie einen neuen Mann genommen hatte.

Auch konnten die Ehemänner ohne Schwierigkeiten ihre Frauen finden. Das innere Band funktionierte wie ein Sensor, der aber sein Netz über die ganze Welt spannte und noch weiter.
„Du hast recht. Ich muss es beenden. Und weißt du was, du solltest hierbleiben und Robert bewachen. Er ist noch viel mehr in Gefahr als Alica. Er ist ein Mensch."
Les ging zum Schloss zurück, während Roran sich bei Roberts Haus niederließ. Er fühlte förmlich, dass etwas passieren würde und was immer es war, es machte keinen guten Eindruck.

5. Kapitel

Alica war nicht in seinem Zimmer, doch das überraschte Les gar nicht. Langsam zog er gedanklich ein Raster über das Schloss. Schließlich fand er sie in der Vorratskammer. Sie lag auf einer Decke und schlief, ihre Katze – ihr Name war Snoop, soweit er wusste – lag schnurrend neben ihr. Mewil saß auf einem Stuhl in der Nähe. „Ich wollte sie hier nicht alleine lassen. Als ich sie gefunden habe, schlief sie schon. Ich dachte, Ihr würdet sie holen kommen, Sir."
„Vielen Dank, Mewil, alter Knabe, wahrscheinlich wird sie noch öfter woanders schlafen gehen", seufzte Lesley.
Mewil lächelte ihn an. „Sie ist eine sehr starke Frau, Sir, doch in ihrem Inneren ist sie ein kleines Mädchen, das sich am liebsten vor der Welt verstecken würde. Ich sehe es ihr an."
„Ihre Eltern wurden ermordet, als sie sechs Jahre alt war, und sie ist dabei gewesen."
Mewil traten Tränen in die Augen „Arme Kleine. Zum Glück hat sie hergefunden. Ihr werdet sie beschützen."
„Sei in nächster Zeit vorsichtig, Mewil. Der Mörder ihrer Eltern ist vermutlich hinter ihr her. Er wird versuchen, sie von hier wegzuholen. Wenn du einen Fremden siehst, geh sofort weg, auch wenn er schon bei ihr ist, und ruf uns zusammen. Geh auf keinen Fall dazwischen. Das würde dich das Leben kosten, und dafür haben wir dich zu gern."
„Danke, Sir, ich werde es auch den anderen sagen."

Lesley nickte, legte Snoop in Mewils Arme „Nimm ihn mit zu dir. Wir können in der heutigen Nacht keine Gesellschaft brauchen."
Lesley hob Alica sanft in seine Arme, sie kuschelte ihren Kopf an seine Brust und lächelte zufrieden. In seinem Zimmer legte er sie aufs Bett. Am einfachsten wäre es, er würde sie gar nicht erst richtig wach werden lassen.
Lesley fegt ihre Kleider mit einem Wisch fort. Er stand lange da und sah auf ihren wunderschönen Körper herunter. Ihre Haut schimmerte fast durchsichtig, was sie noch zarter wirken ließ. Schnell legte er sich neben sie und begann, sie mit seinen Händen zu streicheln, erst über den Bauch, dann langsam nach oben zu ihrer Brust. Als er eine ihrer Brustwarzen, die dunkelrot hervorstachen, zwischen Zeigfinger und Daumen rieb, begann sie sich zu regen. Sie bog sich seiner Hand entgegen, seufzte leise und hob stoßweise ihren Unterleib vom Bett. Lesley lächelte.
-Was du wohl träumst meine Süße?-
Er küsste erst zart ihre Lippen, ließ sich dann weiter nach unten gleiten und nahm ihre andere Brustwarze in den Mund, sog sanft daran. Alica wimmerte und wand sich im Schlaf. Les ließ seine Hand nach unten gleiten. Sanft teilte er ihre Lippen und nahm ihr Knötchen zwischen Zeig- und Mittelfinger. Im gleichen Rhythmus, wie er an ihrer Brustwarze sog, glitt seine Hand auf und ab. Seine Finger wurden feucht von ihrem Saft.
Lesley bemerkte genau, in welchem Moment sie aufwachte. Ihr ganzer Körper verspannte sich. Damit sie keine Gelegenheit hatte, auf Abwehr zu schalten, ließ er seine Hand noch weiter nach unten gleiten und drang mit einem Finger in sie ein. Alica hob sich ihm

entgegen und keuchte auf. „Mach es uns einfacher und bitte mich darum, dich zu nehmen."
Alica drückte seiner Hand entgegen, doch schüttelte sie wild den Kopf. „Nein."
Da schob er den zweiten Finger in sie und drückte den Handballen auf ihre Weichteile, während er auf und ab glitt. Etwas fest biss er in ihre Brutwarze. „Ich werde heute nicht weitergehen, bis du dich mir ganz ergeben hast."
„Niemals." Als Alica ihre Hüften an ihm zu reiben begann, zog er seine Hand zurück. „So nicht, meine Liebe."
Lelsley legte sich auf den Rücken und zog sie über sich. Alica hatte nicht die Kraft, sich zur Wehr zu setzen. Sie genoss viel zu sehr, was er mit ihr machte. Doch als er sie am Po packte und mit dem Geschlecht zu seinem Mund zog, versteifte sie sich wieder. „Nein."
Ein Hauch. Unbeirrt hielt Les sie am Po fest und ließ seine Zunge über sie gleiten. Er eroberte sie, plünderte ihren Körper. Er ließ sie nicht nach oben ausweichen und nicht näher an ihn kommen. Sanft und genüsslich kostete er sie aus. Immer wenn er spürte, wie sie einem Höhepunkt entgegenglitt, zog er sich kurz zurück. „Du musst mich nur darum bitten."
Alica konnte sich nur noch oben am Bett festhalten, ihr Kopf war leer, jedes ihrer Glieder vibrierte vor unerfüllter Lust. Doch sie schüttelte den Kopf, während eine Träne sich über ihre Wange stahl. „Ich kann nicht."
„Du musst, Kriegerin."
Les hasste sich selbst dafür, was er da tat, und für ihn war es auch eine Strafe. Sein ganzer Körper schrie förmlich nach ihr. Er wollte tief in sie stoßen und sie

schreien hören vor Lust. Sie war stark, er musste wohl zu einem Trick greifen.

Lesley schob Alica von sich und stellte sie vor sich auf die Knie. Sein harter Schaft glitt mit einer geschmeidigen Bewegung in sie, doch hielt sie dann fest. Er sammelte seine Konzentration und spaltete seinen Körper. Weit spreizte er ihre Beine und hielt sie vor sich fest, dass sie sich keinen Millimeter bewegen konnte, während der andere Teil von ihm zwischen ihre Beine glitt und wieder begann, sie mit der Zunge zu reizen.

Alica versteifte sich. Sie konnte sich gar nicht mehr rühren, nicht ein bisschen seine Zunge anders lenken. Sie spürte ihn hinter sich. Seinen starken Körper an sie gepresst, sein Schaft tief in ihr drin, dazu noch seine Zunge an ihrem Schoss, die ihr Knötchen reizte. Sie konnte nicht mehr, mit einem lauten Schluchzer schrie sie: „Bitte, bitte, Les tu mir das nicht an."

Les hielt kurz inne. „Nun bitte mich doch endlich, dich zu nehmen, ich möchte dich nicht weiter quälen."

„Ich kann nicht."

Les machte weiter, unerbittlich. Er wollte sie heute endgültig zu seiner machen. Zu ihrem eigenen Besten. Nun legte er seine Hände noch um ihre Brüste und kniff in ihre Brustwarzen. Alica weinte ohne Unterlass. Sie gab auf, sie ertrug es nicht mehr.

Leise flüsterte sie: „Bitte, Les nimm mich. Bitte, bitte nimm mich."

Lesley hörte sofort auf, sie zu quälen, schnell stieß er in sie, packte mit den Händen ihre Taille, um sie hart an sich zu ziehen. Binnen Sekunden explodierte die Welt um Alica, und die Anspannung entlud sich mit voller Wucht. Lesley knurrte, als er ebenfalls zum Orgasmus kam.

Keiner von ihnen war danach zufrieden. Alica drehte sich von ihm weg und weinte weiter. Als Les ihr die Hand auf die Schulter legte, schüttelte sie ihn ab und sprang aus dem Bett. Ihre Stimme war nur noch ein Zischen. „Ich hasse dich. Dafür hasse ich dich."
Les sah sie betroffen an. „Ich kann das verstehen. Komm her, schlaf erst ein bisschen. Morgen hast du dich etwas beruhigt."
„Ich will nicht bei dir liegen."
„Du solltest bereits gelernt haben, dass dir deine Diskussionen nicht viel bringen. Komm her!"
Alica ging steif zu ihm. „Ja, großer Meister, da bin ich. Auf welche Seite soll ich mich legen? Links oder rechts? Mit dem Gesicht zu dir oder von dir weg?"
Les erwiderte nichts, er zog sie an ihrer Hand zu sich herab, legte ihren Kopf auf seine Brust und zog sie fest in seine Arme. Alica lag steif da und ließ es mit sich geschehen. Sie konnte ja doch nichts gegen ihn ausrichten.
„Alica, ich habe das nicht gerne gemacht. Ich habe es nur getan, weil das unsere Verbindung abschloss. So wurdest du endgültig zu meiner Gefährtin. Ich schwöre dir, es hat mir weder Spaß gemacht, noch werde ich sowas jemals wieder tun. Unter normalen Umständen hätte ich gewartet, bis du die Worte freiwillig gesagt hättest. Bis du mich geliebt hättest. Doch ich musste dich zu einer Kondor machen, um dich zu beschützen."
Alica begann zu verstehen, warum er sie so misshandelt hatte. Doch im Moment wollte sie weder mit ihm reden, noch ihm verzeihen.
Alica lag noch lange wach und dachte über ihre Situation nach. Sie wollte zurück zu Rob, in ihr altes Leben. Irgendwie musste sie es schaffen, von Lesley

loszukommen, oder er würde ihren Willen brechen.
Das würde nicht leicht werden, denn mal abgesehen davon, dass er fast alles mit ihr machen konnte, hatte er sich bereits in ihr Herz geschlichen. Sie begann ihn zu lieben, gerade deshalb hatte seine Aktion heute Abend sie so sehr verletzt.
Lesley lag neben ihr und hielt sie fest. Er schlief nicht, sondern lag nur da und fühlte sie.
Es würde nicht leicht sein, sie wieder auf seine Seite zu bringen, aber sie musste lernen, dass ihr altes Leben vorbei war und sie nicht mehr dorthin zurück konnte.
Hier bei ihnen gab es andere Regeln und andere Sitten.

6. Kapitel

Alica wachte auf, als Les neben ihr hochsprang. „Was ist los?"
„Ich muss zu Roran, schlaf weiter."
Alica setzte sich auf. „Ist was mit ihm? Ich will mit. Ich kann helfen."
„Nein, du bleibst hier. Ich muss mich beeilen. Schlaf weiter."
Schon war er fort. Alica machte sich Sorgen. Er hatte sehr aufgeregt gewirkt, was nicht normal war bei ihm.

Lesley hatte einen Ruf von Roran erhalten. Ein paar Vampire waren in Roberts Wohnung eingedrungen. Les materialisierte sich direkt zu Roran. Er konnte gerade noch zurückweichen, um einer Hand mit scharfen Klauen auszuweichen. Er zog seinen Dolch und erledigte den Angreifer mit einem Hieb ins Herz.
„Wo ist Robert?"
Roran erledigte noch zwei. „Recal war hier und hat ihn mitgenommen. Es waren zu viele, als dass ich es hätte verhindern können."
Lesley fluchte, wie sollte er das bloß Alica beibringen? Schnell erledigten sie noch die verbliebenen drei Vampire. Roberts Wohnung glich einem Schlachtfeld. Roran hob einen zerbrochenen Bilderrahmen auf. Darin befand sich ein Foto von der etwa acht Jahre alten Alica mit ihrem 18-jährigen Bruder.
„So eine verdammte Scheiße! Wir müssen sofort zu Alica, sie kann Verbindung zu ihm aufnehmen!"
„Ich will ..."

„Nein, Lesley, er ist der Sohn meines Bruders. Und mal abgesehen davon, Alica würde es dir niemals verzeihen, wenn du es ihr nicht sofort sagen würdest. Ihr Bruder ist der Einzige, der über Jahre für sie da war. Alles, was du bisher mit ihr angestellt hast, wäre nichts gegen die Sache, dass du ihr vorenthalten würdest, dass ihr Bruder in Lebensgefahr ist."
Les gab ihm Recht. Beide materialisierten sich wieder in Les# Zimmer. Alica saß noch immer nackt auf dem Bett und sah erschrocken auf, als plötzlich die beiden Männer vor ihr standen. Roran sah verlegen zur Seite, während Les ihr schnell die Kleider wieder hinlegte.
Alica sprang auf. „Was ist passiert?"
Les wusste nicht, was er ihr sagen sollte. Er ging zu ihr und nahm ihr Kinn in seine Hand. „Süße …"
Alica dachte nicht mal daran, sich ihm zu entziehen. Es war etwas passiert. Etwas Schlimmes. Alles, was sonst zwischen ihnen stand, zählte jetzt nicht. Es fiel ihm sichtlich schwer, es ihr zu sagen, das konnte nur bedeuten, dass Rob … "Nein, sag mir, dass ihm nichts passiert ist!"
Les zuckte zusammen, ihre Stimme war laut und hysterisch, Panik lag in ihrem Blick.
„Süße, Recal hat herausgefunden, wo du wohnst und …"
Alica hörte ihn nicht mehr, sie hörte nur noch ein Pochen in ihren Ohren. Und sie schrie, schrie und schrie weiter. Sie konnte nicht mehr aufhören.
Alle stürzten in Lesleys Zimmer, um zu sehen, was passiert war, mit gezückten Waffen, um zu töten, was Alica so erschreckt hatte, doch sie fanden nur einen hilflosen Lesley mit der schreienden Frau in seinen Armen und Roran, der ratlos daneben stand.

Gregor las schnell aus den Gedanken, was los war und nahm die Sache in die Hand. Er packte Alica an den Armen und zog sie an seine Brust. Er sagte immer wieder in ihr Ohr. „Hör in dich, noch lebt er. Wir müssen ihn finden. Noch lebt er, horch in dich, wir müssen ihn finden."
Er musste es fünf Mal wiederholen, bis Alica ihn verstand. Sie sackte in sich zusammen.
Greg ließ sie los und sagte. „Hör zu, Frau, du bist eine Kriegerin, du darfst jetzt nicht zusammenbrechen. Du musst ihn finden. Du bist die Einzige, die mit ihm verbunden ist. Wenn wir ihn wieder haben, kannst du zusammenbrechen."
Lesley nickte Gregor dankend zu.
Alica riss sich zusammen. Sie richtete sich auf. „Ich werde ihn finden, aber ihr nehmt mich mit, sonst mache ich mich alleine auf den Weg."
Gregor sah zu Les. "Hast du sie inzwischen ganz genommen?"
„Verflucht nochmal, was geht euch das an? Ja, okay? Ja ich habe ihn angebettelt. Zufrieden?"
Gregor grinste sie an, trotz der schlimmen Situation. „Na dann sei froh, denn das ist der einzige Grund, weshalb du mitkommen darfst. Weil du jetzt eine Kondor bist. Du kannst dich später bei Les bedanken."
„Den Teufel werde ich tun. Ich brauche etwas Ruhe! Lasst mich allein …"
Alle verließen den Raum, bis auf Les und Roran. „Ich traue dir nicht, Kleines. Nachher gehst du doch allein auf Tour", sagte Roran zu ihr.
„Du darfst bleiben, du beruhigst mich. Doch du solltest auch gehen."
Les war wirklich verletzt, sie wollte ihn ausschließen.

„Schau nicht gleich wie ein begossener Pudel. Ich meinte nur, weil du mich nervös machst."
Da war sie wieder, die Kriegerin. Les war froh, dass sie zurückgefunden hatte.
„Du wirst dich zusammenreißen müssen, Süße, ich gehe nicht."
Alica achtete nicht mehr weiter auf ihn. Sie sammelte ihre ganze Energie und schickte sie aus, um Robert zu finden. Lesley wie auch Roran staunten über die Macht, die bereits so kurz nach der Wandlung von der jungen Frau ausging. Ihre Haut schimmerte in einem gleißenden Weiß, und ihre Haare leuchteten golden auf. Beide begleiteten Alicas Gedanken und sahen das Raster, das sie über die Stadt zog. Sie folgte einer Spur, die nur sie erkennen konnte, und es dauerte nicht lange, bis sie Robert gefunden hatte. Sie fühlte seinen Schmerz, war froh darüber, dass er noch lebte, doch traurig, dass er litt.
„Er ist in der Nähe von New York, tief in einer Höhle, in den Bergen."
„Weisst du genau wo?"
„Ja, ich kann ihn fühlen."
Les ließ alle sammeln, außer Wasili und Harris, die wieder in Russland waren. Alica ging in die Mitte. Alle anderen Männer stellten sich um sie herum. Sie sah sich von einer fleischigen Masse umzingelt. Alle legten ihre Hand auf ihren Körper. In einer anderen Situation wäre sie schreiend weggerannt. Doch sie war die Einzige, die wusste, wo Robert war, leider auch die Einzige, die sich noch nie dematerialisiert hatte, eine Fähigkeit, die sie nicht von ihrem Vampirblut übernommen hatte.
„Ich werde meinen Geist mit deinem verbinden und die Sache übernehmen. Ist das okay für dich?"

„Ich vertraue dir."
Gregor sah noch fragend zu Lesley, der seine Zustimmung gab. Die Verschmelzung von Gedanken war eine sehr intime Sache, doch auch er vertraute seinem König.
Gregor nahm Alicas Hand. Sie fühlte, wie er an ihren Kopf antastete. „Du musst mich freiwillig reinlassen, sonst tu ich dir weh."
Alica versuchte, ihre Sinne offen zu halten. Doch je weiter Gregor eindrang, desto schwerer fiel es Alica, sich offen zu halten. Sie wimmerte, was Les schon fast dazu brachte, die Sache abzubrechen. Doch Roran packte ihn an der Schulter und schüttelte den Kopf. „Süße, denk an Robert. Nur daran, wo er ist und sonst an nichts. Dann wird's klappen."
Alica war froh, Les' Stimme zu hören. Sie griff seinen Rat auf, und innerhalb weniger Sekunden waren sie alle in der Höhle. Nicht dass Alica was gesehen hätte, oder irgendwer dort drin Alica, denn die Kondore blieben genauso um sie stehen, wie sie sich materialisiert hatten.
Alica hörte, wie jemand sprach. Die Stimme schickte ihr Schauer über den Rücken.
„Sieh an, sieh an, König Gregor und seine Truppe Weicheier. Was verschafft mir die Ehre?"
„Du hast etwas, das uns gehört."
„Was könnte das sein?"
Alica versuchte, zwischen den Männern hindurch zu linsen, doch die Mauer war dicht.
„Meinst du etwa dieses sabbernde Fleischbündel, das da hängt? Ist doch nur ein Mensch, mit dem ich mich ein bisschen amüsiere. Ist eh nicht mehr viel Leben in ihm, aber er hat gesungen wie ein Baby. Sagte, dass

die Frau, die ich suche, jetzt bei euch ist. Also würde ich sagen, ihr habt etwas, das mir gehört."
Les knurrte. „Mir! Sie gehört mir, und kein anderer rührt sie an."
Recals Lachen war so böse wie er selbst. „Hat also die Schlampe einen mächtigen Beschützer gefunden? Doch irgendwann passt du nicht mehr so gut auf sie auf, und dann bin ich bereit und hole sie mir."
Alica hörte einen Moment nichts mehr, dann sagte König Gregor „Lesley, bring sie weg hier. Sie muss ihn so nicht sehen. Wir räumen den Kleinkram hier noch auf, und Alexander versucht …"
Gregor sprach nicht weiter. Alica musste nicht wissen, wie verletzt Robert aussah. Sein Körper war in Fetzen gerissen. Alexander schüttelte den Kopf, er wusste nicht, ob er ihn durchbringen konnte.
Alica hatte vorher etwas gelernt. Sie ignorierte Les' Griff, riss sich los und materialisierte sich direkt zu Robert.
„Oh Gott, Robert." Alica konnte nur fassungslos auf ihren Bruder starren, respektive auf den Fleischberg, der zu ihren Füssen lag. Sofort brach sie wieder in Tränen aus.
„Herrgott, Lesley, du musst dringend deine Gefährtin in den Griff bekommen."
Les nickte, würde sie besser auf ihn hören, hätte er ihr diesen Anblick ersparen können. Er packte sie und materialisierte sich zurück in ihr Zimmer.
Alica weinte noch lange. Lesley hielt sie im Arm und war nicht fähig, ihr auch noch Vorwürfe zu machen. Irgendwann hob sie den Blick und sah ihm in die Augen. Ihre blauen Augen schwammen vor Tränen und spiegelten wie ein Bergsee, in den das strahlende Sonnenlicht schien.

„Er wird ihn doch retten? Oder? Alexander wird es schaffen?"
Les konnte nicht antworten, er wusste es nicht.
Alexander war ein begnadeter Heiler, aber von Robert war nichts mehr übrig gewesen.
„Weisst du was, ich werde hingehen und dafür sorgen, dass er überlebt. Ich werde nicht zulassen, dass dein Bruder stirbt."
Alica stand auf und hielt ihre Hand an seine Wange. „Danke."
Les ging zu Alexanders Praxis, wo auch Roran schon stand. „Wie steht's um ihn?"
„Er wird sterben, außer er bekommt Blut von uns. Alex meint, das könnte ihn retten, doch er will es erst mit König Gregor absprechen, denn dann wäre auch Robert ein Kondor. Und wir wissen nicht, ob er gut oder böse wird."
„Er kann ihm mein Blut injizieren. Hauptsache, er rettet ihn. Alica würde seinen Verlust nicht überwinden."

Les irrte sich. Alica forschte in sich nach Rob, doch er war fort. Sie wusste, egal, was ihre neuen Freunde noch tun würden, Robert war fort und würde auch nie mehr zurückkommen. Doch in ihr war keine Trauer, nur eine grenzenlose Wut. Recal hatte ihr den letzten ihrer Familie genommen. Eine grenzenlose Wut und ein tief sitzender Hass stiegen in ihr hoch. Es gab nur eines, was sie tun wollte: Recal töten.
Zuerst musste sie von hier fliehen, ohne dass sie gleich wieder einer der Jungs zurückholte. Sie war jetzt eine Kondor. Doch mit Lesley hatte sie einen zu guten Wärter. Wie sollte sie das bloß anstellen?
-Ich werde dir helfen.-

Erschrocken fuhr sie zu der Stimme herum. Es war nur ein Licht zu sehen, das neben ihr schwebte.
„Wer zur Hölle bist du?"
-*Ich bin Regan, deine Wächterin. Jede Kondor hat einen Wächter oder eine Wächterin, da nie eine Kondor geboren, sondern immer gemacht wurde. Die Kondor können zwar Kinder bekommen, aber das sind immer Jungs, nie Mädchen. Da die Kondor mit ziemlich harten Kerlen zusammenkommen, hat die Urmutter uns beauftragt, die Frauen zu unterstützen und ihr neues Können zu fördern, damit sie sich auch gegen ihre Männer ein bisschen wehren können.*-
„Die Urmutter hat euch ausgeschickt, damit wir uns gegen unsere Männer wehren können?"
-*Nein, nur um euch zu unterstützen. Die Urmutter hat die Kondore immer unterstützt in ihrem Tun. Sie stellt sich ihnen niemals in den Weg. Sie war selbst die Frau von einem von ihnen. Als er dem Abgrund nicht mehr widerstehen konnte, hat auch sie sich in ihn geworfen. Aber sie wollte die Frauen nicht ganz ohne Führung lassen, da die Männer eine solche Kraft haben, dass sie uns erst noch erschuf, um euch zur Seite zu stehen.*-
„Kannst du mir sagen, wie ich es verhindern kann, dass Lesley mich findet? Ich will das alleine tun. Wenn ich es lebend überstehe, das alles zu tun, will ich alles über dich wissen."
Alicas Augen glühten rot auf. Das Erbe des Vampirs in ihr trat hervor, und der Dämon kam zum Vorschein und mischte sich mit der magischen Farbe ihres Gefährten und dem Blut der Jägerin. Ihr ganzer Körper begann zu schimmern, und sie nahm eine Macht in sich wahr, die von ihrem Hass noch genährt wurde.
„Aber erst will ich Recal tot am Boden sehen."

„Ich verstehe deinen Wunsch nach Rache, und ich mache deshalb etwas, das ich nicht dürfte. Ich werde dich vor ihm abschirmen. Du kannst das nicht, aber ich werde seine Energie immer auf mich lenken. Allerdings kann ich dich dann nicht begleiten."
„Es ist schon gut, Regan. Das ist eine Sache, die ich allein tun muss."
„Wie willst du Recal finden?"
"Es gibt da jemanden, der mir noch einen Gefallen schuldet, der weiss, wo Recal sich aufhält."
Alica materialisierte sich direkt in die Burg der Vampire, genau vor die Füße von König Vasili. Einige Krieger wollten sofort auf sie losgehen, doch der König winkte ab. „Seit wann kannst du dich materialisieren, Kriegerin? Du hast anscheinend was dazu gelernt."
„Alica!" Armana, die wunderschöne Schwester von König Vasili, kam auf sie zu geflitzt und umarmte sie erfreut. Vor zwei Jahren hatte Alica sie einmal vor ein paar bösen Vampiren gerettet. Seither trafen sie sich nachts öfter zu einem gemeinsamen Kampf oder einem Schwätzchen. Vasili ließ sie immer etwas überwachen, allerdings dachte sie, dass er kaum auf Schloss Rondocan Zugriff hatte. Deshalb wusste er auch nichts von den neuesten Ereignissen.
Armana schaute sie überrascht an. Alicas Haut schimmerte, als wäre ihre Haut mit Goldstaub überzogen. Ihre Augen glühten rot, in ihnen lag ein grenzenloser Hass, und ganz hinten ein Kummer, den sie kaum verbergen konnte.
Vasili schob seine Schwester sanft zur Seite und nahm Alicas Arm. Seit sie damals seine Schwester gerettet hatte, fühlte er sich für ihre Sicherheit verantwortlich. Allerdings dachte er, als die Kondore sie mitnahmen, dass ihr dort nichts passieren könnte.

Vasili führte Alica zu einem Stuhl.
„Setz dich hin und erzähl mir, was passiert ist. Ich dachte, dass Lesley und Roran gut auf dich achten würden."
Alica war nicht überrascht, dass er die Kondore kannte. Die Völker der Wesen der Nacht hatten genauso Kontakt zueinander wie die Menschen.
„Es hat nichts mit ihnen zu tun. Recal hat uns gefunden und Robert gefoltert und getötet. Ich will zu ihm und Rache üben."
Vasili schüttelte traurig den Kopf. Er hatte Robert gemocht.
„Du kannst nicht alleine gegen Recal bestehen."
„Täusch dich nicht. Ich bin nicht mehr dieselbe wie vor drei Tagen."
„Ich bin überrascht, dass König Gregor dich einfach gehen ließ."
„Das ist eine Sache, die ich alleine tun muss. Ich bin geflohen von Schloss Rondocan, und meine Wächterin verhindert, dass sie mich finden."
„Deine Wächterin?"
„Ich bin jetzt eine Kondor."
Vasili sah sie überrascht an. „Welcher von ihnen hat sich mit dir verbunden?"
„Ich bin die Gefährtin von Lesley."
Aha, der Gedankenkrieger, der sich teilen konnte. Vasili hatte eine Zeit lang selbst mit dem Gedanken gespielt, sich mit Alica zu paaren, doch er hatte schnell gemerkt, dass sie für ihn zu unbeherrscht war. Es wäre zu schwer, sie im Griff zu behalten, und leider hatte er mit seiner Schwester schon eine Frau an der Backe, die dieses Übel zur Genüge ausfüllte.
„Hast du auch nur den Hauch einer Ahnung, was er mit dir machen wird, wenn er dich erwischt? Du bist

seine Gefährtin! Die Gefährtinnen der Kondore gehen nicht auf eigene Faust los, sie gehorchen, sie kämpfen nicht, sondern sind ganz für ihre Ehemänner da."
Trotz der Situation musste Alica lachen. „Aber nicht die Frauen der heutigen Zeit. Da werden sich die Kondore umgewöhnen müssen. Du sagtest mal, du schuldest mir einen Gefallen. Den fordere ich jetzt ein. Du weisst, wo Recal ist. Sag es mir."
„Wenn ich das tue, bringt mich dein Gefährte um."
„Vasili, Recal hat meine Eltern vor meinen Augen getötet, er hat meinen Bruder in Fetzen gerissen. Ich will seinen Tod. Ich muss ihn töten oder bei dem Versuch, ihn zu töten, sterben."
Vasili verstand sie. Er sagte ihr den Aufenthaltsort von Recal. Zur selben Zeit sandte er einen Warnruf zu König Gregor.
Alica ließ sich nicht länger aufhalten. Sie dematerialisierte sich augenblicklich. Armana stürzte zu ihr und hielt sich an ihrem Arm fest, „Ich lass dich nicht allein gehen."
Vasili konnte nicht mehr verhindern, dass sich seine Schwester an Alica hängte. Alle sahen entsetzt auf die beiden schwindenden Frauen. „Verfluchte kleine Hexe, dass sie sich auch immer in Gefahr bringen muss! Sie braucht unbedingt einen Mann, der sie in den Griff bekommt. Wenn ich sie da lebend raushole, erinnert mich daran, dass ich sie an den nächstbesten Tyrannen verschenke."
Die Vampire im Saal sammelten sich, um für ihre Prinzessin zu kämpfen. Alle mochten die quirlige kleine Vampirin, die immer einen Scherz auf den Lippen hatte.

7.Kapitel

Roberts Blut war praktisch vollständig mit Lesleys und Rorans ausgetauscht worden. Sein Leben hing nach wie vor an einem seidenen Faden, doch eine kleine Chance bestand, dass er überleben würde. Wenn seine Organe das Blut in ihm akzeptierten, würde er beginnen, sich von innen nach außen selbst zu heilen.
„Wo ist Alica, Lesley?"
„In meinem Zimmer, ich fühle sie da."
„Ich bekam gerade eine Nachricht vom König der Vampire. Alica und seine Schwester haben sich gerade alleine zu Recal begeben."
Les materialisierte sich in sein Zimmer. Alica war weg. Dennoch spürte er ihre Präsenz hier. Wie konnte das sein?
„Wir treffen uns sofort mit Vasili und machen uns zusammen mit ihm auf die Suche nach den beiden."
Greg stand neben ihm.
„Wenn ich die in die Finger kriege. Sie hat gespürt, dass Robert starb, glaubte nicht daran, dass wir ihn noch zurückholen können. Sie hat mich nur weggeschickt, um abzuhauen. Dieses berechnende kleine …"
„Sie kommt um vor Trauer und Hass, weil sie denkt, dass ihr Bruder tot ist. Sie kann ihn nicht mehr spüren, weil er entweder wirklich tot ist oder sich in der Umwandlung befindet. Du kannst sie nicht verantwortlich machen für das, was jetzt passiert."
Roran war ebenfalls zu ihnen getreten.
„Wie schafft sie es, sich vor dir zu verbergen?"
„Ich weiss es nicht."

Gregor sah auf. „Darüber machen wir uns Gedanken, wenn wir die beiden Frauen gerettet haben."
„Die beiden?" Roran wusste noch nichts von Armana.
„Vasilis Schwester hat spontan beschlossen, Alica in den Suizid zu begleiten." Gregors Stimme klang amüsiert. Er war gespannt auf die Frau, so dumm und doch so mutig. Er kannte Vasili schon sehr lange, aber seiner Schwester war er noch nie begegnet. Zu den Orten, wo sie sich trafen, kamen normalerweise keine Frauen mit, schon gar keine Schwestern.
„Wie kannst du dich darüber noch amüsieren?"
„Na stell dir mal vor, wie Vasili aus der Wäsche geschaut hat, als Armana sich vor seinen Augen an Alica geklammert hat, nachdem er Alica in Gefahr brachte und ihr verriet, wo Recal sich versteckt."
Roran und Lesley konnten nicht anders, als zu lächeln.

Alica und Armana materialisierten sich am Eingang der Höhle, in der Recal sich laut Vasili aufhielt. Alica betrachtete Armana eher nachdenklich als wütend.
„Ich verstehe, warum du mit wolltest, du willst mich beschützen, wie ich dich einmal beschützt habe."
Armana nickte „Wir sollten uns beeilen, es wird nicht lange dauern, bis er uns spürt."
„Ja, gehen wir rein. Ich fühle vier Vampire im vorderen Teil der Höhle und drei bei Recal im unteren Bereich."
„Ich nehme die rechts."

Alica rief Rambura, überrascht sah sie auf sein Leuchten, es war gleissend rot. Auch Armana schaute irritiert auf das Schwert. „Das ist neu."
Alica nickte. „Allerdings."

Still und schnell wie Schatten glitten sie in die Höhle und tanzten den Tanz des Todes. Alica schlug in einer fließenden Bewegung dem ersten Vampir den Kopf ab. Der zweite etwas grössere und ebenfalls Klasse-Zwei-Vampir war erst wie erstarrt. Doch dann griff er übergangslos an. Er erwischte Alica an der Schulter und krallte sich fest, Alica stöhnte auf vor Schmerzen, da fühlte sie innerlich ein Feuer in sich, es brannte heiß und lodernd auf ihrer Haut und verwandelte den Vampir binnen Sekunden in ein Häufchen Asche.
„Was zum Teufel ..."
Armana kämpfte noch immer gegen beide Gegner, wobei sie dem einen gerade das Herz herausriss, als Alica zum Feuerball wurde. Beide, sie und der zweite Gegner, hielten inne und starrten auf Alica. Dass nicht noch ihr Mund offen stand, war ein Wunder. Alica deutete auf den Vampir, was Armana aus ihrer Bewegungslosigkeit holte. Ihre Krallen schossen vor, und sie schlitzte dem Vampir den Hals auf, der daraufhin ebenfalls in einem Häufchen Asche zusammenfiel.
„Was war denn das?"
„Keine Ahnung, Armana, ich bin noch nicht sehr lange eine Kondor."
„Wie bist du zu einer geworden?"
„Nicht freiwillig, meine Liebe, absolut nicht freiwillig. Doch das ist jetzt nicht der richtige Zeitpunkt, darüber zu reden. Ich glaube Recal hat uns bemerkt. Sie haben sich gesammelt und warten."
Armana und Alica betraten ohne Zögern die untere Höhle. Recal stand in der Mitte, neben einer Art Thron. Er sah aus wie Mitte 40, der nette Nachbar von nebenan, nicht wie ein Killer. Seine dunklen Haare waren kurz geschnitten, fast im Millimeterschnitt, seine

Gesichtszüge hatten etwas Weiches, Weibliches. Er lächelte sie an. Recal war nicht ganz so kräftig wie ihre Jungs, doch sein Körperbau passte nicht zu seinem Gesicht. Er war ein Kondor, konnte jede Gestalt annehmen, die er wollte.
Die anderen beiden waren nichts weiter als Bodyguards. Hirnlose Fleischklötze, die nur zum Kämpfen gezeugt worden waren.
„Willkommen, willkommen! Endlich lerne ich dich kennen. Dein Bruder wollte mir ja par-tout nichts über dich erzählen. Apropos dein Bruder, als ich ihn das letzte Mal gesehen habe, sah er nicht besonders gesund aus. Hat er sich gut erholt?"
Nur kurz ließ Alica ihren Hass aufblitzen, danach riss sie sich zusammen. „Er lässt nett grüßen."
Recals überraschten Blick war die Lüge tausendmal wert.
„Und wen haben wir denn hier? Was wohl dein Bruder dazu sagen wird, dass du hier bist, Armana? Vasili mag mich nicht besonders, vielleicht würde eine Schwägerschaft unsere Beziehung verbessern."
„Nur über meine Leiche!" Armana brachte sich in Kampfstellung.
„Das dürfte nicht wirklich ein Problem sein, meine Liebe, vor allem da ich diesen Blondschopf deiner schwarzen Mähne vorziehe."
Alica lachte humorlos auf. „Was für ein Pech für dich, da kam dir doch einer zuvor."
Jetzt achtete Recal erstmals genau auf sie. Seine stechenden Augen hielten sie gefangen und schienen durch sie durchzugehen.
Langsam machte sich Wut in ihm breit, grenzenlose Wut. Alica rief Rambura, das nun rot leuchtete und mit Feuer umrahmt war. Recal war in einer Sekunde bei

ihr und zischte: „Das wird dich nicht retten, heute vielleicht, aber irgendwann werde ich deine Schutzmauer umgehen können, Kondorin. Oder ich töte deinen Mann, dann ist sie nicht mehr da. Lesley hat sich vielleicht genommen, was mir gehört, doch er wird es genauso schnell wieder verlieren!"
Alica sah ihn verächtlich an. Er stand da, sabbernd und brabbelnd und schwafelte Mist. Es würde ihr sehr viel Freude bereiten, ihm ihr Schwert in die Brust zu stoßen und es noch genüsslich umzudrehen.
„Ich habe vielleicht die zweifelhafte Ehre, die Frau von Lesley zu sein, doch selbst wenn ich das nicht wäre, würde ich eher sterben, als dich an meiner Seite zu wissen."
„Er wird dafür bezahlen, sich meine Frau gekrallt zu haben und wenn er winselnd vor mir liegt, wirst du gerne an meine Seite kommen und mir gehören …"
„Ich gehöre keinem! Weder ihm noch dir, ich gehöre nur mir selber."
„Und doch hast du ihn im Bett angefleht, dich zu nehmen. Du gehörst ihm, sonst würdest du nicht seinen Schutz genießen."
Alica wurde rot.
Sie brachte sich in Kampfstellung und wollte gerade angreifen, als Recal beide mental packte und sie über dem Boden schweben ließ. Seine schwarze Aura griff um sie, und seine böse Ausstrahlung züngelte nach ihnen. Sie zappelten in der Luft, und Alica wurde schlagartig klar, dass es zu früh war, dass sie sich von ihrer Wut zu etwas sehr Dummem verleiten lassen hatte. Dass ihre einzige Freundin nun den Tod finden würde. Recal war fast so stark wie ein Kondor selber.
Alica warf Armana einen entschuldigenden Blick zu, als der Boden unter ihnen heftig zu beben begann.

Alica sah, wie Baumwurzeln sich einen Weg durch den felsigen Untergrund bahnten und sich zu ihnen hoch schlängelten. Sie schrien auf, als die Wurzeln ihre Beine umkreisten, doch sie fügten ihnen keine Schmerzen zu. Sie waren warm und weich. Erst dachte Alica, dass Recal die Wurzeln geschickt hatte, doch sein Gesicht war verzerrt vor Wut. Armana sah, wie Alica in das Loch im Boden gezogen wurde und wie Recal schnelle Zauber sprach und eine ätzende Flüssigkeit auf die Wurzeln abschoss. Doch diese zogen sich nun auch mit ihr in das Loch zurück und fuhren mit ihnen im Schlepptau durch einen breiten Tunnel. Ohne einen Kratzer wurden sie bei einem See in einem kleinen Wäldchen wieder an die Oberfläche gebracht, und die Wurzeln zogen sich in die Erde zurück.
Hier war alles ruhig, der See glitzerte silbern im Sonnenlicht. Ein Frieden ging von diesem Ort aus, wie ihn Alica noch nie gespürt hatte. Sie waren nicht hierher materialisiert worden, nein, etwas hatte sie in Sekundenschnelle hergerissen.
„Wo sind wir hier?"
„Keine Ahnung, hier war ich noch nie."
Hinter ihnen sprach eine helle, klare Frauenstimme: „Ich habe euch hergeholt."
Alica drehte sich erschrocken um, da stand eine Frau im mittleren Alter, ihr Körper schimmerte durchsichtig, ein Leuchten umrahmte sie, und neben ihr nahm Alica eine Wächterin wahr.
„Du bist eine Kondor? Wie das? Ich dachte, ich wäre die einzige."
Die Frau nickte zustimmend „Du bist die einzige, ich bin keine Kondor mehr. Ich habe meinen sterblichen Teil über die Klippe geschickt, als mein Geliebter

starb. Doch bin ich auch die Urmutter, und dieser Teil von mir kann nicht sterben. Hier seid ihr in meinem Zuhause."

„Warum hast du uns hergeholt? Ich danke dir für unsere Rettung, aber woher wusstest du, wo wir sind?"

„Du bist noch nicht so weit. Du wurdest erst gerade zur Kondor. Im Übrigen konnte ich das nur auf Befehl des Fidres hin machen. Sie schickten mir eine Vision von dem Geschehen, und ich habe sofort reagiert. Das Fidre hat dir eine höhere Aufgabe zugeteilt als deine Rache. Du bist dazu auserkoren, die Frauen der Kondore ihrem Schicksal zuzuführen.

Die Worte des Fidres waren, dass die letzten Kondore ihre Schar um sich sammeln würden, und gemeinsam könnten die Frauen ihren größten Feind besiegen. Angeführt von der Königin vernichten sie das Böse, das die Männer in Monster zu verwandeln droht."

Alica lachte auf.

„Ich soll also den Zuhälter für die Kondore spielen!"

Als die Urmutter nicht reagierte, schnaubte Alica empört.

„Wie kommst du darauf, dass ich damit gemeint bin? Ich werde bestimmt keine andere Frau in diese Knechtschaft führen."

„Du bist schon dabei." Die Urmutter wies auf Armana. „Sie wird die nächste sein. Die Vampirprinzessin mit der dunklen Mähne wird die Frau des mächtigen Königs. Du bist die Frau aus der Prophezeiung! Du bist das Wesen aus drei Teilen, das den Kampf anführen will, du musst dich nur dem Weg des Fidres ergeben."

Armana sah verständnislos zur Urmutter, danach zu Alica. Doch als sie zu einer Frage ansetzte, schüttelte

Alica langsam den Kopf, Armana verstand und nickte. Sie würde warten.

„Ich werde nicht zulassen, dass Gregor Armana unterwirft, und wenn ich dafür sorgen muss, dass er sie niemals trifft."

„Zu spät, sie sind unterwegs, um euch zu holen. Es wird nicht mehr lange dauern, bis Vasili seine Schwester ortet. Ich werde mich jetzt zurückziehen, du wirst es schaffen, Alica. Ich weiss es, du wirst schaffen, wo ich versagte und meinen Sohn retten. Ihr braucht gar nicht zu versuchen, von hier wegzukommen, ich habe euch eingesperrt, bis dein Mann kommt. Und eure Wächter werden bis auf weiteres eingezogen. Ihr müsst euren Weg alleine finden. Auch dies ist eine Anordnung des Fidres."

„Das ist nicht fair! Wir sind ohne diese Hilfe noch weniger in der Lage, den Kondoren die Stirn zu bieten!"

Die Urmutter verschwand, ohne noch auf ihre Worte zu achten.

Alica sah sich besorgt um. Was passieren würde, wenn Les sie wiederfand, darüber hatte sie noch nicht nachgedacht. Ein dicker Knoten bildete sich in ihrem Bauch.

„Wer ist König Gregor?"

Der besagte König Gregor und seine Kondore befanden sich gerade bei Vasili in der großen Halle, nur wenige andere Vampire hielten sich bei solch einer Gesellschaft noch dort auf. Die Halle barst fast vor Testosteron.

Vasili war außer sich vor Wut auf seine dumme kleine Schwester. Gerade als sie sich in Recals Versteck begeben wollten, spürte er, wie Armana fortgezogen wurde. Doch bisher wusste er noch nicht wohin. Es gab nur zwei Möglichkeiten dafür. Entweder war Recal schon weg, und die Frauen begaben sich selbst auf die Suche, oder Recal hatte sie überwältigt und irgendwo anders hingeschafft. Vasili hoffte auf die erstere.
„Wie kommt es, dass ihr Alica nicht finden könnt?"
Lesley runzelte die Stirn. „Das werde ich herausfinden, wenn ich dieses Teufelsweib in die Finger kriege."
Eine Weile hatte Vasili seine Schwester noch orten können in der Höhle, doch plötzlich war sie weg. Eine Faust krallte sich fest um sein Herz.
„Wenn dieses Luder noch lebt, werde ich sie an den nächstbesten Mann verschachern, der ihr die Hosen stramm zieht!"
Lesley knurrte ihn an. Er musste sich zusammen nehmen, sich nicht auf Vasili zu stürzen.
„Warum hast du meiner Frau gesagt, wo Recal ist? Es geschieht dir recht, dass deine Schwester mit ihr gegangen ist."
„Meine Schwester genießt nicht euren Schutz, und sie zu töten, ist für Recal eine Leichtigkeit. Ich war Alica schuldig, ihr zu sagen, wo er sich aufhält. Im Übrigen dachte ich, es sei für euch ein leichtes, sie zu finden! Woher sollte ich wissen, dass sie einen Weg gefunden hat, euch auszutricksen?"
Gregor nickte zustimmend, doch Lesley ließ sich nicht beruhigen. Wie ein gefangener Tiger lief er auf und ab. Alicas Präsenz war immer noch in seinem Zimmer.
"Du kennst sie! Du hättest es zumindest in Erwägung ziehen sollen!"

Vasili fuhr erleichtert zusammen, als er plötzlich seine Schwester fühlte. Ohne abzuwarten, pflanzte er den Ort in den Köpfen seiner Vampire ein, und jeder von ihnen nahm einen Kondor mit zu der Stelle, auf einen Kampf vorbereitet.
Überrascht schauten sie sich an dem friedlichen Ort um, an dem sie landeten. Hier drohte keine Gefahr. Und die beiden Damen diskutierten heftig, mit dem Rücken zu ihnen und hatten ihr Erscheinen noch nicht bemerkt. Vasili, Lesley und Gregor blieben hinter ihnen stehen und lauschten ihnen mit gemischten Gefühlen. Alle anderen materialisierten sich wohlwissentlich woanders hin.
„König Gregor ist der Anführer der Kondore. Er ist ziemlich stark und sieht extrem gut aus. Und er kann Gedanken lesen, was er auch gerne und oft tut."
Armana schüttelte verwirrt den Kopf. „Ich soll seine Frau sein? Hab den ja noch nie gesehen, vor allem will ich gar keinen Mann!"
„Anscheinen hat die Urmutter irgendwie eine Schraube locker. Ich werde doch keine Frauen an diese Despoten ausliefern! Irgendwie müssen wir dich hier wegschaffen, bevor die Herren kommen, was ja nicht mehr lange dauern wird. Und ich kann mich auch verstecken und hab mal ein bisschen Ruhe vor dem Tyrannen, der sich mir aufgezwungen hat."
Als sie ein dunkles Knurren hörten und Alica eine Hand fühlte, die sich um ihren Hals legte und sie herumdrehte, schob sie Armana noch kurz hinter sich, um den Männern die Sicht auf sie zu nehmen. Ihr Herz pochte so laut, dass sie in den Ohren nur noch ein Rauschen hörte. Ihr Bauch zog sich zusammen, und sie schaute in die glühenden Augen ihres Mannes. Erregung durchfuhr sie in heißen Wellen, nichts hatte

sie auf die unsagbare Lust vorbereitet, die sie bei dem Anblick ihres vor Zorn bebenden Mannes durchfuhr. Er stand sicher hundert Meter von ihr entfernt, doch die Hand, die sie an ihrem Hals fühlte, war ohne Zweifel die seine. Als er gerade so fest drückte, dass es etwas schmerzte, entfuhr ihr ein Keuchen.
„Was ist mit dir?", flüsterte Armana hinter ihr. Normalerweise war sie nicht der Typ, der sich versteckte, doch im Moment fühlte sie sich von der Situation total überfordert. Und Alicas Reaktion trug nicht gerade zu ihrer Beruhigung bei.
„Dort hinten bei deinem Bruder sind der Despot und der Tyrann, von denen wir gerade gesprochen haben. Das bewirkte, dass Les an ihr zog. Es blieb ihr gar nichts anderes übrig, als zu ihm hinzugehen. Armana blieb immer bei ihr. „Falls ich es vergessen hatte zu erwähnen, mein Mann kann aus seinem Körper mehrere machen. Er kann da ruhig stehen und sich unterhalten, während sein Geist sich zum Teil von ihm löst und sonst was macht. Im Moment liegt gerade seine Hand an meiner Kehle und zieht mich zu ihm. Du kannst davon ausgehen, dass König Gregor das auch kann, zwar nicht so gut wie der Tyrann, aber bestimmt auch ziemlich gut. Also wenn dich plötzlich etwas berührt, wird er es sein."
Alica hatte geflüstert. Gleich waren sie bei den Männern, und irgendwie musste sie ihre Freundin vorwarnen. Als Armana quiekend zur Seite sprang und sich dagegen wehrte, hinter Alica vorzukommen, war Alica klar, was gerade geschah.
Wütend starrte sie Gregor an. „Gedankenlesender Despot!"
Gregor baute sich noch wütender vor ihnen auf, Vasili und Les blieben im Hintergrund, „Ich will sofort von dir

wissen, wie du dich von deinem Ehemann abgeschirmt hast!"
Lesley hatte Alica losgelassen, doch sie bemerkte, wie Armana neben ihr noch immer gegen einen unsichtbaren Feind kämpfte. Armana war den Tränen nah, was Alica extrem wütend machte. "Lass Armana in Ruhe, lass sie mit ihrem Bruder gehen, und dann sag ich es dir."
Die Stimme von Regan in ihrem Kopf wisperte: -*Du darfst nicht über uns Helfer reden, die Männer dürfen nichts von uns wissen. Wir sind geheim, auch wenn ihr an uns denkt, schirmen wir das total von ihnen ab. Wenn sie von uns erfahren, finden sie sicher einen Weg, uns zu neutralisieren, damit wir euch nicht mehr helfen können.*-
-*Diese Geschichte haben wir sowieso schon verbockt!*-
„Wie kannst du zulassen, dass er deine Schwester misshandelt!"
Vasili liess sich nicht beeindrucken. Er zog eine Braue hoch: „Ich hab sie ihm gerade geschenkt. Soll er sich doch mit ihr rumschlagen. Sie ist eine kleine Hexe." Mit diesen Worten dematerialisierte er sich weg.
Armana schrie auf, doch sie wurde ruhig, und in ihren Augen glitzerte eine unbeschreibliche Wut auf.
Fauchend fügte sie sich in die Situation.
„Sag mir wie!" Gregor beachtete Armana gar nicht. Er stand direkt vor Alica und machte sich noch größer. Alica war wirklich eingeschüchtert, doch das wollte sie sich nicht anmerken lassen.
„Lass sie gehen." Sie betonte jedes Wort und untermauerte es noch, indem sie ihre Hände zu Fäusten ballte und selbst noch einen Schritt näher zu ihm trat. Ihre Haut überspülte wieder der weiße Schimmer. Sie schien förmlich Funken zu sprühen.

Gregor musste sich wirklich Mühe geben, nicht laut zu lachen. Diese zierliche, kleine Frau bot ihm die Stirn. Er war mehrere tausend Jahre alt, aber dieses junge Küken wollte ihn tatsächlich erpressen.
„Sag es mir, oder ich werde dich bestrafen anstatt Lesley!"
Alica war verwirrt. Er konnte sie ja nicht schlimmer strafen als Lesley, denn er würde ja nicht dasselbe machen wie ihr Mann. Er war ja nicht ... oder würde er etwa ... nein, das würde er sicher nicht. Unbewusst schüttelte sie den Kopf, als wieder unsichtbare Hände über ihren Rücken strichen und knapp über ihrem Po anhielten. Entsetzt sah sie von Lesley zu Gregor und wieder zu Lesley.
„Nein, das würdest du doch nicht zulassen!"
Lesley runzelte die Stirn, er erwiderte nicht, sondern bedeutete ihr, dem König zu antworten.
Alica war völlig klar, dass die Hände auf ihrem Rücken nicht zu Lesley gehörten, da es nicht brannte wie Feuer. Und da wurde ihr schlagartig etwas klar. Es war ihr egal, sie empfand gar nichts.
„Na und! Du kannst es ja versuchen. Du bist nicht Lesley. Ich werde dir nichts sagen, bis du Armana frei lässt."
Das erste Mal schaute Gregor rüber zu der kleinen Vampirprinzessin, die er mit seinen Gedanken festhielt.
„Das wird nie geschehen, sie gehört mir."
"Dann werde ich auch nicht sagen, was ihr von mir wissen wollt!"
„Nun gut! Du musst die Konsequenzen für deinen Ungehorsam tragen, und die Strafe werde ich ausführen. Ich mache keine leeren Drohungen."

Alica sah zu Lesley rüber. Außer dem Knurren hatte sie bisher noch nichts von ihm gehört. Warum war er so stumm, warum schrie er sie nicht in Grund und Boden?
Sie trat einen Schritt auf ihn zu, doch König Gregor hielt sie zurück, indem er ihren Ellbogen ergriff. Sofort erschien glühend rot Rambura vor ihr.
„Du willst nicht wirklich gegen deinen König kämpfen, oder?"
Alica hörte den amüsierten Unterton in seiner Stimme. Trotzig antwortete sie: „ Wenn ich das Gefühl hätte, ich hätte auch nur den Hauch einer Chance, würde ich es tun."
Roran und Tynan erschienen neben Georg.
„Bringt sie in Lesleys und die Prinzessin in mein Zimmer. Ich will nicht, dass sie nochmal miteinander sprechen."
-*Was denkt der? Etwa dass wir keinen Gedankenkontakt haben?*-
-*Natürlich weiss ich, dass ihr zwischen einander einen Kanal habt, meine Süßen, aber hiermit kappe ich ihn. Das kostet mich nicht sehr viel. Und wenn ich nicht mehr sauer auf euch bin, dürft ihr ihn vielleicht wieder benutzen.*-
-*Armana?*- Alica versuchte, den Gedankenkanal zwischen ihnen wieder zu öffnen, aber der verfluchte Gedankenleser hatte recht. Na wenigstens würde sie in Lesleys Zimmer gebracht werden. Sie wollte zu Roran, doch Gregor schüttelte den Kopf und deutete auf Tynan.
Na und? Ihn mag ich auch. Sie formte in ihrem Kopf das Abbild von ihr und streckte ihm die Zunge raus.
-*Aber auf ihn hast du keinen Einfluss. Roran lässt sich von dir beeindrucken. Tynan nicht.*-

-Ach was? Woher willst du das wissen? Und wenn ich mich entschließe zu kämpfen, würde er mir nicht wehtun.-
-Natürlich nicht! Das hat er auch gar nicht nötig, er zwingt dich einfach zum Gehorsam.-
-Warum zwingst du mich nicht dazu, dir die Wahrheit zu sagen, wenn das ja so einfach ist?-
-Genau das werde ich tun, sobald ich nach Hause komme.-
Gregor nickte Tynan zu. Der fasste sie seinerseits um den Ellbogen, und weg waren sie.

Die Urmutter stand in ihrer Höhle nahe beim See. Wie konnte sie ihrem Sohn und seinen Freunden nur ersparen, was mit ihrem Gefährten geschehen war? Das gleißende Licht, das sich neben ihr formte, war ihr schon fast ein vertrauter Anblick. Auch die Stimme ihrer Freunde und ihres Geliebten daraus erschreckten sie nicht mehr.
„Mutter der Erde, Gebieterin der Pflanzen und der Gezeiten, Beschützerin der Tiere. Wann kommst du zu mir?"
Wie sie es genoss, nach all den Jahren die Stimme des Mannes wieder zu hören, der vor so langer Zeit ihr Herz erobert hatte.
Leise sprach sie zurück. „Bald komm ich zu dir, Geliebter. Meine Nachfolgerin ist nah und kommt bald zu uns. Wenn unser Sohn in Sicherheit ist, bin ich bereit."
Die Präsenz ihres Mannes wurde wieder zurück in das Fidre gezogen, und nun sprach die Stimme des Ältesten zu ihr.
„Mutter dieser Erde! Hast du kein Vertrauen zu uns?"

Das war ganz klar keine Frage, sondern ein Vorwurf.
Also ließ sie sich anmutig auf die Knie nieder. Wo sie den Boden berührte, wuchsen sofort Margeriten und machten den harten Boden für sie weich.
„Natürlich vertraue ich euch."
Das Licht wirbelte noch schneller in sich.
„Dann erfülle deine Aufgabe und kröne die neue Königin! Nur so kannst du das Schicksal auf den rechten Weg weisen! Und zweifle nie wieder an uns!"
Die Stimme vibrierte bis in ihr Innerstes. Sie spürte die Wut des Fidres in jeder Faser ihres Seins. Sogar die Blumen reagierten darauf und begannen, hastig einen Dornbusch um sie herum zu weben, doch die Urmutter hielt sie beruhigend zurück, um den Zorn des Fidres nicht noch mehr zu schüren.
„Verzeiht einer Mutter die Sorge um ihr einziges Kind."
Sofort wurde das Licht wieder ruhiger und löste sich mit einem zufriedenen „Natürlich" in sich auf.
Die Urmutter legte seufzend ihre Wange auf das Bett aus Blumen. Sie war so unendlich müde, so lange schon in Trauer und allein. Doch das Fidre hatte versprochen, dass eine der neuen Frauen der Kondore ihre Nachfolgerin sein würde. Aus dem Feuer geboren. Und dann, ja dann würde sie endlich ihre Seele mit der ihres Gefährten verbinden. Auf ewig vereint mit ihrem Geliebten.

Gregor sah rüber zu Lesley. „Was hat du herausgefunden? Hast du etwas gespürt oder in ihr gesehen?"
Lesley schüttelte den Kopf. „Ich spüre sie wieder. Aber warum ich sie nicht mehr gespürt habe, weiss ich

nicht. Vielleicht kann mir ja meine Mutter was dazu sagen. Hast du die Show genossen, Mutter?"
Die Urmutter schwebte wieder hervor. „Ich wusste, dass du mich fühlen würdest. Also brauchst du gar nicht so überheblich zu tun."
Gregor nickte ihr zu. „ Urmutter, wenn ihr wisst, was hier vorgeht, könnt ihr es mir denn sagen?"
„Ich darf dazu nichts sagen. Ihr müsst das Schicksal machen lassen. Alica wird eure Frauen in den Krieg führen und auch zum Sieg, wenn ihr sie nicht brecht. Also wählt euren Umgang weise. Ohne Alica und die acht Frauen von euch werdet ihr den Tod finden oder noch schlimmer, das Böse. Ich habe es gesehen. Beide Ausgänge der Zukunft. Und glaubt mir, ihr braucht sie."
„Wir lassen nicht unsere Frauen für uns kämpfen, Mutter! Und bisher ist Alica die Einzige."
„Diesen Kampf werden eure Frauen kämpfen. Alica wird in den nächsten Jahren alle eure Frauen zu euch führen. Das ist ihre Aufgabe. Armana hat sie schon geholt. Die anderen werden folgen."
Lesley lachte auf. „Meine Alica führt die Frauen wie die Lämmer zur Schlachtbank? Das wird ihr gar nicht gefallen."
„Es gefällt ihr nicht, und sie wird gegen dich ankämpfen, jeden Tag. So wie all die anderen auch, aber sie werden euch lieben und euch achten, und sie werden verhindern, dass euch das Dunkle übermannt. Geht jetzt. Mehr kann ich euch nicht sagen. Geht und tut, was ihr tun müsst."
Gregor und Lesley materialisierten sich im Thronsaal wieder.

„Die Urmutter spricht in Rätseln und weiss eigentlich auch nichts. Also bleibt uns nichts anderes übrig, als es aus Alica rauszukitzeln."
Lesley runzelte wieder die Stirn, aber er stimmte zu. Der Gedanke an das, was Gregor vorhatte, gefiel ihm gar nicht. Nein, es machte ihn rasend vor Eifersucht.
„Du weißt, was ich machen will, und ich kann auch nicht gerade behaupten, dass es mir keinen Spaß machen wird, denn deine Kleine ist ziemlich wild. Aber du weißt, dass es nur eine gedankliche Geschichte ist. Ich werde sie nicht ein einziges Mal richtig anfassen."
Lesley knurrte, ein tiefes drohendes Knurren, was sofort Tyrell und Drako sowie Roran auf den Platz brachte.
Alle stellten sich neben den König. Alle wussten, worum es ging.
„Lesley, ich wäre froh, wenn es anders ginge, aber denkst du, du kannst ihr entlocken, was wir wissen müssen?"
„Nein, sie würde mir nichts sagen, sie begehrt mich."
„Du kannst wählen, wer von uns es tun soll. Es spielt keine Rolle! Aber du bringst sie nicht zum Reden, weil sie es zu sehr mag, wenn du sie anfasst. Bei einem von uns würde sie klein beigeben. Also, wer soll sie zum Reden bringen?"
Wieder nur ein tiefes drohendes Knurren. Er konnte es nicht akzeptieren, es war nicht recht. „ Ist das wirklich wichtig, dass wir wissen, wie sie sich von mir abgeschirmt hat?"
„Du hast die Urmutter gehört! Wir brauchen Alica. Wenn sie aber ohne Schutz in der Gegend rumgeistert, vor allem jetzt, wo Recal sie will, ist sie in Gefahr. Wir müssen sie vor sich selbst schützen."

„Sie hat gedacht, dass sie ihren Bruder verloren hat."
Dieser Einwand kam von Roran.
„Was würdest du tun, wenn sie deine Frau wäre?"
Gregor sah in die Runde, die Männer nickten einstimmig. Alica hatte Strafe verdient, weil sie sich alleine weggeschlichen hatte, und sie mussten auch wissen, wie sie sich verbergen konnte. Das war bisher noch keiner gelungen. Roran packte Lesley am Arm und nahm ihn mit. Weit weg vom Schloss der Kondore und weit weg von seiner Frau, die zitternd in seinem Zimmer hin und her ging.

8. Kapitel

Dieser Despot von einem Gedankenleser hatte ihr nicht nur die Verbindung zu Armana gekappt, sondern alle Verbindungen, die sie gehabt hatte. Alica versuchte, auch Kontakt zu Lesley aufzunehmen, doch ihr Kopf blieb leer. Sie war zwar in seinem Zimmer, aber nach Gregors Worten war sie auf das Schlimmste gefasst.
Langsam versuchte sie, sich zu beruhigen. Tief durchatmen. Sie setzte sich hin und machte ein stoisches Gesicht. Ruhig harrte sie der Dinge, die da kommen würden und sammelte Kraft.
Genauso saß sie auch noch da, als Gregor das Zimmer betrat, ausnahmsweise durch die Tür. Sie bot ihm ein Bild des Widerstandes. Sofort war ihm klar, dass die Geschichte nicht einfach werden würde. Sie sah aus wie ein in die Ecke gedrängtes Pantherweibchen, das um sein Überleben kämpfen würde bis zum Tod.
Er wusste auch, dass es Lesley schwer fallen würde, diese Sache zu verarbeiten. Deshalb wollte er nicht weit gehen müssen. Ihre Augen waren zu Schlitzen gezogen und starrten ihn an.
„Bitte Alica, um Lesleys willen, zwing mich nicht dazu, das zu tun. Er könnte es nur schwer ertragen."
Ihre Stimme klang rau, und er hörte die Angst darin.
„Dann sollte er es nicht zulassen. Ihr wollt mich bestrafen? Dann schickt mich ohne Abendessen ins Bett."

„Es geht auch noch um etwas anderes, und das weißt du genau. Wir müssen wissen, warum Lesley dich nicht mehr gespürt hat. Sag es mir, und ich bestrafe dich nur kurz und leicht und verlasse das Zimmer wieder."
Gregor sah, wie Alicas Blick traurig wurde. „Ich werde es dir nicht sagen, egal was du mit mir machst. Ich werde, solange wie es nur geht, ausharren. Und du bestrafst Lesley damit mehr als mich."
Gregor wurde wirklich wütend. Lesley war sein Freund, und diese sture Frau zwang ihn dazu, seinem Freund weh zu tun. Er trat ganz nahe an sie heran und zog sie aus dem Sessel hoch. Tief blickte er in ihre Augen und stieß in ihren Kopf, wo er jegliche Erinnerungen bis zu dem roten Dunst zurückverfolgte. Doch er fand nichts. Na gut. Wenn sie ihn wirklich zwang, sie zu bestrafen, dann würde er seinen Spaß daran haben. Er ließ sie wieder los und setzte sich seinerseits auf den Sessel.
„Also gut, dann werden wir mit der Show beginnen. Ziehst du dich aus, oder muss ich nachhelfen?"
Von dem Moment an sprach er nicht mehr. Er widmete sich seiner Aufgabe und ließ seine Gedanken wandern.
Alica fühlte, wie die Knöpfe ihrer Bluse aufgingen. Sie wusste, dass es nun kein Zurück mehr geben würde. Doch es war nicht Lesley, der da saß, sondern ein anderer Kerl. Ihr Körper begann, unkontrolliert zu zittern, als ihre Bluse auf den Boden fiel.
Gregor sah sie kaum an. Die Frau, bei der er eigentlich sein wollte, war nebenan. Langsam formte sich eine Idee in seinem Kopf. Sie starrte ihn immer noch an, obwohl sie vor Angst zitterte. Er ließ die Lichter löschen, damit alles in Dunkelheit fiel. Er konnte sie gut sehen, aber sie war noch nicht lange eine von

ihnen. Sie konnte nicht ausmachen, wer nun da sitzen würde. Kurzerhand tauschte er seine Idee mit Lesley aus, der sofort seinen Platz einnahm.
-Danke Gregor. Ich ertrage es nicht, dass du sie berührst.-
Die Idee hätte mir auch früher kommen können. Viel Spaß, Kumpel.
Keiner der beiden bemerkte das Licht, das sich unwirsch davonstahl. Dem Fidre wurde bewusst, dass es noch mehr in das Schicksal eingreifen musste, als es eigentlich sollte, um das Gleichgewicht nicht zu stören.
Auch Gregor verließ das Zimmer, und Lesley starrte verzückt auf Alicas zitternden Körper. Mit der Stimme seines Königs mahnte er sie. „Ich bin jederzeit empfänglich für deine Antwort, damit wir dies hier beenden können."
Doch Alica schüttelte nur den Kopf. Irgendwie war die Atmosphäre im Zimmer anders geworden. Aufgeladen! Ihr ängstliches Zittern wich erotischen Schauern. Herrje, hatten denn jetzt alle diese Wirkung auf sie? Nein, das glaubte sie nicht. Sie hatte auf Gregor kein bisschen reagiert. Nicht dass er es nicht geschafft hätte, sie zu einer Reaktion zu bringen, doch es wäre nicht so schnell geschehen. Der Mann, der da jetzt saß, musste eindeutig Lesley sein. Na, sie wäre ja schön blöd, wenn sie sich was anmerken ließe. Ihr Herz sprang vor Freude, aber ihren Körper ließ sie weiter zittern. Hatte sie doch gedacht, dass die Jungs ihr das nicht antun würden.
Lesley nahm den Verschluss ihres BHs in die Hand und öffnete ihn, während er an ihrer Schulter knabberte. Sein ganzer Körper presste sich danach von hinten an sie ran. Alica zitterte wieder stärker, ein

bisschen Angst kam zurück. Es war doch ziemlich ungewohnt, von einem Mann berührt zu werden, der im Sessel saß und sich nicht bewegte. Es war nicht nur seine Hand oder seine Zunge, die er zu ihr schickte, sondern seinen ganzen Körper konnte sie hinter sich fühlen. Und doch saß er vor ihr und schaute ihr zu.
Wieder biss er ihr in die Schulter, während seine Hände zu ihren Brüsten fuhren und sie umfassten. Alica spürte, wie sie feucht wurde für ihn und presste unbewusst den Po etwas fester an ihn. Als er an ihren Brustwarzen zupfte und sie massierte, fiel es Alica schwer, ihre Arme teilnahmslos an ihrem Körper zu lassen. Sie wusste sofort, dass sie ihm nicht vorspielen konnte, nicht zu wissen, wer er war.
„Lesley, ich weiß, dass du es bist. Du kannst aufhören! Ich werde dir nichts sagen. So wie ich auch keinem anderen etwas sagen würde."
Lesley war nicht überrascht. Er hatte die Veränderung an ihr mitbekommen. Sie hatte sich merkbar entspannt, seit er hier war. Doch er wollte nicht, dass Gregor noch einmal kam. Er musste die Antworten von ihr haben, auch wenn er sein Versprechen dafür brechen musste.
Er erhob sich aus dem Sessel und verschmolz wieder mit seinem Körper. Seine Hände zupften nach wie vor an ihren Brüsten. Er ging in ihren Kopf und verstärkte ihre Empfindsamkeit und ihre Erregung um ein Hundertfaches, bis jede Faser ihres Körpers sich nach ihm verzehrte und mit Beben auf seine Berührung reagierte. In dem Moment, wo er ihr Bewusstsein verändert hatte, war ihr Verstand ausgeschaltet. Ihr Körper verzweifelte. Sie wollte ihn sofort in ihr, überall spüren. Sie brauchte ihn sofort!. Alica rieb sich an ihm,

ihr ganzer Rücken und ihr Po lockten ihn. Ihre Scham brannte wie Feuer. Es schmerzte, ihre Lust schmerzte überall. Als Lesley sie zwischen ihren Beinen berührte, wurde sie von einem Orgasmus geschüttelt. Sterne tanzten vor ihren Augen, doch Alica empfand keine Erleichterung, kein erlösendes Abebben der Gefühle. Ihr ganzer Körper stand unter Strom. Lesley bewegte seine Finger, und schon kam der nächste Orgasmus ohne Ziel. Alica konnte nicht mehr ruhig stehen. Sie wollte, dass diese starken Gefühle sofort aufhörten. Es machte ihr Angst. Keuchend und zitternd versuchte sie, zu Les zu sehen. „Bitte mach, dass es aufhört."
Lesley sah ihre Tränen. Er hatte sie bald so weit. Von hinten drang er in sie ein und verstärkte ihre Empfindungen noch mehr. Jedes Stücklein Haut in ihr sang. Der Orgasmus begann in den Zehenspitzen und stürmte in Wellen bis zu ihrem Kopf.
„Bitte, Lesley! Bitte mach, dass es aufhört. Ich kann nicht mehr, bitte."
Lesley hörte nicht auf sie, es war noch nicht genug. Sie war noch nicht bereit zum Reden. Sie wusste, was er wollte. Langsam und stetig bewegte er sich in ihr. Der vierte Orgasmus überlief sie. Doch Lesley wartete nicht, bis er vorbei war. Nein, er schob sich langsam, fast zärtlich immer wieder in sie. Der Orgasmus hörte nicht mehr auf. Sie stand bebend vor ihm und schrie. Ihre Beine hielten sie schon lange nicht mehr, sie hing in seinen Armen und konnte einfach nicht mehr aufhören zu schreien. Die Anspannung war zu groß! Ihr Herz setzte aus und wieder ein. Von weit her hörte sie, wie er sagte: „Sag es mir, und ich beende die Sache. Alica konnte nicht mehr kämpfen. Es war der unfairste Kampf, den sie je gekämpft hatte, und sie

wollte nur noch weinen. Doch noch immer schüttelte der Orgasmus sie.
Sie ergab sich. Schon wieder. "Jede Kondor hat einen Begleiter. Eine Hilfe gegen ihre Männer, weil die so stark sind. Meine Begleiterin konnte mich abschirmen, indem sie dich auf sie lenkte. Aber hör jetzt bitte auf, bitte."
Lesley ließ ihre Empfindungen wieder normal werden, und ihr Orgasmus ebbte ab. Endlich kam die Entspannung. Doch Lesley ließ noch nicht von ihr ab. In kurzen heftigen Stössen zeigte er ihr, wer hier das Sagen hatte und stieß sie noch einmal über den Abgrund, um mit ihr zusammen zu kommen. Sein Samen schoss tief in sie und markierte für alle, was sein war. Seine Frau, seine Gefährtin, sein Weibchen. Sie gehörte ihm ganz allein. Knurrend biss er nochmal in ihren Nacken, etwas fester.
Alica versuchte, endlich ihr Zittern unter Kontrolle zu bringen. Es gelang ihr nicht, und als er sie biss, wogte erneut Feuer durch sie. Stöhnend versuchte sie, von ihm wegzukommen. „Lass mich, lass das!"
Lesley ließ sie los und beobachtete, wie sie sich in eine Ecke verkroch und zu Boden sank. Weinend umklammerte sie ihre Beine. Erst wollte er zu ihr, dachte dann aber, dass es besser war, ihr erst etwas Raum zu lassen.
Mit einer Handbewegung legte er eine Decke um sie und schaute zärtlich zu, wie sie sich einwickelte. Sich darin verkroch. Die Liebe, die er für diese Frau empfand, war grenzenlos. Er hatte sie gerade ganz gemein dazu gebracht, sich schon wieder zu verraten. Hoffentlich konnte sie ihm das bald verzeihen. Er wünschte sich ihre Liebe genauso wie ihre Leidenschaft.

Gregor wie auch alle anderen hatten Alica schreien gehört. Nach etwa zehn Minuten wünschte Gregor sich, er hätte weiter gemacht, nach 15 Minuten war es endlich wieder ruhig. Nervös ging er auf und ab. Als Lesley sich neben ihm materialisierte, schlug er ihm hart auf die Schulter.
„Was zum Teufel hast du mit deiner Frau gemacht?"
Gregor fuhr sich durch die Haare. „Wir mussten Roran mit Gewalt von euch fernhalten!"
Lesley grinste ihn frech an. „Ich habe ihre Empfindungen ein bisschen erhöht. Du denkst ja nicht, ich hätte sie misshandelt. Also wirklich, Leute. Ts ts ts."
Gregor sah ihn verdutzt an. Auf diese Idee wäre er nie gekommen. Etwas flachsig antwortete er: „Na, je nachdem ist das durchaus Folter."
„Sie hatte 15 Minuten lang einen Orgasmus! Was soll daran Folter sein?"
Gregor sagte nichts mehr dazu, Les wusste es selber. Aber zweifellos hatte sie geredet.
„Und?"
„Sie hat mir erzählt, dass jede Kondor eine Begleiterin hat, die ihr gegen ihre Männer hilft, weil wir so stark sind."
„Davon hab ich noch nie was gehört. Und diese Begleiterin hat sie von dir abgeschirmt? Ich muss mit ihr reden. Ich habe da noch einige Fragen."
Les schüttelte den Kopf, „Heute nicht mehr! Sie muss sich erst wieder etwas fassen und ihr Zittern in den Griff bekommen."
Lesleys Grinsen wirkte gezwungen.
Tyrell landete genau vor ihnen, er sah böse zu Lesley und berichtete dann seinem König: „Recal war hier,

nur ganz kurz, doch er wollte herausfinden, wo Alica ist. Ich denke, er wird versuchen, sie mit sich zu nehmen."
Lesley scannte sein Zimmer. Alica saß noch immer in der Ecke und weinte.
"Ja, das kann gut sein, aber ich denke mal, ihre Begleiterin wird sie nicht abschirmen, wenn sie in Gefahr ist. Also können wir noch bis morgen warten, bevor wir versuchen herauszufinden, wie wir diese Begleiterinnen ebenfalls in den Griff bekommen."
Gregor informierte kurz alle über den neusten Stand und gebot, besser über das Schloss zu wachen. Heute würde es keine Ausflüge, aber auch keine Einbrüche mehr geben.
Lesley ging in sein Zimmer und sah zu Alica. Es war gar nicht ihre Art, sich so gehen zu lassen. So schlimm war es auch nicht. Er versuchte, durch ihre Barriere im Kopf zu sehen, was sie so verzweifeln ließ, und mit einem Schlag war es ihm vollkommen klar. Ihr Bruder war tot. Natürlich war sie verzweifelt.
Schnell ging er zu ihr und nahm sie, ohne auf ihre Gegenwehr zu achten, auf die Arme. Er trug sie zum Bett und legte sich zusammen mit ihr hin. Dann zog er sie ganz fest in seine Arme und wiegte sie hin und her.
„Ich weiß, Liebling, lass es raus. Es ist zu viel im Moment. Dein Bruder und das alles hier. Es tut mir leid, wir konnten ihn nicht retten. Er war ein ganz lieber Kerl. Und so lebensfroh."
Alica drückte sich fest an ihn und ließ ihrem Kummer freien Lauf.
Lesley konnte sich nicht annähernd vorstellen, wie traurig sie war. Ihr Bruder, den sie so sehr geliebt hatte, der sie über das Trauma vom Tod ihrer Eltern

hinweg getröstet hatte, der sie alleine groß gezogen hatte, war tot. Wie furchtbar.
-*Alexander, bist du noch bei Robert?*-
-*Ja, ich flicke ihn immer noch zusammen, noch ist er nicht ganz gestorben. Ein Funken Leben ist noch in ihm. Ich gebe nicht auf, bis er sich entschließt, selbst zu gehen.*-
-*Er ist also noch am Leben. Das muss ich gleich Alica erzählen.*-
-*Ich würde warten. Alica hat sich schon mit seinem Tod abgefunden, und er ist mehr weg als noch hier.*-
-*Ich kenne meine Kleine, wenn ich es ihr nicht sage, und sie bekommt es einmal raus, wird sie sehr wütend werden. Ich denke, sie wird dir helfen wollen.*-
-*Also gut, ich erwarte euch hier.*-
-*Danke Alexander.*-
Lesley legte einen Finger unter Alicas Kinn und hob sanft ihren Kopf an. Ihre blauen Augen schwammen in Tränen, was ihnen einen silbernen Glanz verlieh. Sanft küsste er ihr ein paar Tränen weg. Es brach ihm das Herz, seine Frau so leiden zu sehen. Sie war die zweite Hälfte seines Herzen.
-*Liebling, ich muss dir etwas sagen. Hast du dich ein wenig beruhigt?*-
Alica barg ihr Gesicht wieder an seiner Brust und drückte sich fest an ihn, als wollte sie am liebsten in ihn reinkriechen. Les erfüllte es mit Freude, dass sie ihren Trost bei ihm suchte. Sein Herz erglühte vor Liebe zu ihr. Nie mehr wollte er sie weinen sehen. Er musste einiges ändern, denn diese Frau, diese kleine Kämpferin, sollte glücklich sein mit ihm. Sie sollte ihn aus freien Stücken lieben. Er würde sie vor allem beschützen, wenn es sein musste, auch vor ihm.

„Ich habe meinen Bruder wirklich geliebt, und jetzt ist er meinetwegen gestorben." Ihre Stimme war heiser vom Weinen. „Ich war nicht da, um ihn zu schützen, er war doch nur ein Mensch. Recal hätte auf mich losgehen müssen. Ich werde sein Bild, wie er da vor mir lag, nie mehr vergessen. Was muss er für Schmerzen gehabt haben."
Wieder begann sie zu schluchzen. Ihr ganzer Körper wurde geschüttelt, und Les konnte ihre Qual in sich fühlen. Sein Herz wurde zerrissen. „Kleines, dein Bruder war in einem sehr schlechten Zustand, als er herkam. Alexander dachte schon, dass er tot sei, doch bisher konnte er ihn am Leben erhalten. Robert ist noch nicht ganz tot, noch kämpft Alexander um sein Leben. Er sagt aber auch, dass er ihn vielleicht nicht retten kann, also mach dir nicht zu viele Hoffnungen."
Wieder hob sie den Kopf und schaute ihm tief in seine Augen. Ihre Trauer wich aus dem Blick und machte einer Erleichterung Platz. Les bemerkte, wie sie tief in sich hinein horchte, um nach einem Zeichen von ihrem Bruder zu suchen. Doch dann schüttelte sie traurig den Kopf. „Ich kann ihn nicht fühlen."
„Das kann aber auch damit zu tun haben, dass er jetzt nicht mehr ein Mensch ist, sondern ein Kondor. Wenn er überlebt, müsst ihr eure Verbindung neu ordnen, und dann hat Gregor ja noch immer deine Kanäle blockiert."
Les grinste sie an, und Alica lächelte zögernd zurück. Als sie ihn spontan auf den Mund küsste, war er so überrascht, dass er noch nicht mal reagierte, da war sie auch schon aufgestanden.
„Ich bin noch immer sauer auf dich. Du warst ziemlich gemein zu mir vorhin!" Erbost lief sie hin und her. „Vor allem will ich nicht, dass du das noch einmal tust.

Irgendwie bist du in meinen Kopf rein und hast mein Bewusstsein verändert. Das war ein ganz hinterhältiger Einfall in meine Privatsphäre."

Alica hatte gemischte Gefühle in sich und konnte nicht mehr ruhig sitzen. Seit Lesley ihr gesagt hatte, dass Robert noch eine Chance hat, schwankte sie zwischen unendlichem Glück und tiefer Traurigkeit. Dann war da immer noch das Nachbeben ihrer sogenannten Bestrafung. Natürlich war sie sauer auf Les. Er hatte sie dazu gezwungen, etwas zu sagen, was sie gar nicht hätte sagen dürfen. Regan hatte sie auch nicht mehr gesehen, seit sie zurück war.
Aber die Art, wie er es aus ihr herausgeholt hatte, na ja, die war zwar ziemlich eindrücklich gewesen, aber nicht unbedingt im negativen Sinn. Sowas durfte er nicht mehr machen, sonst würde sie noch abhängig von ihm werden. Sie glaubte nicht, dass es viele Frauen gab, die schon mal so etwas erlebt hatten. Und dann war da noch die Tatsache, dass sie von ihrem ursprünglichen Plan, dass Gregor sie bestrafen würde, abgekommen waren. Dafür war sie sehr dankbar, denn das wäre um einiges schlimmer gewesen.
Plötzlich lachte sie spöttisch auf, wieder ganz die alte.
„Also kann ich noch etwas Schlimmeres anstellen als das gestern. Eure Bestrafungen sind noch steigerbar."
Les zog eine Braue hoch, was immer sehr gefährlich aussah, bei diesem Baum von einem Mann.
„Wie meinst du das?"
„Es gibt Dinge, die werde ich dir nicht näher erklären, oder willst du es etwa wieder aus mir rauskitzeln?"
Lesley stand nach einem Wimpernschlag neben ihr, doch er rührte sie nicht an, nicht mal als sie auf seinen

Mund starrte und sich unbewusst über die Lippen leckte. Das nächste Mal, wenn sie sich liebten, wollte er, dass sie den Anfang machte. Er wollte ihre Liebe, alles von ihr, deshalb hielt er sich zurück.

Alica starrte auf seine Lippen, dieser sinnliche Mund mit seinem herrischen Zug. Sie stellte sich auf die Zehenspitzen und legte die Arme um seinen Hals, um sich noch etwas höher zu ziehen, bis ihre Lippen die seinen berührten.

„Ich finde deinen Mund einfach so anbetungswürdig", hauchte sie an seinen Lippen, bevor sie ein paar süße kleine Küsse draufhauchte. Dann schüttelte sie den Kopf, wie um ihn wieder frei zu bekommen und glitt zurück.

„Bringst du mich bitte zu Robert?"

Les strich über ihre dunklen Haare und behielt eine Strähne in der Hand.

„Ist es ok für dich, wenn wir erst zu Gregor gehen und danach zu deinem Bruder? Unser König hat noch ein paar Fragen an dich, und ich nehme an, du möchtest nicht mehr von deinem Bruder weg, bis er außer Lebensgefahr ist, wenn du erst einmal bei ihm bist."

Les beugte sich über sie und sog ihren Duft in sich ein.

Alica wich ihm lachend aus. „Lass das. Ich rieche sicher eklig, ich muss erst noch duschen."

Den Klang, wenn er bedrohlich knurrte, ließ ihr Herz schon jetzt springen.

„Du riechst genau richtig! Nach mir, nach dir und nach einer wunderbaren Blume."

Wieder klang Ihr glockenhelles Lachen durch sein Zimmer. Voller Freude sah er ihr nach, wie sie im Badezimmer verschwand. Ihr Lachen hallte in seinem Herzen wider.

Stolz und zufrieden materialisierte er sich in den Thronsaal.
Roran und Tynan waren die Einzigen, die sich dort aufhielten. Als Roran auf ihn zustürmte, hob er beide Arme. „Es geht ihr gut, Roran. Seit sie weiß, dass Robert noch nicht tot ist, sowieso. Und sie hat nicht vor Schmerzen geschrien. Aber du bist ihr Onkel, und ich glaube nicht, dass du genau wissen willst, was wir getan haben."
Roran blieb stehen und starrte ihn böse an. „Sie ist die einzige Verwandte, die ich habe. Wenn du ihr wehtust, schlage ich dich zu Brei."
„Wenn ich ihr wehtue, schlage ich mich selber zu Brei. Glaub es mir."
"Ich bin froh, das zu hören, denn du bist mein Freund, und ich wünsche mir, dass das so bleibt."
"Wo ist Gregor?"
Anscheinend hat unser König jetzt auch eine Frau, und gerade ist er bei ihr."
Ah natürlich, Armana hatte er schon fast vergessen. Sie war Alicas Freundin, so wie er verstand, die einzige. Sofort machte er sich Sorgen. „Wie geht es Armana, hast du sie einmal gesehen? Ist er nett zu ihr?"
Ein grollen kam in ihm hoch. „Ich rate es ihm an, Armana gehört zu Alica und dadurch auch zu mir. Sie steht unter meinem Schutz!"
Roran grinste ihn schief an. „Er ist bestimmt so nett zu ihr wie du zu Alica."
Da lachte auch Lesley wieder. „Na, das muss reichen."
„Ist Alica bei Robert?"
„Nein, sie duscht gerade. Danach möchte ich, dass Gregor ihr seine Fragen stellt. Ich schau mal, ob er gerade mit etwas Wichtigem beschäftigt ist."

Lesley suchte die Verbindung zu Gregor, nach intensivem „Anklopfen" meldete sich ein ziemlich wütender Gregor.
-Was ist los? Ich bin gerade ziemlich beschäftigt!-
-Das kann ich mir vorstellen.- Lesley formte in Gregors Kopf eine Nachbildung eines ziemlich fiesen Grinsens.
-Aber Alica geht jetzt dann zu ihrem Bruder. Und da ich nicht zulasse, dass ihr sie da gleich wieder wegbeordert, musst du jetzt herkommen, um mit ihr zu sprechen, oder warten, bis ihr Bruder außer Lebensgefahr ist.
*-Na gut.-*Diesmal war Gregor der, der knurrte. *-Ich komme gleich.-*
Lesley achtete nicht mehr auf ihn, gerade betrat Alica den Raum. Alle Gespräche verstummten, und die Anwesenden schauten alle zu ihr hin. Lesley konnte ihnen das nicht übel nehmen, sie sah frisch aus wie ein sanfter Frühlingsregen. Ihre dunklen Haare hatte sie salopp zu einem Pferdeschwanz gebunden, dessen Spitze ihr bei jedem Schritt um die Ohren wippte. Ihre Augen sprühten vor Leben, was auch in ihrem beschwingten Gang zu sehen war. Sie glitt auf ihn zu und leuchtete von innen. Stolz sah er ihr zu. Ihre Augen nur auf ihn gerichtet, nickte sie den Männern links und rechts zu, nur bei Roran und Tynan hielt sie kurz inne und wechselte ein paar Worte mit ihnen. Ihr Lachen hallte zu ihm hin, es war faszinierend zu sehen, wie sie alle in ihren Bann zog. Ihm kam wieder in den Sinn, dass seine Mutter davon geredet hatte, dass sie die Frauen der Kondore in den Kampf gegen das Böse führen würde. Ja, sie war eindeutig eine Führerin, jemand, der andere für sich begeistern konnte.

Gregor hatte sich mittlerweile neben Lesley materialisiert. Ihm gingen ähnliche Dinge durch den Kopf, als er ihr zusah. Auf ihn wirkte Alica wie eine Königin, die durch ihre Untertanen schritt. Amüsiert sah er zu seinem härtesten Kämpfer hinüber, der mit einem verträumten Lächeln zusah, wie seine Frau auf ihn zukam. Ja, ja, die Liebe veränderte den besten Mann.
Verlegen schaute Alica zu ihm her, doch dann nickte sie auch ihm zu und nahm die Hand von Les, die er ihr hinstreckte. Überrascht sah Gregor zu, wie sie sich an Lesleys Seite kuschelte und ihren Kopf an seine Schulter lehnte.
„Du hast noch Fragen, mein König."
Die letzten Worte spuckte sie verächtlich aus. Gregor zuckte zusammen. Die Schärfe in ihrer Stimme stand im krassen Gegensatz zu ihrem freundlichen Auftritt. Lesley strich ihr beruhigend über den Rücken, sagte aber nichts dazu.
„Du musst gar nicht sauer auf mich sein. Alles, was passiert ist, war deine eigene Schuld."
Ihre Augen verengten sich. „Ich will sofort den Kanal zu Armana wiederhaben! Alle anderen sind wieder offen, nur sie kann ich nicht erreichen!"
„Armana braucht noch etwas Zeit, bevor ich ihr den Kontakt zu dir wieder gestatte."
Alica wollte fauchend auf ihn losgehen, doch Lesley hielt sie lachend fest. „Kleines, das ist unser König, den darfst du nicht verhauen."
Alica lächelte ihn kurz an, um ihm zu zeigen, dass sie sich wieder im Griff hatte. „Aha, er wurde nie verprügelt, deshalb ist er so überheblich und denkt, er kann machen, was er will, ohne Rücksicht auf die Gefühle anderer."

"Es reicht! Halte deine Frau unter Kontrolle! Ich lasse nicht zu, dass sie vor den Männern meine Autorität untergräbt, sonst sorge ich dafür."

Lesley nahm Gregors Warnung sehr ernst. „Alica, sei anständig mit Gregor, sonst wird er dich bestrafen. Denn ich werde dich nicht bestrafen, nur weil du etwas frech wirst."

Zur Belohnung erhielt er einen tiefen Kuss von ihr vor allen anderen.

Doch dann seufzte Alica ergeben auf. „Also gut, es tut mir leid, Gregor, aber Armana ist meine einzige Freundin, schon lange. Ich hatte nie eine andere, und ich mag sie wirklich sehr. Ich möchte nicht, dass du sie verletzt."

„Ich werde sie nicht verletzen, sie wird meine Frau werden. Wir schützen unsere Frauen."

„Ich weiß. Und das ist auch gut so! Nur wart ihr schon so lange nicht mehr in normaler Gesellschaft, dass ihr euch nicht vorstellen könnt, wie sehr es einen verletzen kann, wenn man zu etwas gezwungen wird, das man nicht will, egal wie ihr es macht. Ich nehme Lesley nicht übel, was er heute gemacht hat. Ich nehme es dir übel. Du hast ihn quasi dazu gezwungen, da er es nicht ertragen konnte, dass du mich ansiehst."

Lesley grinste Gregor an, so hatte er es noch nicht gesehen. „Genau, Greg, du hättest mir genauso gut eine Waffe an den Kopf halten können."

Gedankenverloren strich Alica über seinen Arm und versuchte, mit ihrer Hand seine Unterarme zu umfassen.

„Vergessen wir das. Du wolltest mich noch ausquetschen?"

Greg sah stirnrunzelnd zu, wie Alica Les' Hand nahm und ihre Wange in sie hinein drückte. Was hatte sein

Freund mit ihr gemacht? Hatte er ihr Drogen gegeben? Wenn ja, musste er unbedingt für Armana dieselben haben.
„Wir haben noch kurz Lesleys Mutter getroffen, aber sie hat wieder nur in Rätseln gesprochen. Weißt du etwas mehr über all die Dinge?"
Alica schaltete sofort auf ernst um. „Ehrlich? Nein. Sie hat mir gegenüber etwas von einer Prophezeiung gesagt. Sie meinte, ich wäre die Auserwählte, weil sich die drei in mir vereinen. Und dass ich euch erst Frauen zuführen würde, danach mit den Frauen zusammen das Dunkle bekämpfen würde. Und dass wir gewinnen könnten, wenn wir in der richtigen Zusammensetzung zusammenkommen. Das heißt, ich soll jetzt nicht wahllos Frauen herbringen, sondern müsste die richtigen finden."
„Also sollst du Schicksal spielen und in den nächsten Jahren diesen wilden Haufen verkuppeln. Und wenn ihr alle beisammen seid, werdet ihr gemeinsam gegen das Dunkle kämpfen, das unsere Vorfahren böse gemacht hat?"
„Das hab ich doch gerade gesagt! Aber ich denke, dass die Urmutter einen Knall hat." Entschuldigend schaute Alica kurz zu Lesley rüber, doch dem war das gleichgültig. „Ich werde doch nicht Frauen für euch finden und sie euch ausliefern. Mag sein, dass ich Lesley jetzt schon lie... akzeptieren kann, das heißt aber nicht, dass ich andere in diesen aussichtslosen Kampf führe. Erst gegen euch und danach gegen dieses Unbekannte. Im Übrigen wäre da ja Armana. Sie ist anscheinend deine Frau, also soll sie sich darum kümmern."
„Ja, Armana wird meine Königin, aber ich glaube schon, dass die Urmutter recht hat. Du wirst unsere

Königin sein. Jede Bewegung von dir, jede noch so kleine Geste zeugt von Hingabe an unser Volk. Armana wird meine Königin. Aber du wirst unsere Königin sein."

Alicas Blick wurde listig. „Ich werde mich in mein Schicksal fügen, wenn ihr uns unsere Freiheit lasst."

Gregor kam nicht zu einer Antwort. Ein Wirbelwind blies hinein, und vor ihnen erschien die Mutter der Erde.

„Hallo Sohn, Tochter." Sie nickte ihnen zu. „König Gregor, ich habe mit den Wächterinnen gesprochen. Es wird keine mehr geben für die Kondorinnen, bis sie ihr Schicksal erfüllt haben. Wir können nicht riskieren, dass sich die Zukunft ändert. Ihr müsst die Kontrolle über eure Frauen gewinnen, wenn wir die Gefahr abwenden wollen. Denn schlussendlich werden sie doch selbständig und frei entscheiden ohne eine Stimme der Sicherheit hinter sich."

Die Mutter der Erde sah mitleidig zu Alica. „Ich weiss, wie schwer es ist, mit einem solchen Wesen verbunden zu sein. Sie ticken wie Männer aus dem Mittelalter trotz all ihrer Fähigkeiten, und sie wollen euch beherrschen. Aber dieser Kampf gegen sie macht euch stark für den Kampf für sie." Die Erdmutter nahm Alicas Hand und hob sie über ihren Kopf. „Auf die neue Königin, die an der Seite König Gregors über die Frauen der Kondore herrschen wird. Die euch eure Frauen bringen wird und mit all ihnen zusammen das Böse von euch abwenden wird. Schützt sie gut, denn ohne sie seid ihr verloren."

Armana materialisierte sich neben Alica und sah überrascht in die Runde. Ihre Wangen wirkten erhitzt, und sie war ziemlich zerrzaust. Doch ansonsten schien es ihr gut zu gehen, nahm Alica erleichtert wahr. Der

wütende Blick, den König Gregor der Urmutter zuwarf, zeigte Alica, dass sie Armana zu sich gerufen hatte.
Die Urmutter war keine Kondor mehr. Die Allmutter konnte die Gesetze umgehen, sie war stark genug.
Armana begriff sofort, was hier vorging. Sie trat neben die Allmutter, und diese hob auch ihre Hand in die Höhe. „Auf die Frau des Königs, die an der Seite der Königin als Generalin in den Kampf gegen das Böse ziehen wird. Schützt auch sie mit allen Mitteln und lasst dem Schicksal seinen Lauf. So will es das Fidre!"
Es waren alle versammelt, da der König alle gerufen hatte. Selbst Alexander kam zurück. Alle hoben sie die Faust in die Luft. „Auf die Königin und die Frau des Königs."
Die Allmutter verschwand, wie sie gekommen war.
Alica nahm Armanas Hand. „Wir sind auf uns allein gestellt, sie hat uns die Wächter genommen. Aber zusammen stehen wir das durch. Und ich will verdammt sein, wenn ich noch mehr Frauen in diese Sklaverei führe."
Armana lächelte ihr schelmisch zu. „Wir bekommen sie schon in den Griff. Wir sind Krieger."
Gregor trat zu ihnen. „Ihr werdet nicht gegen uns kämpfen, ihr beiden. Und nach wie vor habt ihr Kontaktverbot." Gregor griff nach Armanas Arm, und zusammen entschwanden sie.
Alica tastete nach einer Verbindung, doch es war immer noch nichts da. Dafür brannte ihre Verbindung zu Gregor lichterloh.
-Du darfst sie nicht vor mir abschirmen! Wir brauchen uns. Ihr habt uns sonst alles genommen!-
-Mädchen, nimm dich in Acht. Ich bin mächtiger als Lesley und lasse nicht so mit mir reden. Täusch dich

nicht durch meine Nachsichtigkeit. Wenn er dich nicht im Zaum hält, werde ich das tun.-
Gregor sprach zur selben Zeit noch zu Lesley.
-Schirm die anderen ab. Ich werde jetzt deiner Frau ebenfalls eine Lektion erteilen, da sie tatsächlich denkt, sie könne mir Befehle geben und mich beleidigen.-
-Sie ist meine Frau, Gregor!-
-Und ich bin dein König und ihrer!-
Les tat, was Greg verlangte. Es gefiel ihm nicht, aber Gregor war der Herr aller, und seine Frau musste das akzeptieren.
Währenddessen stritt Alica weiter mit Gregor.
-Es ist mir egal, wie mächtig du bist! Und es ist mir auch egal, wer ich bin! Ihr habt uns unsere Freiheit weggenommen, und ich dulde nicht, dass ihr mir auch noch Armana wegnehmt!-
Greg materialisierte sich direkt vor Alica und sah ernst auf sie herunter. Sie wusste, was nun folgen würde. Eigentlich wollte sie es nicht herausfordern, schon Lesley zuliebe nicht. Doch irgendetwas in ihr zwang sie dazu, sich dem König zu widersetzen.
„Begreife, dass du hier nichts zu sagen hast. Ihr müsst uns folgen, ihr müsst nach unseren Regeln leben. Dafür bekommt ihr unsere bedingungslose Treue, unsere ewige Liebe. Ist das nichts?"
Alica wich nicht einen Zentimeter zurück. Trotz Les' Warnung in ihrem Kopf tippte sie mit ihrem Finger auf Gregors Brust: „Natürlich ist das etwas, und doch werde ich niemals eure Sklavin sein!"
„Wenn ich es will, wirst du es sein, Frau."
Alica gab sich Mühe, nichts zu denken, doch es gelang ihr nicht ganz. Sie sah in seinen Augen, dass er sie

bestrafen würde. Würde er sie schlagen? Würde er sie einsperren? Was würde Les machen?
-Ich bin der König, Mädchen. Lesley ist mein bester Freund, und doch werde ich nicht dulden, dass du so mit mir sprichst. Entweder du entschuldigst dich bei mir vor den anderen, oder ich nehme mir etwas von dir, was du mir nicht gerne geben wirst.-
Was konnte er ihr schon groß nehmen, sie hatte ja nichts.
-Wir hier bestrafen unsere Frauen auf eine bestimmte Art, die du schon kennengelernt hast.-
-Nicht schon wieder, Gregor. Wir wissen beide, dass ich auf dich nicht reagiere. Du kannst mir gar nichts anhaben, was das betrifft.-
Nun mischte sich Lesley ein. *-Verdammt Alica! Er kann ja gar nicht anders, als dir zu beweisen, dass er es durchaus könnte! Entschuldige dich!-*
-Ich kann nicht. Es ist meine Meinung, und ich kann mich nicht dafür entschuldigen, dass ich sage, was ich denke.-
Les wusste es. Er wusste es, und er akzeptierte, dass Greg ihn auch abschirmte, damit er nicht mitbekam, was jetzt kam, obwohl sie es alle drei genau wussten. Bei ihnen gab es nur eine Art, Frauen zu bestrafen. Les schoss davon, materialisierte sich zu Robert und überließ Greg seine Frau. Er war sicher, mehr als einmal würde es nicht nötig sein. Noch glaubte Alica nicht, dass Gregor sie wirklich nehmen würde. Das war ihr Fehler, sie hatten am Abend zuvor die Plätze getauscht, und Alica dachte, dass sie inkonsequent wären. Es musste sein, egal wie schwer es ihm fiel. Alica spürte genau, als Lesley sich entfernte. Sie versuchte, ihn zu erreichen, doch Gregor hatte wieder sämtliche ihrer Kanäle gekappt. Er trat zu ihr und als

er ihren Arm umfasste, durchliefen sie kalte Schauer.
Er wird mir nicht wirklich was tun. Es ist nicht echt.
-Natürlich werde ich dir nichts tun. Ich werde dich mir nur unterwerfen, wie Les das getan hat.-
-Les liebe ich. Wenn du das tust, ist es nur Vergewaltigung.-
Er materialisierte sich in einem Zimmer, das weder seins noch das von Lesley war.
-Nein, du wirst es freiwillig tun, ich werde mich nicht bewegen.-
Alica sah schockiert zu ihm hoch. Doch sie fasste sich.
-Darauf kannst du lange warten, Alter.-
Gregor stand plötzlich nackt vor ihr. Er war so groß wie Lesley, und auch sein Körper war gestählt. Er war wirklich schön. In Alica begann es zu kribbeln. Nein, du wirst auf diesen Kerl nicht reagieren! Was bist du für eine Schlampe!
-Du kannst nichts dagegen machen. Ich sage dir, was du zu tun hast, und du wirst es tun. Und du wirst dich fühlen, als wäre Lesley hier.-
Alica spürte, wie die Atmosphäre sich veränderte. Kalter Schweiß brach ihr aus.
Er hatte sie mit einem Zauber belegt. Sie spürte die Magie um sich flimmern. Ihr wurde klar, dass sie verloren war.
„Zieh dich aus." Nach der Stille klang seine Stimme scharf. Alicas Kopf sagte nein, doch ihre Hände machten sich selbständig. Während Gregor sich auf einen Sessel setzte, zog sie jedes Kleidungsstück aus, bis sie nackt vor ihm stand. In ihr schrie alles nein, doch sie blieb stumm. Greg blickte sie an. Sie war groß und hatte Muskeln an den rechten Stellen. Sie schaute nicht zu ihm, doch heute musste sie das volle

Programm durchlaufen, sodass sie es nicht noch einmal rausfordern würde.
-Ich bin noch nicht wirklich lange hier und werde die ganze Zeit bestraft!-
Gregors Glied richtete sich auf. Er hätte nicht gedacht, dass sie das so schnell schaffen würde. Doch wie sie da stolz und in ihrer ganzen Pracht vor ihm stand und trotz der Magie, die er um sie geschlossen hatte, noch trotzte, erregte ihn doch sehr. Sie war Lesleys Frau. Er wollte nicht erregt sein, doch er konnte nicht anders.
-Schau mich an.-
Alica konnte nichts ausrichten. Ihr Blick ging zu ihm, starr sah sie in seine Augen.
--Schau mich an.- Gregor musste schmunzeln. Mit aller Macht versuchte sie, den Blick bei seinen Augen zu halten, er wurde deutlicher. *-Schau dir meinen ganzen Körper an.-*
Alica blickte ihm noch einen Moment zornig in die Augen, dann glitten ihre Augen über seinen Körper. Sie liebte Lesley und zerfloss schon, wenn sie nur an seine starken Arme dachte. Er hatte ihr befohlen, wie bei Les zu empfinden, und genau so erging es ihr auch. Im vollen Bewusstsein, dass es nicht Lesley war, pochte es zwischen ihren Beinen, und ihre Brustspitzen richteten sich auf.
-Ich kann deine Bereitschaft riechen.- Gregor wirkte zufrieden.
-Bereitschaft für Les, nicht für dich. Das ist nur die Magie.-
Greg nahm seinen Befehl zurück. *-Du willst es auf die harte Tour erfahren, also bitte, empfinde so, wie du bei mir empfinden würdest.-*
Sofort löste sich die Anspannung in ihr. *-Das wird jetzt lustig.-*

Gregor zog eine Braue hoch, schon forderte sie ihn wieder heraus.
-Komm her.-
Nach wie vor konnte Alica gar nichts tun, außer seinem Befehl nachzukommen. -Mach hin, ich will endlich zu meinem Bruder.-
Gregor berührte sanft ihren Hals, dann strich er mit seinem Finger über ihre Schulter und ihren Arm. Von seinem Finger ging eine Hitze aus, die sich langsam in ihr ausbreitete. Überrascht zog sie sich zurück.
-Komm her und bleib stehen. Bei dir muss ich wohl sehr deutlich sein.-
Sie hörte das Grinsen aus seiner Stimme. Wie konnte er das witzig finden? Alica schnaubte. Aber natürlich trat sie wieder zu ihm ohne die Option zum Ausweichen. Sein Finger strich über ihre Brust und machte einen Kreis um ihre Brustwarze.
Alica zuckte zusammen und nahm entsetzt wahr, dass sie feucht wurde und die erotische Spannung zurückkam. *-Du benutzt Magie!-*
-Frau, ich bin Magie, da kann ich nichts dazu. Ich bin ein Ball aus Energie und Magie, der jeden Körper annehmen kann, den er will.-
Nun sah Alica genauer hin. Er war ein faszinierendes Wesen. Er könnte sie dazu bringen, auf dem Boden zu kriechen und um seine Liebe zu betteln, ohne dass es ihn viel Energie kosten würde.
-Frau ich will dich nicht brechen, du bist ein gutes Mädchen. Doch ich möchte, dass du mich mit dem Respekt behandelst, der mir gebührt.-
In dem Moment fasste Alica einen Entschluss. Im Wissen darum, dass er sie mochte und dies ebenso wenig wollte wie sie. Laut sagte sie. „Es tut mir leid, Gregor, dass ich dich so behandelt habe. Ich könnte

meinen Standpunkt auch vertreten, ohne so ausfällig zu werden. Aber es wird wieder passieren, und wir wollen das hier ja nicht wiederholen. Wir sollten uns auf etwas Anderes einigen. Das ist zu heftig für uns beide."
Gregor sah interessiert auf die schöne junge Frau. Er konnte nicht gerade sagen, dass es ihn störte, mit ihr sexuell intim zu werden. Das einzige, was ihn daran störte, war der Gedanke an seine Frau und an seinen besten Freund. Wären die beiden nicht gewesen, hätte er die Kriegerin an die Wand gedrückt und sie eingeritten, dass ihr die Ohren läuteten. So sagte er nur: „Was schlägst du vor?"
Alica überlegte nicht lange. „Wie wäre es, wenn du mich schlägst, immer wenn ich ausfällig werde?"
Gregor schnaubte entrüstet. „Ich schlage keine Frauen!" Er wusste, dass sie einen einfachen Punch meinte, doch da kam er auf eine Idee, wie er sie bestrafen konnte, ohne ihr weh zu tun und ohne dass sie miteinander intim werden mussten. „Okay, einverstanden. Leg dich über meinen Schoß." Sie waren noch beide nackt, und Alica stand noch immer unter seinem Bann. Sie konnte sich nicht dagegen wehren und legte sich über seinen Schoß, den Po nach oben. Sie wurde knallrot. „Ich meinte nicht so! Ich bin noch nackt! Lass das, was tust du da?"
Gregor holte aus und gab ihr einen kräftigen Schlag auf den nackten Po. Alica schrie mehr vor Wut auf. Seine Hand blieb auf ihrem Po liegen und streichelte leicht darüber. „Wie viele Schläge geben wir denn jeweils?"
Alica strampelte und wand sich. Nun sog Greg scharf den Atem ein.

„Mädchen ich bin nackt, und ich bin nicht aus Stein. Halte still, wenn du nicht doch noch auf dem Rücken landen willst." Alica wurde still, sie wagte es kaum zu atmen. Seine Hand, die nach wie vor ihren Po liebkoste, fuhr gefährlich nahe nach unten. „Wieviel?" Als er zwischen ihre Backen glitt mit seinem Finger, ächzte sie „Vier Mal."
Gregor machte es Spaß, sie noch ein bisschen zu quälen. Langsam fuhr sein Finger noch etwas nach vorne bis zu der Stelle, wo ihr Po in ihrer Scham mündete. „Nur vier Mal? Du bist eine Kriegerin, du erträgst mehr. Ich sage zehn, was meinst du?"
Alica wurde feucht, sie konnte nichts dagegen tun. Sie begann zu zittern. „Bitte Gregor nicht, zehn ist okay, aber bitte nimm deinen Finger da weg, bitte."
Er wollte wirklich nicht gemein zu ihr sein, aber die Worte, dass er nichts in ihr auslösen könnte, lagen noch in seinem Magen, und die zahlte er ihr nun grausam heim. Seine Hand zog ihre Beine etwas auseinander, und sein Finger glitt sanft über ihre Öffnung nach vorne auf ihren Lustknoten. Alica schrie auf und stöhnte tief. „Du gibst aber schnell auf. Willst du mich nicht noch runterhandeln?"
„Gregor, bitte, ja, du kannst mich auch erregen, du hast es mir bewiesen, aber es reicht, hör jetzt auf!"
„War das etwa ein Befehl? Ich dachte, wir sprechen hier gerade über Anstand mir gegenüber."
Sein Daumen glitt mühelos in ihre feuchte Grotte, während sein Zeigefinger sie massierte. Alica biss ihn kräftig in den Oberschenkel, um nicht zu schreien, da zog Gregor seine Hand zurück und gab ihr kurz und schnell noch vier weitere Klapse auf den Po, danach schob er sie von seinem Schoß und löste den Bann.
„Also gut, ich finde, fünf reichen. Und damit du es dir

nicht zu leicht nimmst, werde ich immer, wenn du es herausforderst, noch ein bisschen mit dir spielen. Klar?"
Alica zog sich rasch an und murmelte vor sich hin: „Typisch Mann, hat das Gefühl, dass er alles tun darf!"
„Alica, hast du mich verstanden?"
"Ja verflucht, aber bring mich jetzt zu Robert."
-Lesley ist dort, du kannst dich selber dematerialisieren.-
Ohne weiter an den König zu denken, machte sie sich auf den Weg zu Lesley.
Das Fidre hatte über die Szene gewacht und den König und die Königin sanft zu leiten versucht, doch war es durch die Gerissenheit der Königin wieder nicht zum Äußersten gekommen. Die Gegenwehr der Königin war sehr aufschlussreich. Sie war stark und würde mit der Zeit eines der mächtigsten Wesen dieser Welt werden. Und doch war es für die weit entfernte Zukunft unabdinglich, dass die beiden miteinander intim wurden. Sie konnten nicht beeinflussen, wer der wahre Gefährte eines Kondors war, doch sie konnten ihre Gefühle kurzfristig in eine andere Richtung lenken.
Sie würden wohl den stolzen König noch etwas mehr drängen müssen. Die Königin allerdings würden sie mit offenen Augen in den Hammer laufen lassen. Ihr Leichtsinn war eine Schande für jede Kondor, doch würde diese Eigenschaft den Frauen zum Sieg verhelfen.
Les saß bei Robert und dachte die ganze Zeit an den König, der gerade mit seiner Frau … und die Wut stieg in ihm hoch. Als Alica plötzlich vor ihm stand, wirkte sie zwar etwas zerzaust, aber nicht wirklich verstört.

Alica sah die Wut in seinen Augen und legte gleich beruhigend eine Hand auf seinen Arm. "Es war nichts, Liebster. Ja, er hat mir kurz bewiesen, dass er durchaus fähig wäre, Gefühle in mir auszulösen, aber danach haben wir uns geeinigt, dass er mir immer fünf Schläge verabreicht, wenn ich zu frech werde, weil wir beide mit dem anderen nicht leben können, da ich ihn wohl öfter herausfordern werde."
„Er wird dich schlagen?" Lesley wusste nicht, ob er erleichtert oder wütend sein sollte. Der König würde also öfter seine Frau schlagen, ihr weh tun?
„Ja ... nein, nicht wirklich." Alicas Wangen brannten. „Er nimmt mich übers Knie."
Lesley musste lachen, also mehr psychische Folter. Okay, damit konnte er leben. Erleichterung stieg in ihm auf. Er zog Alica in seine Arme und küsste sie mit aller Leidenschaft. Alica, der es langsam zu viel wurde, ständig von ihnen gereizt zu werden, wollte sich erst losmachen. Doch Lesleys Gefühle gingen auf sie über, und sie schmiegte sich eng an ihn, um den Kuss mit ihrem ganzen Körper zu erwidern.
„Süße, den König solltest du nicht mehr herausfordern. Sonst alle, aber nicht unseren König. Er kann alles tun mit dir, was er will. Gegen ihn würde ich niemals vorgehen. Er ist ein guter König. Er ist stark und gerecht, und er war bisher sehr nachsichtig mit dir. Sorge dafür, dass er nicht irgendwann doch weiter geht, als er will."
Alica wurde wieder zornig. „Ich will ihn ja gar nicht herausfordern, aber ihr seid dermaßen vorsintflutliche Wesen, die despotisch sind und dazu noch fast alles machen können. Ihr alle könntet mich beherrschen, ohne, dass ich auch nur eine Chance dagegen habe. Und dann nehmt ihr mir noch das Einzige weg, das mir

helfen könnte, euch oder meine neusten Fähigkeiten besser zu verstehen."
Alica war an Roberts Bett getreten und strich sanft über seine Wange. Er war schneeweiß, aber seine Wunden waren nicht mehr zu sehen.
Les trat hinter sie, umfasste sie mit starken Armen und zog sie an seinen Körper. „Alica, es muss so sein. Wir können doch nichts dafür, was wir sind. Wir leben seit Jahrtausenden so. Wir haben mehr gesehen als alle anderen. Wir sahen Zivilisationen kommen und gehen. Wir nehmen uns erst jetzt Frauen, wie sollen wir euch beibringen, was wir alles schon wissen, wir müssen euch schützen. Wenn wir uns binden, ist es für immer. Ich würde ins Böse übergehen, wenn dir etwas passiert."
„Aber ihr versklavt uns!"
Les drehte sie um und hob sie hoch, damit sie auf gleicher Augenhöhe war. Seine Iris funkelte zornig. „Nein! Wir beschützen euch! Wir geben auf euch Acht. Wenn nötig, schützen wir euch auch vor euch selber."
„Seit ich hier bin, habt ihr mich zig mal gezwungen, etwas zu tun, was ich gar nicht will. Du hast mich gezwungen, Dinge zu sagen, die ich nicht sagen will und hast mich Dinge fühlen lassen, die ich nicht fühlen wollte. So wie auch dein König, der dazu noch ständig in meinem Kopf rumgeistert und der eine Wärme und Magie versprüht, dass ich wieder Mitleid mit Armana bekomme. Ihr verbietet mir, Dinge zu tun, die ich tun will, und ich kann nicht einmal mehr sagen, was ich will, ohne Angst zu haben, dafür bestraft zu werden!"
Alica wurde mit jedem Wort lauter, und ihre Augen sprühten Funken. Sie beide waren so mit sich selbst beschäftigt, dass sie nicht bemerkte, dass Robert die

Augen öffnete und ihnen mit schmerzverzerrtem Gesicht zusah.
Les war versucht, Alica zu schütteln: „Du bist ja auch halsstarrig, frech, unvernünftig und total selbstmörderisch veranlagt! Ich hoffe nicht, dass wir mit jeder von euch Frauen solche Mühe haben werden!"
Robert versuchte, etwas zu sagen, doch noch kam kein Ton raus. Also überließ er die beiden seufzend ihrem Streit.
Alica zappelte. „Ich habe mir nicht ausgesucht, hier bei euch zu sein. Du hast mich gezwungen. Ich wollte nur mit euch trainieren und nicht von euch überrannt werden, ihr arroganten ... Lass mich runter, dass ich dich treten kann!"
Lesley zog sie ganz nahe an sich und legte seine Nase an ihre. Sie hatte seine wunderschönen Augen direkt vor sich, und wieder erschauerte sie. „Du bist meine Frau. Du kannst nichts mehr daran ändern, und wir beide wissen, dass du es auch gar nicht willst." Seine Worte waren leise, aber nicht minder scharf.
Alica war sich seines Körpers nur zu sehr bewusst. Natürlich wollte sie bei ihm bleiben, aber das musste er nicht wissen. Die Kondore waren auch ohne die bedingungslose Ergebenheit ihrer Frauen eingebildet genug, also würde er genau dies niemals von ihr hören.
„Ich kann nichts daran ändern, da hast du recht. Aber ich werde es immer versuchen."
Lesley sprach an ihren Lippen „Du darfst es versuchen, so oft du möchtest, solange du dabei nur mir gehörst, Liebste."
Alica presste sich an ihn und knabberte an seinen Lippen. „Mit Haut und Haaren."

Bevor ihr Kuss darauf zu intensiv wurde, krächzte Robert vom Bett aus: „Bitte, eure Streiterei war ja noch zu ertragen, aber sie ist meine Schwester!"
Alica schrie erfreut auf und zappelte sich aus Lesleys Armen, der sie lachend gehen ließ. „Robert, du lebst!", lachte sie, um gleich darauf herzzerreißend zu schluchzen. „Ich dachte, ich hätte dich verloren, ich dachte du wärst tot."
Alica lag auf den Knien neben dem Bett ihres Bruders und schluchzte weiter, während sie seinen Arm umklammerte, als wäre es ein Anker, der sie hielt. Les sah zärtlich auf die beiden, und Liebe für alle beide füllte ihn aus. Sein neuer Bruder und seine Frau.
-Alexander, Robert ist aufgewacht. Ich danke dir, du weißt gar nicht, wie sehr ich dir danke.-
Sofort materialisierten sich Gregor, Roran und Alexander zu ihnen in das Krankenzimmer. Erstaunt sahen sie auf die weinende Alica und den verwirrten Robert, der versuchte, sie zu beruhigen.
„Er lebt, warum weint sie?" Alexander blickte fragend in die Runde. „Sie sollte sich freuen."
Alica erhob sich und fiel Alexander um den Hals. Dieser versteifte sich und sah erschrocken zu Les, der über die Situation grinste.
„Danke, Alexander! Danke, dass du ihn gerettet hast." Alexander klopfte ihr unbeholfen auf die Schultern. „Ich habe ihn nur überwacht. Roran hat ihn zum Kondor gemacht und ihn gerettet." Da fiel Alica auf Roran zu und warf sich auch ihm an die Brust. Dieser zog sie fest an sich, erfreut, endlich wieder ein Familienmitglied im Arm zu halten. Seine Nichte. „Ist schon gut, Kleines. Du weißt es nicht, aber ihr seid alles an Familie, was ich noch habe. Dein Vater war mein Halbbruder."

Alica schaute zu ihm hoch. „Du bist mein Onkel? Na sowas."
Greg reichte ihr ein Taschentuch, und sie bedankte sich und schnäuzte ihre Nase. Gregor trat zu Robert. „Ich bin König Gregor, nun auch dein König. Du warst zu verletzt, um zu überleben. Wir hatten nur eine Chance, dich zu retten! Wir machten aus dir einen Kondor. Da Roran dein Onkel ist, hat er das für dich getan." Greg sah zu Alica, dann wieder auf Robert. „Da du jetzt ein Kondor bist, wirst du in der nächsten Zeit feststellen, dass nichts mehr so ist wie vorher, auch nicht die Beziehung zu deiner Schwester. Du bist kein Mensch mehr. Jetzt hast du die gleichen Fähigkeiten wie wir in dir. Du wirst aber sehr lange trainieren müssen, um es in den Griff zu bekommen."
Alexander trat nach vorne. „Er hatte kaum mehr einen Tropfen Blut in sich. Erst muss er ganz gesund werden, bevor er trainieren kann."
Gregor sah zu Alica. „Königin, würdest du uns bitte kurz alleine lassen? Es gibt ein paar Dinge, die ich gerne mit deinem Bruder klären würde – ohne dich. Ich rufe dich, wenn du wieder herkommen kannst."
Gregor sah, wie sich ihre Augen verengten und wartete ab, was da kommen würde. Als sie nickte, grinste er sie frech an. Sie schnaubte extra laut und dematerialisierte sich. Sie konnte grade noch hören, wie Robert fragte: „Königin? Ich dachte, sie wäre Les' Frau, sah zumindest so aus."
Alica materialisierte sich auf den Zinnen, von denen sie am Tag zuvor sprang. Als sich kurz darauf Tynan neben sie gesellte, fragte sie lachend: „Les?"
Tynan schüttelte den Kopf. „Nein, diesmal schickt mich der König."

„Aha, zwei Despoten, die mich kontrollieren wollen, ganz toll."
„Genau genommen sind es vier: Roran, Les und Alexander haben sich gleich nach dem König gemeldet. Bald wird dein Bruder sich wohl auch noch dazu gesellen. Und da du nun unsere Königin bist, werden alle anderen sicher auch ein wachendes Auge auf dich haben."
Alica hörte das Lachen in Tynans Stimme. „Du bist anders als die anderen! Du bist vernünftiger, weniger despotisch, irgendwie diplomatischer."
Tynan lachte. „Ich habe mein Temperament etwas besser unter Kontrolle. Schließlich trainiere ich diesen Haufen. Aber glaub mir, ich kann auch anders."
Alica sah über die Landschaft vor sich. Einige Kondore zogen ihre Kreise über die steile Berglandschaft, andere senkten sich nieder auf das Hochplateau, das dem kleinen Dörfchen den Platz bot. Die stolzen Vögel bekamen ihre Namen von den Männern, die hoch oben bei ihren Nistplätzen zu Hause waren. Alica atmete die frische Luft tief in ihre Lungen, als plötzlich das Böse langsam, aber spürbar über die Burg zog. Es wurde Alica fast übel bei der Hässlichkeit der Gefühle, und sogar die Mauern wanden sich unter der ätzenden Flüssigkeit, als ob sie Schmerzen hätten.
Mit dem Einzug des Bösen begann Alica zu leuchten, und das Kraftfeld umschloss flammend ihren ganzen Körper.
Tynan brachte sich in Kampfstellung! Seine Augen wurden blicklos und schwarz. Er sammelte seine magische Kraft und sandte seine Energie über die ganze Burg, bis sie in einem Kokon aus schwarzem Rauch lag, der auch die Dienstboten mit einschloss. Alica wusste instinktiv, dass jeder Angriff, der nun

einer dieser Leute treffen würde, Tynan traf und nicht den Angegriffenen. Sie sah staunend zu ihm. Der ganze Mann war dunkel geworden, und der schwarze Rauch floss aus allen Poren seines Körpers spiralenförmig von ihm weg. Er selber strahlte eine Ruhe und Sicherheit aus, die Alica sofort beruhigte.
–*Les, ich leuchte.*-
Sofort waren Les und Gregor bei ihnen. Les sah zu Gregor, doch dieser schüttelte den Kopf.
-*Süße, geh in unser Zimmer.*-
Alica ging, aber nicht in ihr Zimmer, sondern zu Robert. Les hatte es durchaus bemerkt, dachte aber, dass das auch ginge. Doch da täuschte er sich. Sie alle waren in Angriffsstellung, es würde nicht mehr lange dauern, bis sie die Gefahr lokalisieren konnte. Alica stand der Gefahr bereits gegenüber. Eine Hand um Roberts Hals gelegt, stand sie in seinem Zimmer.
„Lass ihn los. Du willst mich, nicht ihn!"
In einer kumpelhaften Art grinste Recal ihr entgegen.
„Man sollte meinen, sie hätten hier die Sicherheitsmaßnahmen so hoch geschraubt, dass ich nicht einfach reinspazieren könnte. Aber hier stehe ich neben deinem Bruder, den sie zum Kondor gemacht haben. Zu meiner Zeit hier gab es keine solchen Liederlichkeiten. Sie sind wohl faul geworden."
Robert hatte wieder das Bewusstsein verloren, wohl als er sich gegen Recal gewehrt hatte. Als Recal ihn losließ, seufzte Alica erleichtert.
„Ich werde ihn am Leben lassen, wenn du deinen Schild abstellst und mit mir kommst."
„Sie haben dich letztes Mal ohne Probleme gefunden! Was lässt dich denken, dass es dieses Mal anders ist?"

Recal lächelte kalt. „Letztes Mal wusste ich nicht, dass ihr den Schutz dieser Bande genießt. Ich bring dich an einen Ort, wo Kondore nicht hinkönnen. Wo gar niemand von ihnen hinkann! Denn dort ist nur das Schlechte willkommen und dessen Gefangene."
Alica hatte schon von dem Ort gehört. Sie hatte selber schon versucht, reinzugelangen. Es war ein altes Industriegelände, wohl mit einem grossen Kellerbau, doch weiter als bis zur Tür war sie nie gekommen.
„Ich weiß nicht, wie das mit dem Schild funktioniert, bisher ist er immer von selbst gekommen und wieder verschwunden."
„Du musst ihn wegdenken, meine Liebe. Schlichtweg denken, dass er weg geht."
Alica wusste, dass sie Lesley rufen sollte. Aber sie konnte das Risiko, Robert zu verlieren, nicht mehr eingehen. So dachte sie den Schild weg und ließ sich von Recal packen. Grob zerrte er sie zu sich. „Ich weiß, sobald ich dir Schmerz zufüge, kommt der Schild zurück. Aber es gibt andere Arten, dich zu foltern, um dich zu brechen. Es wird mir eine Freude sein, die Frau meines Neffen zu Grunde zu richten und sie ihm dann zurückzuschicken."
Die letzten Worte ließ er gedanklich über den offenen Kanal, den alle Telepathen hören konnten, laufen.
Auch Lesley hörte seine Worte, er schrie auf vor Wut und ging sofort zu Alica. Doch ihre Präsenz war schon weg. In Roberts Zimmer traf er alle anderen acht Kondore, doch Alica war verschwunden.
Es war das erste Mal, dass einer von ihnen zu entsetzt war, um noch zu sprechen, zu verstört, um einen klaren Gedanken zu fassen. Lesley stand fassungslos da, wie hatte das passieren können? Tränen traten in

seine Augen, und eine Angst umschloss sein Herz wie eine Faust und drückte es fest zusammen.
„Er hat sie nach Calandri gebracht."
Gregor trat zu ihm und legte ihm die Hand auf die Schulter: „Er kann ihr nichts anhaben, sie ist eine Kondor."
„Sie ist frisch verwandelt! Sie hat noch kaum Kräfte und die, die sie hat, die beherrscht sie nicht. Sie hat in diesem Loch keine Chance gegen ihn, und wir können da nicht rein!"
In diesem Moment suchte sie ihn auf ihrem Kanal. Ganz sanft drang ihre Stimme in seinen Kopf.
-Liebster, vertraue mir. Ich lass mich nicht brechen. Ich kann dir nicht versprechen, wie lange ich brauche, aber ich werde einen Weg finden, hier rauszukommen.-
Ihre Stimme streichelte sein entsetztes Herz und ließ es wieder ruhiger schlagen.
-Süße, warum hast du mich nicht gerufen?-
-Ich konnte Robert nicht schon wieder verlieren. Die Verbindung zu halten von hier, ist schwer. Ich melde mich wieder bei dir! Ich liebe dich.-
„Greg, sie ist schon dort, wir können nichts machen, um sie da rauszuholen. Was sollen wir tun?"
Der König sammelte seine Männer im Thronsaal. Alle waren sie ziemlich aufgewühlt und entsetzt über Alicas Entführung nach Calandri.
Roran trat nach vorne. „Ich habe eine Idee. Wir alle kennen böse Wesen, die wir noch nicht vernichtet haben und denen man halbwegs trauen kann. Wir suchen uns den raus, dem wir am meisten vertrauen, oder den wir am ärgsten in der Hand haben und schicken ihn rein, um herauszufinden, warum nur Böses Calandri betreten kann."

Lesley legte ihm seine Hand auf den Arm, auch Roran war bleich wie ein Leichentuch. Seine Augen schimmerten verdächtig.
„Sie hat sich bei mir gemeldet. Sie wird es schaffen, und wir werden sie befreien."
Gregor sagte etwas, was die ganze Gesellschaft wieder entspannen ließ. „Vermutlich schickt er sie uns in ein paar Tagen sowieso zurück, weil sie ihn fertig gemacht hat."
Tyrell nickte: „Bestimmt macht sie ihm jetzt schon die Hölle heiß."
Drako nickte zustimmend: „Er wird jetzt schon bereuen, dass er sie überhaupt mitgenommen hat."
Lesley war durchaus dankbar für ihre Versuche, ihn zu beruhigen, aber er stand unter Strom. Ein Sturm tobte in ihm, und falls Recal sich jemals wieder aus Calandri herauswagte, würde er ihn in der Luft zerreissen. Er bereute nur, es noch nicht getan zu haben.

9. Kapitel

In Alica sah es etwas anders aus. Sie betrat die Hölle, im vollen Bewusstsein, dass ihr hier keiner etwas tun könnte. Doch der Raum, in den Recal sie brachte, war alles andere als beruhigend. Er hatte sie an eine der Ketten an die Wand gefesselt und in dem Moment, als er sie losließ, hatte sie zugelassen, dass der Schild wieder hochfuhr. Sicher war sicher.
In der Mitte des Raums standen Tische aus Holz, wo sich einige sehr böse Wesen tummelten, von schlechten Vampiren, zu Werern und Wandlern, zu Hexen und Zauberern. Das Böse in diesem Raum umhüllte sie.
Die Leute soffen Bier oder unterhielten sich. Auf einer Bank knutschten zwei Werer rum, Alica schauerte es. Zwischen den Stühlen liefen einige ihrer Sklaven umher, brachten Essen oder mussten für andere Sachen hinhalten. Es waren drei Menschen dabei, die wohl die Nacht nicht überleben würden, sie waren zu schwach für diese Welt. Der Rest waren Vampire der Klasse eins oder zwei. Eine der Sklavinnen machte sich gerade an einen Klasse-Vier Vampir ran, wohl um seinen Schutz zu bekommen. Dieser war allerdings nicht interessiert, was er ihr mit einem Fausthieb in ihr Gesicht auch klar machte. Alica schauerte. Sie konnte das Böse fast berühren, so greifbar schien es ihr zu sein.
Doch das Schlimmste überhaupt in diesem Raum war die Frau, die neben ihr an die Wand gekettet war. Sie lag am Boden, sie war nackt, das Blut zwischen ihren Schenkel zeigte Alica, dass sich wohl jemand an ihr

vergangen hatte. Sie hatte kaum eine Stelle, die nicht blau war, und es schien, als wäre einer ihrer Arme gebrochen. Alica versuchte, zu ihr zu kommen, doch ihre Kette war nicht lang genug. Versuchshalber dachte Alica sich die Kette weg, doch bei dieser klappte es leider nicht. Ein großer Kerl trat auf die Frau am Boden zu. Nun bemerkte Alica, dass sie nicht ohnmächtig war, denn sie begann zu zittern. Alica sah den Kerl genauer an. Er war sehr grobschlächtig gebaut, sein Gesicht war grauenvoll, ihm fehlte ein Auge, dafür war da eine gezackte Narbe. Das Auge, das noch da war, blickte kalt auf die Frau. Er stieß sie mit einem Fuß an. „Los steh auf! Der Boss will dich sehen."
Trotz der irren Schmerzen, die sie haben musste, stand die Frau auf. Alica sah bewundernd auf die stolze junge Frau, wie sie da stand und dem Kerl trotzte. Sie spuckte etwas Blut auf den Boden und blickte mit ihren grünen Augen verächtlich auf den Typen. „Sag Gabriel, er kann mich mal."
Der Kerl packte sie grob. „Hat er schon! Denkst du, du würdest noch einmal überleben?" Er lachte laut. „Sobald er weiß, was er von dir wissen will, können wir dich haben. Dann wollen wir mal zählen, wie viele von uns du überlebst. Vielleicht schaffst du ja mehr als deine Schwester! Bei ihr waren es nur drei, doch sie war auch nicht so ein Miststück wie du!"
Alica versuchte, die Frau telepathisch zu erreichen, sie wusste zwar nicht, was sie war, doch bestimmt kein Mensch.
-Komm näher zu mir! Ich weiß nicht, ob es klappt, aber wenn wir uns berühren, kann ich vielleicht meinen Schild über dich ausbreiten.-

Die Frau sah überrascht zu ihr rüber, doch jetzt war nicht die Zeit, um Fragen zu stellen. Mit einem gezielten Tritt befreite sie sich und sprang hinüber zu Alica. Diese packte sie und dachte fest daran, dass sie auch innerhalb des Schutzschildes war. Der Kerl wollte der Frau nachspringen, doch diesmal funktionierte Alicas Wunsch, und er begann sofort zu brennen, als er ihren Arm packte. Schreiend stolperte er zurück. Alle Aufmerksamkeit war nun auf sie beide und den brennenden schreienden Haufen gerichtet. Keiner half ihm, doch alle sahen lauernd zu ihnen.
Recal war vorher durch eine Tür auf der hinteren Seite verschwunden. Seine Tür schlug nun auf, und er trat verwundert raus. Auch die Tür neben ihm schlug heftig gegen die Wand, und ein Schimmer schoss hinaus auf den brennenden Mann zu. Aus dem Schimmer wurde ein Mann, groß, breit, wunderschön.
-*Der Teufel*-, dachte Alica.
Die Frau in ihren Armen, die sie stützte, hatte den Gedanken aufgefangen und schnaubte. -*Nein, so viel Glück haben wir nicht. Das ist Gabriel, der Teufel hätte Angst vor ihm.*-
Alica sah mit großen Augen zu, wie Gabriel durch das Feuer griff und dem schreienden Mann das Genick brach. Dann fixierte er sie beide und schwebte auf sie zu.
-*Oh Gott, ich bete, der Schild hält auch gegen ihn stand.*-
Alica spürte, wie die Frau zu zittern begann. Fest umschloss sie sie und suchte stoisch den Blick des Mannes. Erschrocken sah sie, dass seine Augen schwarz waren, keine Pupille, nur schwarz.
Gabriel blieb direkt vor ihrem Schild stehen. Neugierig erwiderte er ihren ruhigen Blick, dann blickte er in die

Runde. „Wer hat eine Kondor in mein Reich gebracht?"
Recal trat zu ihm. „Sie gehört mir. Was dagegen?"
Gabriel drehte sich zu Recal um. „Du bringst eine.Kondor hierher? Du weißt schon, dass sie alle hier töten könnte, wenn sie wollte?"
Recal trat einen Schritt näher zu Gabriel. „Vergisst du gerade, dass auch ich ein Kondor bin?"
Gabriel schnaubte. „Du bist ein Black Kondor so wie ich!"
Recal ließ dem wütenden Mann etwas mehr Raum. Er wollte keinen Kampf gegen Gabriel führen, da er genau wusste, dass er nicht gewinnen würde.
„Sie ist erst seit zwei Tagen eine Kondor. Sie weiß noch gar nichts über ihre Kräfte, und sie sind auch noch nicht ganz entwickelt."
„Und doch steht sie da mit einem Schild um sich und um meine Gefangene!" Gabriel spie die Worte Recal ins Gesicht. Drei seiner Leibwächter scharten sich um ihn, und Recal wusste, dass er jetzt einlenken musste. Dies hier war Gabriel van Wender, der Herrscher der hiesigen Unterwelt, der König von Calandri.
„Entschuldige, Gabriel! Ich habe sie wohl unterschätzt. Ich dachte, ich könnte sie hier unten brechen, da das der einzige Ort ist, an dem Lesley sie nicht holen kann."
Gabriel sah wieder scharf zu ihr, und Alica lief ein Schauer über den Rücken.
„Gib mir Kathrina raus, und ich sorge dafür, dass du heute noch nach Hause kannst." Er ignorierte die Proteste von Recal gänzlich und konzentrierte sich auf Alica. Sie merkte, dass er versuchte, in ihren Kopf zu dringen und das Schild auszuschalten oder etwas über sie zu erfahren, doch sie hatte die Fähigkeit zur

Blockade in ihrem Kopf schon vor langer Zeit verinnerlicht. Sie hatte keine Angst, dass ein anderer als Gregor in ihrem Kopf lesen könnte. Wie sie wohl alle hier töten könnte, das würde sie zu gern herausfinden und noch lieber ausführen.
Sie gab sich keine Mühe, ihm zu verheimlichen, was sie von ihm hielt. „Du denkst doch nicht wirklich, dass ich so dumm wäre, deinem Wort zu trauen?"
Seine Reaktion wiederum überraschte sie, denn er legte den Kopf in den Nacken und lachte.
„Kluges Kind! Was genau warst du, bevor du von Lesley in Besitz genommen wurdest? Bestimmt kein Mensch."
„Ich bin niemandes Besitz. Ich war eine Jägerin, und das werde ich auch bleiben."
„Eine Jägerin, das heißt, du kämpfst für die Guten. Dann bist du bei der falsch! Verschwende nicht deine Energie an diese falsche Schlange."
Kathrina versteifte sich, äußerte sich aber nicht dazu. Alica war weniger zurückhaltend.
„Es ist mir vollkommen egal, was sie gemacht hat, ich lasse nicht zu, dass ihr Kathrina noch mehr Schmerz zufügt. Und falls ihr glaubt, König Gregor und die anderen können hier nicht rein, wäre ich vorsichtig. Ich denke mal, dass sie es bisher nie richtig versucht haben, ansonsten hätten sie diesen Ort schon lange geräumt. Aber jetzt bin ich hier, und ich bin für sie ein guter Grund herzukommen." Sie bemerkte, dass Gabriel nachdenklich wurde, also doppelte sie nach.
„Ihr seid Black Kondors, ihr habt, als ihr auf die böse Seite kamt, eure Ehrhaftigkeit verloren, aber auch viele eurer Kräfte. Daher habt ihr nicht den Hauch einer Chance gegen Gregor und seine Männer."

Gabriel wusste, dass sie Recht hatte, und das machte ihn sehr wütend. „Dann bete mal, dass sie einen Weg hier rein finden, bevor dich deine Kräfte verlassen. Ohne Essen und Trinken hältst du das Schild höchstens zwei, drei Tage aufrecht, und danach habe ich zwei zum fertig machen. Darauf freue ich mich jetzt schon."
Die Menge war wieder zu ihrer Feier übergegangen, und so hörten nicht alle, was Alica nun sagte. Doch die, die es hörten, konnten nicht umhin, etwas Bewunderung für die Frau zu empfinden.
„Ich bin die Tochter von Larielle du Marewese und Armande Fortsy. Ich bin die Frau von Sir Lesley Charleston, ich bin die Nichte von Sir Roran Fortsy. Ich bin die Königin der Kondore, und ich werde den Teufel tun, mich einem dahergelaufenen Verbrecher zu ergeben! Ich werde herausfinden, wie ich hier rauskomme und werde diesen da töten, ehe ich mit Kathrina verschwinde." Alica zeigte auf Recal.
Gabriel folgte ihrem Blick. „Und warum will die Königin der Kondore diesen da tot sehen?"
„Blutrache." Alica spuckte ihnen das Wort vor die Füße.
Gabriel ging nicht darauf ein. Er wandte sich um, und seine letzten Worte ließen Alica das Blut gefrieren.
„Jekal, hol mir irgendein Kind. Eines das so alt ist, dass es sehr wohl mitbekommt, was mit ihm passiert, aber noch jung genug, dass das Herz der Königin nicht zulässt, dass ihm etwas passiert durch ihre Schuld."
Das Nein schrie sie nur in ihrem Kopf, und auch Kathrina sackte in sich zusammen.
-Danke für die Gnadenfrist. So kann ich mich ein bisschen erholen, bevor er mich wieder befragt.-
-Was will er von dir wissen?-

Kathrina strich sich ihre roten Haare aus dem Gesicht, und durch die geschwollenen Lider blickten ihre Augen entschuldigend zu Alica.
-Es tut mir leid, aber ich kann es dir nicht sagen. Zu viele Leben stehen auf dem Spiel.-
-Dafür musst du dich nicht entschuldigen, ich verstehe das.-
Alica setzte sich erschöpft auf den Boden. Der Raum hatte sich mittlerweile fast geleert, nur ein paar saßen noch an einem Tisch und spielten Poker.
Was für ein Schlamassel! Wenn er tatsächlich mit einem Kind aufwartete, würde sie den Schutzschild niederfahren, sie konnte nicht anders.
-Liebster, beeil dich.-
Lesley hatte auf ein Zeichen von ihr gewartet, als ihr Hilfeschrei ihn erreichte, sprang er sofort hoch.
-Süße, was ist los, geht's dir gut?-
-Wir haben ein Problem! Ich weiß gar nicht, wo ich anfangen soll, aber wenn ihr nicht bald einen Weg hier rein findet, wird eine Frau zu Tode gefoltert, die, wie ich denke, die Frau von einem von euch sein soll. Und ein Kind soll vermutlich auch sterben.-
Alica wusste nicht, wie sie auf die Idee kam, dass Kathrina die Frau von einem der Kondore sein konnte. Es war eine Eingebung, und sie wusste einfach, dass sie recht hatte. Sie wusste sogar, von welchem der Kondore, und das fand sie nicht schlimm, weil Alexander ein sanfter lieber Mann war, der eine gute Frau verdient hatte. Hoffentlich war das Mädchen eine gute Frau.
-Eine Frau von uns, wer ist sie?-
-Sie verrät mir nichts. Sie sagt, es ginge um Leben und Tod, und sie ist die Gefangene vom König von Calandri.-

-Gabriels Feindin, da hat sie sich mit dem falschen angelegt.-
-Ich habe sie in meinen Schild miteinbezogen, als er sie weiterfoltern wollte. Er hat mir angeboten, mich freizulassen, wenn ich sie ihm übergebe. Das tat ich natürlich nicht. Aber jetzt lässt er ein Kind herbringen, um mich zu zwingen, sie rauszugeben.-
Lesley ging wütend im Zimmer auf und ab.
-Roran und ich versuchen, den mit dem Kind abzufangen, Tyrell und Drako ebenfalls. Ich hoffe, wir können uns Zeit verschaffen, bis wir wissen, wie wir zu dir kommen können.-
-Ja bitte! Ich möchte nicht zusehen, wie sie ein Kind oder Kathrina foltern.-
Alica trennte die Verbindung. Sie sah zu Kathrina, ihre Augen waren schon weniger geschwollen, und auch alle anderen Wunden verheilten sichtbar schnell. Nur ihre blutverschmierte Kleidung zeigte noch, wie sehr sie misshandelt worden war. Alica versuchte wieder, ihre Fähigkeiten auszutesten, schloss die Augen und dachte an eine Schüssel mit Wasser und einen Lappen sowie neue Kleidung in der ungefähren Größe von Kathrina. Erstaunt lachte sie auf, als sie die Augen öffnete und vor sich zumindest einen Lappen und einen Freizeitanzug sah. Kathrina sah erstaunt auf die Dinge und wieder zu Alica. „Was bist du?"
„Wie wär's mit einem Frage-Antwort–Spiel, Kathrina? Ich stelle eine Frage und nachher du, oder umgekehrt, da du nun schon eine gestellt hast. Ich bin eine Kondor, hast du noch nie etwas von ihnen gehört?"
„Ich habe bisher sehr zurückgezogen in einem Vorort von Texas gelebt. Meine Schwester war an der Front, bis Gabriel sie erwischte, dann musste ich herkommen. Ich weiß nicht, wer die Kondore sind."

„Die Kondore gibt es schon von Anbeginn der Zeit, sie leben schon Jahrtausende. Es gibt nur noch neun von ihnen, ... nein, mittlerweile 10, da sie meinen Bruder verwandelt haben. Bis vor zwei Tagen war noch keiner von ihnen verheiratet, da hatte ich die zweifelhafte Ehre, auf Lesley zu treffen, und er nahm mich zur Frau."
„Er nahm dich?"
„Na ja, sie sind Jahrtausende alt, sie können so ziemlich alles, was sie wollen, und jeder von ihnen hat zusätzlich noch eine speziell ausgeprägte Fähigkeit. Alle von ihnen sind Magier. Nun hat irgendwie das Schicksal begonnen. Ich traf die Mutter der Erde, die zufälligerweise die Mutter meines Mannes Lesley ist, und diese machte mich zur Königin der Kondore. Ich muss den Kondoren ihre Frauen zuführen, und danach würde ich sie in den Kampf führen gegen das Böse, das unsere Männer heimsuchen will."
Kathrina wusch sich das Blut vom Körper und hörte ihr gespannt zu. „Das Böse?"
„Ja, die noch lebenden Kondore sind nicht aus der ersten Generation. Das Böse suchte die Kondore schon einmal heim, und alle, die älter als 1000 Jahre waren, wurden böse, und ihre Frauen warfen sich in den Tod. Dieses Böse wird irgendwann in nächster Zeit wieder kommen, und wir sollen verhindern, dass die letzten Kondore auch noch zu Black Kondoren werden wie Recal oder auch Gabriel. Denn sie sind die Einzigen, die als Ausgleich gegen das richtig Böse noch existieren."
„Und du spielst jetzt die Vermittlerin?"
„Ich will das nicht, aber als ich dich eben gesehen habe, wusste ich sofort, du bist Alexanders Frau."
Kathrina wich zurück. „Ich?"

„Ja, und es tut mir ja leid. Es ist nicht toll, mit einem von denen liiert zu werden. Sie sind despotisch wie im tiefsten Mittelalter, sie befehlen einem nur und wenn man nicht gehorcht, bestrafen sie uns. Es ist mies, auch wenn man frech zum König wird, bestraft er einen. Lesley hätte sogar zugelassen, dass er mich nimmt. Aber wir sind zu einer anderen Einigung gekommen."
Kathrina lauschte ihr fasziniert. „Ich soll die Frau eines dieser Urwesen sein? Cool, wird er mich retten kommen? Wie ist er so, dieser Alexander?" Sie wurde still. „Nein, niemals, ich bin das nicht, du irrst dich."
„Ich werde dazu nichts mehr sagen, ich habe schon eine Freundin ausgeliefert. Ich werde nichts mehr sagen, nur bitte gebt nicht mir die Schuld. Ich kann nichts für das Schicksal."
Kathrina wollte auch nicht mehr darüber nachdenken. Sie zog den zu weiten Freizeitanzug in grau über und dachte, dass sie sowieso bald tot sein würde.
„Was bist du? Du bist auch kein Mensch." Kathrina wollte sich lieber vor einer Antwort drücken, aber sie war es Alica schuldig, schließlich hatte die ihr auch geantwortet.
„Ich bin ein Mischwesen, halb Hexe, halb Wandler." Alica hatte schon mit beidem zu tun gehabt. Hexen waren normale Menschen mit wenigen Fähigkeiten, aber je nach der Stärke des Wandleranteils in ihr konnte sie wohl gefährlich werden. „Was für einen Wandler hast du im Blut?"
„Mein Vater war ein Katzenwandler. In seinem Fall ein schwarzer Panther, ich bin ein Tiger, wohl wegen dem Hexenanteil. Ich habe nicht wirklich viele Fähigkeiten. Es gibt wenige Dinge, die ich beherrsche, aber diese dafür überaus gut."

Alica wollte schon fragen was, doch sie ließ es sein. Kathrina war nicht dumm, soweit würde sie ihr noch nicht vertrauen. Sie hingen beide eine Weile ihren Gedanken nach. Sie saßen dicht nebeneinander, brauchten gerade die Wärme und Zuversicht des anderen. Zwei Frauen, die sich nicht kannten, nicht trauten aber die einander brauchten, um gegen einen gemeinsamen Feind zu bestehen.
„Du weißt, dass ich nicht zulassen werde, dass er einem Kind weh tut?"
„Ich auch nicht, Alica." Kathrina hatte traurig, aber bestimmt gesprochen.
„Ich habe Lesley gesagt, was sie vorhaben. Er und ein paar der anderen versuchen, die abzufangen, die das Kind holen. Sie wollen Zeit schinden, während sie versuchen herauszufinden, wie sie hier reinkommen."
„Werden sie es schaffen?"
Alica überlegte sich, was sie antworten sollte. Es war schwer zu sagen. „Ich weiß es nicht, aber ich hoffe es wirklich."
Alica und Kathrina schliefen aneinander gekuschelt ein. Unsanft wurde Alica geweckt, als Lesley in ihrem Kopf schrie.
-Alica, wach auf!-
Sie richtete sich auf.
-Was ist los?-
-Wir haben alles versucht, aber sie sind durchgekommen. Es gibt zig Zugänge zu euch. Wir haben sie verpasst, er hat das Kind. Egal, was du tust, Alica, du musst Alexanders Frau auch retten! Ohne sie ist unser Schicksal besiegelt.-
-Ich kann doch nicht zulassen, dass er ein Kind foltert Lesley, ein Kind!-

-Nein, aber du bist nicht nur irgendeine Kondor. Du bist die Königin der Kondore und warst vorher eine Jägerin. Du schaffst das.-
Alica lief hin und her, soweit es die Kette zuließ. *-Ich kann das nicht Lesley, ihr habt mir Regan weggenommen. Ich weiß nichts darüber, was ich kann, ich schaffe das nicht. Ihr müsst herkommen.-*
-Wir sind nicht schnell genug, Liebste. Du musst euch selber retten. Ich zieh mich jetzt zurück, ich will dich nicht ablenken.-
-Lesley, lass mich nicht allein, verdammt noch mal.-
Doch die Verbindung war gekappt. Dieser Scheißkerl!
Schnell weckte Alicia Kathrina auf. „Sie kommen, und sie haben das Kind! Wir müssen es selber schaffen. Wie lange kannst du seine Folter ertragen?"
Kathrina wurde weiß wie die Wand. „Ich werde versuchen, solange wie möglich durchzuhalten. Nur bitte, er ist grausam, bitte lass dir etwas einfallen."
„Ich werde uns irgendwie hier rausbringen. Das schwöre ich dir. Bleib du nur am Leben."
Die Tür schlug auf, und Gabriel kam mit zwei Bodyguards herein. Das zappelnde Kind zog er grob hinter sich her. Es war ein kleines blondes Mädchen, vielleicht etwa sechs Jahre alt, und es weinte herzzerreißend. Auch Recal betrat den Raum.
Alica wartete gar nicht darauf, dass Gabriel etwas sagen würde, sondern fing von sich aus an. „Gib mir das Mädchen, und ich lass Kathrina raus."
Gabriel grinste sie an. „Erst die Schlampe, dann das Mädchen."
„Ich traue dir nicht, Arschloch."
„Dein Pech, ich sitze am längeren Hebel." Um ihr das zu beweisen, hob er das Mädchen mit einer Hand am Hals hoch. Es röchelte nach Luft. Sofort entfernte Alica

den Schutzschild von Kathrina, und diese trat zu Gabriel hin. Dieser stieß das Mädchen in die Arme von Alica, wo sie es sofort mit dem Schutzschild umgab. Sie versuchte, auch Kathrina wieder einzubeziehen, doch sie waren zu weit von ihr entfernt. Gabriel schlug Kathrina die Faust ins Gesicht, und sie ging zu Boden. "Bindet sie auf den Tisch dort."
Er sah rüber zu Alica. „Du wirst jetzt die Ehre haben zu sehen, was ich mit ihr machen werde. Ich werde ihr nun Stück für Stück die Haut abziehen. Und wenn sie geredet hat, was sie wird, werde ich weitermachen, bis sie keine Luft mehr zum Schreien hat. Einfach weil es mir Spaß macht. Und danach widme ich mich dir."
Alica sah ihn verwundert an. Da schoss seine Hand durch ihren Schutzschild und umschloss kurz ihren Arm. Es roch nach verbranntem Fleisch, aber mehr nicht. Doch Alica ließ sich dadurch nicht erschrecken. Vor ihr erschien Rambura, sie packte es und schlug ihm, ohne mit der Wimper zu zucken, den Arm ab. „Ich bin nicht nur eine Kondor, Arschloch!"
Gabriel schrie auf vor Schmerz, doch sein Arm wuchs ganz schnell wieder nach. Sie würde ihn nicht töten können, aber irgendwie mussten sie drei von hier fliehen. Der Hass aus seinen Augen, als er sich Kathrina zuwandte, zeigte ihr, dass er besonders brutal bei ihr vorgehen würde, um sie zu bestrafen. Als es losging, war Alica am Verzweifeln. Gabriel zog Kathrina wirklich die Haut ab! Er hatte mit einem Arm angefangen. Alicas Hirn ratterte, während Kathrina sich heiser schrie. Sie war nicht nur eine Kondor, sie war nicht nur eine Kondor. Da fiel es ihr wie Schuppen von den Augen! Ja, sie war nicht nur eine Kondor, sie war eine voll ausgebildete Jägerin. Rambura erschien vor ihr, sie flüsterte dem Mädchen zu, sich hinten an

ihr festzuhalten und schlug mit einem kräftigen Schlag die Ketten mit Rambura durch. Keiner außer Gabriel konnte gegen ihren Schild kämpfen, also musste sie ihn kurz außer Gefecht setzen. Sie warf Rambura auf ihn zu, es schwang drei Mal um sich selber und traf sein Herz, was ihn zu Boden warf. Alica wusste, sie hatte nicht viel Zeit, sie packte Kathrina und dachte sich ihre Fesseln weg, was zum Glück klappte.
Danach rannte sie durch die Flure nach oben, so schnell sie konnte, mit Kathrina auf den Armen. Alle wichen ihr aus, um nicht an ihren Schild zu kommen. Als sie hinter sich ein lautes Fluchen hörte, wusste sie, dass sie nicht mehr viel Zeit hatte, um die Tür zu erreichen. Schnaubend kam sie vor dem rettenden Anker zum Stehen und wies das kleine Mädchen an, die Tür zu öffnen. Kaum war sie draußen, materialisierte sich Gabriel vor ihnen. Hinter ihnen kamen die Leibwächter zum Stehen.
„Du kommst hier nicht weg, und jetzt werde ich mich mit dir befassen."
Alica sah, wie sich hinter Gabriel Gregor, Roran, Alexander, Tyrell, Drako und Tynan materialisierten, und genau neben ihr erschien ihr Geliebter Lesley.
„Erst wirst du dich mit uns befassen müssen, Gabriel."
Alica war noch nie so glücklich gewesen, diese Gesichter zu sehen. Gabriel entfernte sich ohne ein weiteres Wort, brachte sich in Sicherheit. Alle starrten sie, das ängstliche Mädchen und die blutige Masse in ihren Armen an. Gregor wies Alexander an, ihr die Frau abzunehmen und in die Krankenstation zu bringen. Alica überlegte einen Moment, ehe sie nachgab und Alexander Kathrina übergab. "Lass ihr Zeit! Sie hat Schlimmes hinter sich, überrenn sie nicht."

Alexander sah sie unverstándig und überrascht an, doch dann tat er ihre Worte als unwichtig ab und dematerialisierte sich mit dem Mädchen in seine Krankenstation.

Gregor wies Tynan, den Besonnenen von ihnen, an, das kleine Mädchen zu seinen Eltern zu bringen. Auch da zögerte Alica, die Kleine loszulassen, da diese sich zitternd an sie drückte.

„Hör zu, Kleines, Tynan sieht zwar riesig aus, aber er ist ein ganz lieber Kerl, dem ich blind mein eigenes Leben anvertrauen würde. Und wenn du zu ihm gehst, bist du binnen kürzester Zeit wieder bei deiner Mama."

Das kleine Mädchen sah sie groß an, und seine grünen Augen funkelten. Alica hoffte, sie hatte nicht allzu viel Schaden davon getragen. Doch die nächsten Worte der Kleinen überraschten sie sehr. „Ma'am, ich danke Ihnen, dass Sie mir geholfen haben. Und bitte sagen Sie der armen Frau, dass ich sie niemals vergessen werde. Sie wäre für mich in den Tod gegangen. Ich hoffe, sie wird gesund, und Sie können ihr sagen, wie dankbar ich ihr bin."

Alica konnte nur nicken. Ein Kloß, der schon lange in ihrer Kehle steckte, wurde noch größer. Da ließ die Kleine sie los und schmiegte sich in Tynans starke Arme. Plötzlich so allein gelassen sah Alica zu Lesley. Starr blickte sie in seine Augen und fragte sich, wie sie je ohne ihn hatte sein können. Sie sog jedes Detail in sich ein, prägte sich jeden Zentimeter seines Gesichtes in ihrem Kopf ein. Ihr kam es vor, als hätte sie ihn Jahre nicht mehr gesehen. Ihre Nasenflügel blähten sich auf, um seinen Duft in sich aufzunehmen, der sie umschloss.

Lesley erwiderte ihren Blick mit der gleichen Intensität. Starr standen sie da, die anderen wachsam um sich

herum. Greg meinte: „Wahrlich einer Königin würdig! Befreit sich selbst und dazu noch ein ängstliches Mädchen und eine schwer verletzte Frau aus den Fängen der Hölle. Bravo, Alica."
Alica reagierte nicht, sie sah nicht einmal zu ihm hin. Weiter sah sie in Lesleys Augen und fühlte sich wie eine schwache ängstliche Frau. Ein Mädchen, das sich in die Arme des Helden wirft und sich von ihm retten lässt. Ein kläglicher Laut kam über ihre Lippen. In ihren Ohren hallten noch Kathrinas Schreie wieder. „Du hast mich allein gelassen."
Sie merkte, wie sich Les' Miene schmerzhaft verzog. „Liebste, ich musste aus deinem Kopf raus, so dass du dich auf die Situation konzentrieren konntest. Ich wusste, du schaffst es."
Alica hörte ihn. Immer musste sie die Starke sein. Immer für die anderen sorgen, für die anderen kämpfen. Sie brauchte eine Pause! Es sollte auch mal einer für sie kämpfen. Sie konnte sich nicht mehr bewegen, genau jetzt, hier wollte sie mal schwach sein.
Lesley sah es in ihrem Blick. Zärtlich fuhr er mit einer Hand über ihre Wange, fuhr mit einem Finger ihre Konturen nach und strich sanft über ihre Augenlider. Diskret zogen sich die anderen zurück, auch wenn Tyrell und Drako noch in der Nähe blieben. Sie waren noch zu nahe an der Hölle, als dass sie sie alleine lassen würden.
„Liebste, ich bin da. Komm, wir gehen nach Hause."
Alica wollte sich in seine Arme werfen und ihn umfassen mit allem, was sie war. Jede Faser in ihr trieb sie in seine Arme und doch blieb sie stehen. Sie wusste, dass er recht hatte. Sie hatte die Situation alleine meistern müssen.

Lesley sah auf sie herunter, er war nahe an sie herangetreten, kaum ein Blatt hätte er zwischen sie beide schieben können. Er spürte ihre Wärme, und der verführerische Duft ihrer Weiblichkeit strömte in seine Nase. Er wusste haargenau, was in ihr vorging. Wusste es, als wäre er es, der das gerade durchmachte. Er sah in sie hinein, und alles war ihm offenbart. Unbewusst hatte sie sich ihm geöffnet, nun gehörte sie endgültig ihm. Tiefe Freude erfüllte ihn. Sie strömte direkt aus seinem Herzen in seinen ganzen Körper, doch er hütete sich, es ihr gerade jetzt zu zeigen. Wenn sie in dieser Stimmung bemerkte, dass er sich freute, wäre der nächste Kampf vorprogrammiert. Doch jetzt wollte er nicht gegen sie kämpfen, sondern ihr zeigen, wie sehr er sie liebte.
Er breitete die Arme aus. „Süße, als du weg warst und ich wusste, dass ich nicht zu dir kann, und dass Recal alles daran setzen würde, dir weh zu tun, da dachte ich, ich müsse sterben. Es war, als hätte jemand seine Faust in mich gerammt und mein Herz umfasst, um es zu zerdrücken. Niemals wieder will ich so etwas erleben. Hörst du, niemals! Du wirst von jetzt an immer tun, was ich dir sage und wenn es nur darum geht, in unser Zimmer zu gehen anstelle von einem anderen. Hast du mich verstanden? Du tust mir das nie wieder an! Ich kann dich nicht verlieren."
Alica sah immer noch in seine Augen. Darin sah sie die Angst und den Schmerz, den er empfunden hatte, und sein Herz berührte ihres. Wimmernd warf sie sich in seine ausgebreiteten Arme und schlang Arme und auch die Beine um ihn. Er fing sie auf und umklammerte sie so fest, dass sie kaum mehr atmen konnte. Er umspülte sie förmlich mit seiner Kraft. Jetzt

war sie in Sicherheit. Jetzt würde alles wieder gut werden.

„Ich liebe dich", wisperte sie an seiner Brust.

Lesley materialisierte sich in ihrem Zimmer und setzte sich mit ihr auf den Sessel. Er streichelte ihren ganzen Körper, ohne dabei an etwas anderes zu denken, als sie zu spüren. Alica lag still da, an ihn gepresst, erlaubte ihm, sie zu spüren, um den Verlust zu vergessen. Nach einer Ewigkeit begann sie, sich zu rühren. Sie schob sich etwas von ihm fort und riss sein perfekt sitzendes Hemd auf. Sie wollte seine nackte Haut spüren, sie schmecken. Alica verteilte gehauchte Küsse über seinen Oberkörper und biss ihn leicht in die Brust. Lesley zuckte zusammen und wollte sie ebenfalls erobern, doch Alica schüttelte den Kopf.

„Lass mich, ich will dich haben, lass es mich selber tun."

Lesley riss sich zusammen und legte seine Hände auf die Armlehnen des Sessels. „Ich bin ganz dein, Liebste." Alica schnurrte zufrieden und leckte über seine Brustwarzen. Sie schmiegte ihren Kopf an seinen Bauch und blies in die Härchen vom Ansatz seiner Männlichkeit. Als er knurrte, kicherte sie los. Gleich darauf schnurrte sie wieder, als sie ihre Stirn auf seinen Bauch legte und ihren Mund in die Nähe seines dicken, großen Gliedes brachte. „Sich Kleider wegdenken zu können, ist sehr praktisch." Ihre Worte waren sinnlich, und ihre Stimme klang rau vor Verlangen. Lelsley umklammerte mit seinen Händen die Lehnen. Jetzt in diesem Moment ruhig zu halten, war mit das Schwerste, das er in seiner Ewigkeit erlebt hatte. Am liebsten würde er Alica aufs Bett werfen und sie von hinten nehmen, so animalisch, wie er sich gerade fühlte. Als sie ihre Zunge ausstreckte und ganz

leicht über die Spitze seines Gliedes strich, knurrte er nochmal. Diesmal tiefer! Eine Hand glitt zu ihren Haaren, um sie zu umfassen, doch sanft nahm sie sie mit ihrer und führte sie wieder zu der Armlehne. Nun umspannte sie mit ihren Lippen die vorderste Spitze und schnallte mit der Zunge oben auf. Bittersüßer Schmerz ließ Lesley aufbäumen und schob ihn tiefer in ihren Mund. Versuchshalber nahm Alica noch mehr von ihm auf, versuchte ihn ganz in ihrem Mund aufzunehmen. Es gelang ihr nicht, er war zu groß. Doch sie hielt ihn mit ihren Lippen fest umschlossen. Erst saugte sie etwas, dann setzte sie wieder ihre Zunge ein und ließ sie ganz langsam von oben nach unten und wieder zurück gleiten.
„Baby, du musst aufhören." Doch Alica ignorierte ihn und ließ ihre Zungenspitze oben um ihn gleiten, bevor sie sie wieder dem Weg nach unten folgen ließ. Die Langsamkeit ihres Tuns setzte Lesley schwer zu. Er glaubte, sich demnächst in ihr zu ergießen. Schwer atmend versuchte er, sich unter Kontrolle zu bringen. Es gelang ihm so gut, dass krachend eine der Armlehnen abbrach. Alica fuhr erschrocken hoch, um gleich darauf loszuprusten. Lesley packte sie und hob sie zu sich hoch, bis ihre Weiblichkeit auf seinem harten Schaft lag. „So, das findest du also lustig, Liebste? Wie findest du das?"
Er ließ sie auf sich nieder sinken, und sie kam stöhnend auf ihm zum Sitzen. Er war tief in ihr versunken, und sie zog die Muskeln um ihn zusammen. „Du lachst nicht mehr, Kätzchen?" Diesmal knurrte Alica, in einem Versuch, ihn nachzumachen. Dann begann sie, ihn zu reiten, vorsichtig, langsam, um die Empfindungen in sich auszukosten. Als sie nur noch fühlte, wie das Feuer in

ihr brodelte, konnte sie nicht mehr langsam machen. Schnell steigerte sie das Tempo, und Les, der merkte, dass sie die Kontrolle verlor, nahm die Sache wieder selber in die Hand. Er packte ihre Hüften und drosselte ihr Tempo wieder. „Les, ich will ..."
Er wusste, was sie wollte, doch diesmal nicht! Er wollte sie sanft nehmen und nicht hart, wollte ihr zeigen, wie kostbar sie für ihn war. Es dauerte nicht mehr lange, bis sie aufschrie und in einem Orgasmus auf ihm zusammenfiel. Les hörte auf. Heute ging es ihm um sie, nur um sie. Mit ihr in den Armen stand er auf und ging zum Bett. Aneinander gekuschelt schliefen sie ein, um den letzten Rest der Nacht noch für die Erholung zu nutzen.

Als Les erwachte, lag er hinter Alica und hatte sie fest umschlungen. Ihr kleiner, aber trainierter Körper drückte sich an ihn, doch sie schlief noch tief und fest. Les sog ihren Duft in seine Nase, und seine Männlichkeit war sofort wieder hart. Sie roch nach Veilchen, nach ihm und auch nach dem Duft der Liebe. Gestern hatte er sich Erleichterung entsagt, um ihr zu zeigen, wie wichtig sie ihm war. Doch das würde er jetzt nachholen. Der Schmerz, den er empfand, als er sie in Gefahr wusste, ohne zu ihr gelangen zu können, brannte noch fest in seinem Herzen. Der Gedanke, sie verlieren zu können, trieb ihn in den Wahnsinn. Sie war sein. Ohne sie zu leben, konnte er sich nicht mehr vorstellen.
Als er eine seiner Hände über eine ihrer wohlgeformten Brüste legte, begann sie, sich unruhig zu bewegen, und ihr Po schmiegte sich eng an ihn. Ihre Brust war nicht riesig, aber sie füllte seine Hand aus und war fest. Ihre Brustwarze hatte eine weinrote

Farbe und drückte im Moment hart an seine Handfläche. Als er versuchsweise reinkniff, stieß Alica ein Mauzen aus und drückte sich noch enger an ihn. Da er noch immer den Drang nach Erlösung verspürte, wollte er sich nicht mit einem langen Vorspiel aufhalten. Er drehte ihren Körper unter sich und presste seine Lippen fest auf ihre. In dem Moment, in dem er schnell in ihre weiche, aber sehr heiße und feuchte Grotte eintauchte, spürte er, wie sie erwachte. Seine Lust steigerte sich ins Unermessliche, als sie seinen Kuss sofort fest erwiderte und ihre Hüften an seinen rieb. Die Burg war alt und hellhörig, doch Lesley mochte nichts mehr, als sie lustvoll schreien und stöhnen zu hören. Also gab er ihren Mund frei und stieß heftig in sie. Alica warf den Kopf hin und her und kam ihm nicht minder kraftvoll entgegen. Außer dem Klatschen ihrer Körper, die aufeinander trafen, hörte man im Zimmer nur noch Alicas lautes Stöhnen. Ihr Orgasmus kam gemeinsam, heftig und schnell, und in ihren Schrei der Erlösung mischte sich das dunkle Knurren von Les.

Sein Knurren wurde noch lauter, als Gregor sich in seinen Kopf schlich.

-Lesley, komm mit Alica in den Saal. Wir müssen über die Krönungszeremonie reden.-

Lesley vermittelte seinem König das Bild von ihm und Alica im Bett und knurrte in seinem Geist. Gregor beeindruckte das nicht wirklich.

-Wie ich sehe, seid ihr fertig, also auf. Es ist wichtig, dass endlich wieder eine Frau den Platz der Königin der Kondore einnimmt.-

Gregors Mutter, Arabjla, hatte sich nach dem Tod ihres Mannes Murtal das Leben genommen. Die Königin der Kondore hatte noch mehr Fähigkeiten als normale

Kondorfrauen. Sie trug die Krone der Macht, welche nur wahre Königinnen anerkannte. In einer Zeremonie wurde die Krone ihr aufs Haupt gelegt. Falls sie die wahre Herrscherin war, würde sich die Krone mit ihr verschmelzen und in einem leuchtenden Schein um ihren Kopf leuchten bis zu ihrem Tod. Eine der Fähigkeiten der Königin war das Erkennen der Dunkelheit im Menschen und auch in der Umgebung. Sie konnte das Böse erkennen, egal wie gering der Anteil war.
Alica sah ihn neugierig an und gab ihm noch einen Kuss auf seine verspannten Lippen. „Was ist los, Krieger?"
„Wir müssen in den großen Saal und über deine Krönung reden. Gregor erwartet uns."
Alica war nicht weiter überrascht. Sie hatte sich entschlossen, ihr Schicksal zu akzeptieren. Es hatte sie hergeführt und ihr eine neue Familie geschenkt, Menschen, die sie mochte. Sie musste verhindern, dass diese guten Urzeitwesen böse würden. Der Gedanke, einen von ihnen an das Unheil zu verlieren, machte sie sehr traurig. Sie würde ihre Königin werden und auch versuchen, ihnen die richtigen Frauen zu suchen, und sie würde lernen, sich gegen diese Übermächtigen zur Wehr zu setzen, um den Frauen zu helfen, sich hier zurechtzu finden, ohne ganz unterdrückt zu werden. Und sie würde gleich damit beginnen.
Alica sprang hoch und dachte sich, sie sei sauber und trüge eine bequeme Jeans und ein baumwollenes Shirt in dunklen Tönen. Bevor sie richtig stand, war sie sauber und frisch angezogen.
Lesley betrachtete sie anerkennend. Auch er hatte sich bereits salonfähig gemacht.

„Du lernst schnell, Süße, doch dein Haar hast du vergessen."
Ihr Haar stand wirr von ihrem Kopf ab, und Alica konnte ein Lachen nicht unterdrücken, als sie sich im Spiegel sah. Schnell dachte sie sich einen Pferdeschwanz, der ziemlich hoch an ihrem Kopf begann und fröhlich hin und her wippte, wenn sie sich bewegte.
Lesley nahm sie bei der Hand und materialisierte sie beide ohne Umwege zum großen Saal.
Gregor stand an einem der Tische, an dem Armana saß, mit einem Teller voll Köstlichkeiten vor sich. Eine Hand hatte er auf ihrer Schulter und hinderte sie daran aufzuspringen und zu Alica zu laufen. Alica ignorierte ihn und eilte zu ihrer Freundin, um vor ihr auf die Knie zu gehen. „Geht's dir gut?" Alica forschte in Armanas Gesicht. Ihre Augen drückten eine Verzweiflung aus, die Alica verstand. Anfangs war es ihr genauso gegangen mit Lesley. Verzweifelt, weil sie einfach in ein Leben gedrängt wurde. Alica versuchte wieder, ihren Spielraum zu testen und dachte sich eine neue Verbindung in Armanas Kopf.
-Hörst du mich?-
Laut sagte sie „Hat er dir wehgetan?"
Armana schaute sie erstaunt an.
-Ja, ich kann dich hören. Warum das?-
„Er ist ein Arsch mit Ohren, aber nein, weh getan hat er mir nicht, zumindest nicht körperlich."
-Wir müssen uns nicht verstellen, Armana, er soll ruhig merken, dass wir eine Verbindung haben, gegen die er gar nichts tun kann.-
-Wie machst du das?-
-Ich bin eine Kondor und ich soll die Königin sein, aber das will ich nicht ohne deine Erlaubnis sein.-

Armana sah sie erstaunt an.
-Du bist ihre Königin?-
-Noch nicht, erst soll es da noch eine Krönung geben.-
Gregor beobachtete sie mit gerunzelter Stirn. „Alica! Hast du gerade eine geistige Verbindung zu Armana aufgestellt?"
Alica hatte versprochen, ihn einigermaßen anständig zu behandeln. Da sie nicht scharf darauf war, wieder von ihm auf den Hintern zu bekommen oder unschicklich berührt zu werden:
„Ja, Gregor, das habe ich. Ich teste meine Fähigkeiten aus, die ich neu erworben habe und stelle fest, dass sie sehr nützlich sind."
"Ich kann die Verbindung nicht spüren, also auch nicht kappen. Das ist erstaunlich, ich kann mich nicht erinnern, dass meine Mutter so viele Fähigkeiten hatte."
Lesley schüttelte den Kopf. „Nein, unsere Mütter, na mal abgesehen von meiner, hatten einfach die Verteidigungsfähigkeiten, den Schutzschild, die Abwehr und verstärkte Sinne. Aber wir haben eine neue Zeit, und unser Schicksal wird sich bald erfüllen, wie wir gehört haben, durch unsere Frauen. Wohl haben sie deswegen Fähigkeiten, die wir nicht kennen."
Gregor nickte. „Vermutlich."
Während die Männer darüber redeten, führten die Frauen ihr Gespräch im Kopf weiter.
-Ich soll Königin werden, aber eigentlich müsstest du Königin sein. Sag mir, was du darüber denkst.-
-Ich soll nicht Königin sein, ich bin noch nicht mal eine Kondor und werde auch keine werden!-
-Ich weiß, Armana, du willst das nicht, aber wir haben keine Chance gegen sie. Er wird dich zu seiner

machen, und er wird keine Mühe haben, das zu tun. Und ich bin ganz sicher, dass du ihn mit der Zeit lieben wirst. Es ist, wie die Urmutter sagte, es ist unser Schicksal, sie zu lieben und sie zu retten. Ich möchte nicht jetzt Königin werden, wenn ich weiß, dass du bald mit dem König vereint bist und diese Stellung dann unserer Freundschaft schadet.-
Armana dachte einen Moment nach. Sie schüttelte den Kopf. -Nein, ich werde vielleicht die Frau des Königs werden, aber es ist dein Schicksal, ihre Frauen zu führen. Mir ist durchaus bewusst, dass es nicht in unserer Macht steht, etwas gegen den Lauf der Welt auszurichten.-
-Du bist also einverstanden, dass ich gekrönt werde?-
Armana sprang auf und nahm Alica fest in ihre Arme, die beiden Männer sahen erstaunt zu ihnen. „Ich wüsste nicht, wer besser geeignet wäre, die Frauen der Kondore zu führen. Du bist die geborene Königin, und das soll auch so sein."
Gregor legte seinen Arm um Armana und zwang sie, ihm in die Augen zu schauen. Sie verlor sich in seinem magischen Funkeln. Alica wandte ihren Blick ab, um diese private Übereinkunft nicht zu stören. Dabei blieb sie selbst an Lesleys Blick hängen.
Seine Augen streichelten sie, und auch er selber schickte wieder einen Teil von sich zu ihr und hüllte sie ein, umschmeichelte sie. Sein Blick sagte: ‚Ich liebe dich'. Alica ließ sich zu ihm treiben und flüsterte in sein Ohr: „Ich liebe dich auch, und ich werde dich immer lieben."
Stolz erfüllte Lesleys Herz. Mit einer Hand strich er über Alicas Wange und küsste ihre sanften Lippen. Die Urmutter hatte sie schon zur Königin erklärt und würde nun ebenfalls die offizielle Krönung

durchführen, bei der auch andere mächtige Wesen der Nacht anwesend sein würden, auch Armanas Bruder. Gregor beorderte Mewil zu ihnen und gab ihm den Auftrag, für den Abend alles vorzubereiten und die Einladungen zu überbringen. Mewil war entsetzt, als er erfuhr, dass die Feierlichkeiten schon abends stattfinden sollten und machte sich sofort an die Arbeit. Lesley und Gregor machten sich auf den Weg zum Training. Gregor erlaubte Armana, bei Alica zu bleiben. Lesley sah warnend zu seiner Frau. „Keine Dummheiten, Kriegerin! Ich werde immer in deinem Kopf bleiben, bis ich wieder bei dir bin. Macht was Mädchenhaftes."
Alica streckte ihm die Zunge raus, was ihn zum Lachen brachte. Nicht unerwartet tauchte gleich nach dem Verschwinden der zwei Tyrell in ihrer Nähe auf. Er grüßte sie, blieb aber in gebührendem Abstand stehen.
„Soll der uns bewachen oder beschützen?" Armanas Stimme klang schnippisch, doch Alica lächelte sie beruhigend an. „Vermutlich beides."
Armana sah sie verzweifelt an. „Wie schaffst du das? Du bist so frei und ungebunden gewesen. Du bist eine talentierte Kriegerin. Wie kannst du hier leben, mit diesen Männern und dann noch deinen Mann lieben? Hat er dich unter Zwang?"
Alica warf den Kopf zurück und begann, befreit zu lachen. Oh, sie wusste haargenau, wie Amara sich fühlte, hatte sie sich doch auch noch nicht ausgesöhnt mit der Situation. „Ist denn Gregor so verabscheuungswürdig? Ich weiß nicht, was er dir erzählt hat, aber wenn ich Les nicht lieben würde, würde ich vermutlich total scharf auf deinen König sein."

Armana schnaubte: „Pah, er ist nicht mein König. Ja, er hat mir erklärt, dass er dich bestrafen musste und auch, wie er das getan hat. Männliche Überheblichkeit. Er dachte, ich würde neidisch werden auf dich. Idiot. Ich weiss ja, dass du nichts von ihm willst. Und ich habe ihn nachher auch bestraft." Ihr Grinsen sah sehr fies aus.

„Wie meinst du das? Du hast den allmächtigen König der Magie, die er bis zur Perfektion beherrscht, dafür bestraft, dass er mich bestraft hat?"

„Alica, ich bin ein Vampir. Ich kann meine Gefühle ausschalten, und er muss ja nicht wissen, dass mir das bei ihm nicht gelingt. Ich habe eine meisterhafte Selbstbeherrschung an den Tag gelegt und einfach nicht auf ihn reagiert. Und da er alles andere als abscheulich ist, war das gar nicht so einfach."

Diesmal lachten sie zusammen.

„Wir sollen also diese Kerle vor dem Bösen bewahren? Weißt du schon etwas mehr?"

„Nein, nicht wirklich. Außer dass ich Alexanders Frau gefunden habe, als ich in Calandri war. Sie ist eine Tiger-Wandlerin."

Armana lauschte fasziniert. „Oh, eine Kondor mehr. Dann sind wir schon drei. Noch zwei mehr, und wir sacken die Jungs ein. Erzähl mir von Calandri, alles! Du musst ja furchtbar Angst gehabt haben."

Alica erbleichte bei der Erinnerung an Kathrinas Schreie. Sie erzählte Amara, wie es in Calandri ausgesehen hatte, wie sie sich gefühlt hatte und auch alles, was sie von Kathrina wusste und was der Frau angetan wurde. Auch von dem kleinen Mädchen.

„Sie haben Kathrina gefoltert, weil sie etwas von ihr wissen wollten. Weißt du was?" Tyrell war während ihrer Erzählungen näher an sie herangetreten und hatte gespannt gelauscht.

„Nein, Tyrell. Ich weiß nur, dass sie jemanden oder etwas beschützt. Was genau, weiß ich nicht. Sie kennt uns nicht, und sie wird ihr Geheimnis auch vor uns schützen."

Tyrell nickte. Es würde nicht lange dauern, bis der König alles herausgefunden hatte. Nicht alle Frauen konnten ihre Erinnerungen hinter einer roten Mauer verstecken wie Alica.

Alica und Armana beendeten ihr Frühstück und liefen zusammen durch die Burg. Erst zeigte Alica ihr die Küche, da sie die schon kannte und sah erfreut, wie ihre Katze schnurrend auf sie zukam.

„Snoop, Schätzchen." Alicas Stimme klang auch wie ein Schnurren. „Dich hab ich ja total vergessen bei all dem Trubel, der hier passiert." Sie hob ihn hoch und rieb ihre Nase an seinem Köpfchen. Massie, die Köchin, kam mit einer Kelle in der Hand um die Ecke.

„Ah, Mylady, Ihrem Kater geht es hier wunderbar. Er fängt gerne die Mäuse hinten in der Vorratskammer, und dafür bekommt er von mir leckeres Essen. Ich hab mir schon überlegt, ihm ein Kätzchen zur Gesellschaft zu holen, einer der Bauern unten im Dorf hat gerade Junge, die nun weg können."

Armana sah die kleine dickliche Frau mit ihrem runden Kopf und den von der Hitze der Küche roten Wangen entzückt an. „Babykatzen? Wo ist er? Ich möchte sie ansehen, oh bitte Alica, können wir hingehen?"

Alica wollte schon ja sagen, da kam ihr etwas in den Sinn. „Oh, warte, du bist noch keine Kondor, du bist noch nicht geschützt, und Recal ist immer noch hinter uns her und nun sicher auch noch Gabriel, der König von Calandri. Ich würde sofort mit dir ins Dorf gehen,

aber erst, wenn du eine Kondor bist. Ich bin vielleicht die Königin der Kondore, doch du bist die Frau des Königs, ein Druckmittel gegen ihn. Du bist tausendmal gefährdeter als ich."
Armana biss sich auf die Unterlippe und überlegte scharf. „Also, ich werde richtig zu einer Kondor, wenn wir sexuell aktiv sind und ich zu ihm sage, bitte nimm mich. Aber muss man den Akt nachher vollziehen, oder reicht es, wenn ich es gesagt habe, damit ich zu einer Kondor werde?"
Alica zuckte mit den Schultern, und sie sahen beide fragend zu Massie. Diese wurde bei dem Gedanken noch röter und stotterte: „Ich ... ich denke, nein ich ..."
Mewil war vor geraumer Zeit hinter ihnen durch die Türe getreten und hatte stoisch zugehört, nun sprang er der Köchin zu Hilfe. „Meine Damen, Massie kann das unmöglich wissen. Ich schlage vor, Sie probieren es aus." Belustigt zwinkerte er ihnen zu.
Sie nickten zustimmend. So nahm Alica ihre Hand und materialisierte sich zum Übungsplatz. Zufällig waren nur Greg und Lesley anwesend, und Tynan übte mit einem Schwert an einer der bewegten Figuren. Gregor und Lesley standen über einem Tisch gebeugt da und besprachen etwas. Alle waren sie oben ohne, und das Muskelspiel der drei Männer lud den Raum mit Testosteron auf.
Gregor bemerkte sie als erstes und drehte sich lächelnd zu ihnen um.
Armana hatte einen Entschluss gefasst und ließ sich nicht beirren. Sie trat auf ihn zu und legte ihm die Arme um den Hals. Ohne auf seinen überraschten Blick zu achten, zog sie sich nach oben und gab ihm einen leidenschaftlichen Kuss. Gregor schloss seine Arme um sie und erwiderte den Kuss nicht weniger

leidenschaftlich. Nach einem Moment löste sie sich schwer atmend und eher widerwillig von ihm, sah ihm in die Augen und sagte. „Bitte nimm mich. Nimm mich bitte, bitte." Gregor war noch erstaunter, als sie sich löste und von ihm wegtrat. Sie gesellte sich wieder neben Alica und sah sie fragend an. „Und?"
Alica betrachtete sie von oben bis unten. Keine von beiden achteten auf die verwirrten Männer und den lachenden Tyrell, der ihnen noch immer folgte und ja wusste, um was es ging.
„Ich sehe keinen Unterschied, wie können wir das jetzt rausfinden?"
Armana sah auf ihre Hände und horchte stirnrunzelnd in sich rein. „Ich fühl mich nicht anders."
Gregor fühlte sich gerade sehr begriffsstutzig.
-Tyrell, was sollte das eben?-
Tyrell riss sich zusammen, um seinem König zu antworten. *-Sie wollen ins Dorf.-*
-Na und, das dürfen sie auch nicht, wenn sie mich küsst?-
-Alica sagte, sie nimmt sie nur mit ins Dorf, wenn sie eine Kondor ist.-
Nun begriff Gregor. „Armana, komm her."
Ohne darüber nachzudenken, trat sie auf ihn zu. Gregor nahm ihr Kinn in seine Hand und drückte ihr noch einen Kuss auf den Mund. „Wir müssen uns erst nochmal paaren, bevor das eine Bedeutung hat. Du musst unter mir liegen, und ich muss in dir sein, wenn du das sagst, sonst wandelst du dich nicht, meine Süße."
Armana meinte nur: „Ach Mist!"
Les hatte seinen Blick die ganze Zeit nicht von Alica gewendet und hatte nur am Rand mitgehört, was lief.

Auch das telepathische Gespräch von Greg und Tyrell hatte er mitgehört.
„Ihr geht nicht ins Dorf. Auch nicht, wenn Armana eine Kondor ist."
Gregor nickte.
„Aber das ist doch unser Dorf, wir müssen doch auch mal aus der Burg raus." Alica wurde wieder wütend.
Les schüttelte den Kopf. „Nein, wenn ihr was braucht, kann euch das jemand besorgen. Solange Gabriel hinter euch her ist, verlasst ihr diese Mauern nicht mehr."
Alica schnaubte zornig. „Also sind wir nun auch noch eure Gefangenen!" Sie drehte sich um und lief wütend ins Innere der Burg. Laufen konnte man nun mal in diesem Gemütszustand besser, als sich zu dematerialisieren.
Lesleys Stimme hielt sie auf: „Ich hätte dich gestern fast verloren, und das war schrecklich. Ich möchte dich in Sicherheit wissen, Liebes, ist das so schwer zu verstehen?" Seine Stimme war sanft wie ein Frühlingsregen und dunkel wie ein guter roter Wein und ebenso berauschend. Alica blieb stehen, ohne sich umzudrehen. Ihr kleinlautes „Nein" war kaum zu hören.
Lesley trat hinter sie und küsste von hinten ihren Nacken. „Was wolltet ihr denn im Dorf?"
„Ein Bauer hat junge Katzen. Wir wollten nach ihnen sehen und schauen, ob wir Gesellschaft für Snoop finden. Und etwas durchs Dorf spazieren. Es wirkt so friedlich."
Nun war es an Gregor, sich einzumischen. „Komm Lesley, lassen wir sie gehen. Ty begleitet sie, und der Ort ist beinahe so gut geschützt wie unsere Burg. Sie brauchen auch etwas Freiraum. Und unsere Königin

war immerhin so vernünftig, dass sie erst warten wollte, bis Armana eine Kondor ist."
Lesley würde nie so weit gehen, seinem König zu widersprechen, doch das, er gar nicht begeistert war über diesen „Freiraum", sah ihm Alica an der Nasenspitze an. Sanft legte sie ihre Hand auf seinen Arm. „Wir werden erst gehen, wenn Armana auch eine Kondor ist. Und in Begleitung von zwei von euch. In Ordnung?"
Les zog ihre Hand an seine Lippen. „Danke, Liebste."
Die beiden Frauen hatten nach ihrem Versuch auch keine Zeit mehr, sich um die Katzen zu kümmern. Die Urmutter kam zu ihnen und nahm sie mit in ihre alten Gemächer. Ihr Sohn hatte alles so gelassen, wie es vorher war. Er wollte nie in die Bereiche seiner Eltern einziehen. Da seine Mutter manchmal zu Besuch kam, war es richtig für ihn so. Alle anderen hatten die Bereiche ihrer Eltern bezogen, doch es gab ja auch sonst keinen mehr, der herkam. Er war der einzige mit einer noch lebenden Mutter. Und die Väter der meisten von ihnen lebten nicht mehr. Tyrells Vater war verschwunden, Rorans auch, die anderen hatten sie bereits unschädlich gemacht. Es war schlimm genug für sie, dass ihre Väter böse geworden waren, so wollten sie nicht lange warten, sie zu vernichten.
Die Urmutter ging direkt mit ihnen in ihr Zimmer, wo die Zeremoniengewänder gut verstaut waren. „Ich war die rechte Hand der Königin, ich habe viel Zeit an ihrer Seite verbracht und mit ihr zusammen Entscheidungen getroffen. Ich dachte, da das bestimmt Armana sein würde, machen wir direkt eine doppelte Zeremonie. Ich kröne dich zur Königin, und du bestimmst nachher Armana als deine Falchta, deine Beraterin. Ihr müsst beide die langen weißen Kleider anziehen. Während

der Zeremonie wird entschieden, welche Farben ihr tragen werdet. Eure Farbe wird aussagen, was ihr seid, zu was ihr werdet, was ihr wart. Sie wird euch führen und euch leuchten. Die Krone, die ich dir aufsetze, wird, wenn sie dich akzeptiert, mit deinem Kopf verschmelzen und zu einem Schein um dich werden. Ihr seid nicht, wie wir waren. Ich weiß nicht genau, was passieren wird, das bestimmt das Fidre, die Macht hinter den Urwesen, es war schon immer so."
Alica sah zu der hübschen älteren Frau und nickte.
„Was ist das Fidre genau?"
„Nun, es ist vergleichbar mit dem menschlichen Gott oder Allah. Es ist die höhere Macht. Es ist schwer zu sagen, es ist das Flimmern der Sonne, der Sauerstoff der Luft, es ist das Alles und das Nichts."
Alica konnte ein Schwert vor sich aufleuchten lassen. Armana konnte schneller laufen, als jemand blinzeln konnte, also konnten sie durchaus etwas anfangen mit den geheimnisvollen Worten von der Urmutter. Sie zogen die Kleider an, lange weiße Kaftane, die bis zum Boden reichten. Ihr Haar trugen sie offen, rein und ungeschminkt in unschuldiges Weiß gekleidet, folgten sie der Urmutter in den Zeremonienraum. Sie lief nach unten, erst eine Wendeltreppe, danach einen langen Gang, der nur mit Feuerlaternen beleuchtet war. Kahle Steinmauern begleiteten ihren Weg, bis sie einen Raum betraten, nein, wohl eher eine Höhle. In ihrer Mitte ragte ein Rubin auf, von der Form her erinnerte er an einen Malachit, doch seine Farbe war blutrot, und er erhellte den Raum. Die Höhle war rund, hatte einen Durchmesser von etwa zehn Meter. Rund um den Stein knieten die acht Kondore und auch Alicas Bruder. Alle waren nackt, ein Bein angewinkelt,

ein Bein am Boden, die Arme über dem Knie
verschränkt, den Kopf auf die Arme gesenkt. Sie
schauten nicht hoch, summten nur in einem eigenen
Rhythmus mit ihren tiefen Stimmen eine Melodie.
Alicas Blick streifte Lesley, und sie stellte sich nahe bei
ihm auf. Auf einem Thron, ganz aus einem Saphir
gehauen, flimmerte ein Licht. Es war eine
Energieblase, und Alica spürte die Präsenz von König
Gregor in ihr, wohl seine ursprüngliche Form. Als sie
zu Lesley sah, stellte sie fest, dass alle sich in ihre
Energieform gewandelt hatten, die Stimmen summten
weiter, doch zu sehen war nur noch ein Glitzern. Auch
Armana sah überrascht in die Runde. Die Urmutter
umfasste den Rubin und nahm Armana und Alica an
den Händen, so dass der Rubin in ihrer Mitte war. Sie
begann mit einem Gesang in einer uralten Sprache,
die beide noch nie gehört hatten. Es dauerte nicht
lange, und der Rubin sandte ein Licht aus, das durch
die Urmutter hindurchging und auf Armana und auf
Alica übersprang. Es kreiste in ihnen und um sie
herum. Alica spürte, wie sie von innen heiß wurde, sie
hatte das Gefühl, lichterloh zu brennen, empfand aber
keine Schmerzen. Als die Urmutter die Arme in die
Höhe warf und ihre Stimme schriller wurde, explodierte
das Licht und brachte auch die Energien der Männer
zum Leuchten. Der ganze Raum glitzerte und
flimmerte blutrot. Die nächsten Worte sang die
Urmutter in ihrer Sprache. „Blut zu Blut, Strom für
Strom, Licht für Licht, Blut zu Blut …" Sie ließ die
Hände der beiden Frauen los und nahm eine
wunderschön gearbeitete Krone, zierlich gearbeitet in
Silber, vorn eine große Rose und um den Kopf der
Stiel mit den Blättern und den Dornen, in die Hand.
Weiter dieselben Worte sprechend, legte sie Alica die

Krone auf den Kopf. Alica stand nun allein neben dem Rubin. Die Energiebälle kamen näher, bis sie ganz umfangen war von ihrem roten Glitzern, auch König Gregor mischte sich dazu mit seinem blauen Leuchten. Alica schloss die Augen, umgeben von so viel Macht und spürte, wie Lesley ihr sanft durch die offenen Haare strich. Alle Männer glitten durch ihren Körper hindurch, um einen Teil von sich in der Königin zu verankern. Eine Ehrerweisung, einen Schatten, über den sie jederzeit Kontakt zu ihnen aufnehmen konnte, doch Alica merkte sofort, dass es auch umgekehrt der Fall sein würde. Sie war die Königin und musste geschützt werden. Als die Energiebälle sich zurückzogen, spürte sie noch ein sanftes Streicheln am Rücken. Sie erkannte die Präsenz von Robert und auch von Roran und lächelte ihnen zu. Es war nur noch das blaue Licht von Gregor und Lesley im roten Flimmern bei ihr geblieben. Sie fuhren beide in sie hinein und umhüllten sie, um der Krone zu zeigen, dass beide mit ihrer Verbindung einverstanden waren. Der Partner und der König. Die Krone wurde heiß und senkte sich in Alicas Kopf. Sie merkte, dass es schmerzen würde, doch König Gregor wirkte mit seiner Magie gegen die Hitze und nahm die Schmerzen weg. Alica wurde in die Luft gehoben und herumgewirbelt. Ihr Kleid wurde zu einer schwarzen Hose und einem schwarzen hautengen Shirt, dessen Ausschnitt ihre Brüste hoch presste. An der ganzen Seite hoch schlängelte sich ein grüner Drache, dessen Kopf über ihre Schulter nach vorne blickte. Zwischen der Schwanzspitze und dem Kopf des Drachen war eine kleine weiße Taube. Alicas Haare wurden wieder zu ihrem geliebten Pferdeschwanz, und die Krone hatte sich auf ihrer Stirn als eine Art Tattoo verinnerlicht. Die Rose schimmerte im Rubinrot des Steines neben ihr. Als Alica wieder zu Boden sank, fühlte sie die Ehrfurcht aller im Raum. Sie spürte aber auch den kampfbereiten Drachen auf ihrem Körper. Das war nicht nur ein Bild, das war ein lebender Körper auf ihr. Versuchsweise strich sie über seinen Kopf, den er laut fauchend aus dem Kleid hob und an ihrer Hand rieb. Der Kopf schaute in die Runde, warnend, ein starkes Tier zu ihrem Schutz. Alica ließ die Taube frei, die sofort auf den Kopf des Drachen flog und sein Fauchen in ein Gurren verwandelte. Das Symbol des Friedens, das die Bestie beruhigen konnte. Die Urmutter trat zu ihr, doch nicht zu nahe. Les hatte das Problem nicht, er wandelte sich zum Mann und legte einen Arm um sie. Der Drache war auch ein Teil von ihm und rieb seinen Kopf an Lesleys Schulter. „Du bist erstaunlich Kriegerin, erstaunlich." Die Urmutter sah sie unergründlich an. „Ja mein Sohn, so etwas habe ich noch nie gesehen. Aber wir sind noch nicht fertig, das Fidre muss noch die Falchta weihen."

Lesley begab sich wieder in seine Urform, und die Männer summten weiter. Armana trat nun in die Mitte, und Alica übernahm die Zeremonie. Sie wiederholte die Worte, die die Urmutter sie vorher gelehrt hatte. „Blut zu Blut, Strom für Strom, Licht für Licht." Weiter singend nahm sie eine Brosche, die einen Saphirstein in Form eines Gepards darstellte. Sie steckte sie Armana an, und König Gregor fuhr in sie hinein und trug sie hoch. Das Ja ihres Partners und ihres Königs. Armanas Kleid wurde etwas kürzer und nahm die Farben ihres Gefährten an. In tiefem Königsblau schimmerten die Palletten darauf. Die Gepard-Brosche wurde zum Bild eines Gepards, der sich auf ihrem

Kleid um ihre Hüften schmiegte. Und auch sie trug das Zeichen des Friedens, eine kleine weiße Taube, die über dem Geparden schwebte. Als Armana wieder zu Boden sank, wandelten sich alle Männer wieder in ihre übliche Form. Stirnrunzelnd trat König Gregor vor sie, um ihr den Blick zu versperren. Ihre Augen waren kugelrund geworden beim Anblick der nackten Männer, die um sie standen. „Bedeckt euch, Leute."
Natürlich lachten Tyrell und Drako wieder in ihrer erfrischenden Art und wie Alica richtig vermutet hatte, gesellte sich Robert zu ihnen und lachte mit.
Alica streckte die Hand aus nach Armanas Gepard, der reckte den Kopf, und seine Zunge strich darüber. „Wunderschön. Hattet ihr auch Tiere als Wächter, Mutter?"
Die Urmutter schüttelte den Kopf. „Ich denke, das Fidre hat uns unsere kleinen Elfen gegeben, die wir euch genommen haben. Da hat das Fidre einer neuen Wache aufgetragen, euch zu schützen und im Kampf zu unterstützen. Das Tier zeigt euer inneres Wesen, eure Stärke und hilft euch im Kampf. Alica, du hast einen Drachen, ein Wesen, das vor Urzeiten ausgestorben ist. Er symbolisiert Stärke und Klugheit, aber auch die tödliche Präsenz eines Killers. Wahrlich eine wahre Königin."
König Gregor trat zwischen Alica und Armana und legte beiden einen Arm um die Schultern. Alicas Drache muckte hoch, doch ein Blick in seine Augen, und der König hatte ihn zur Raison gebracht. Brummelnd zog er sich in ihr Kleid zurück. „Zeit zu feiern, meine Lieben. Mewil hat etwas vorbereitet, und viele Gäste warten oben auf uns."

Sie betraten zusammen den großen Salon. Die Tische waren außen herum in einem Halbkreis aufgestellt, schwer beladen mit Fleisch und Käseplatten, mit Gemüse und Früchten. Zur Dekoration waren überall weiße und rote Rosen gebunden. Am oberen Tisch waren nebeneinander vier große Stühle aufgestellt mit dem Königszeichen dahinter. Gregor grinste Lesley an. „Typisch Mewil, wieder dieses Adelsgehabe."
Die Leute im Raum drehten sich zu ihnen um. Vasili, der Prinz der Vampire, nickte ihnen lächelnd zu. Hauptsächlich waren Vampire anwesend und einige Gestaltwandler, auch ein paar Elfen konnte Alica erkennen. Sie hielten sich im Hintergrund.
Alica und auch Armana hatten Mühe, in dieser Menge ihre Tiere unter Kontrolle zu halten. Sie wollten raus und die Leute warnen, ja nicht zu nahe zu kommen. Doch sie hatten beschlossen, es geheim zu halten, da es sich einmal als nützlich erweisen konnte, wenn keiner davon wusste. Lesley sagte auf ihrer telepathischen Verbindung zu ihrem Drachen_ -*Ruhig, Großer, ich kann sie hier gut beschützen.*-
Sofort wurde das Tier ruhiger, und Alica entspannte sich sichtlich. König Gregor hob ihre Hand in die Höhe: „Unsere neue Königin, vom Fidre gewählt", dann dasselbe mit Armanas Hand: „Und ihre Falchta und meine Gefährtin." Ein paar schienen überrascht zu sein, dass es nicht umgekehrt war, doch keiner wagte es, etwas zu sagen, alle applaudierten ihnen.
Mewil ging lächelnd an ihnen vorbei. Schnell raunzte er: „Hat es geklappt?" Alica lachte auf und schüttelte nur den Kopf. Dieser Mewil war einzigartig, ganz der korrekte Butler, doch immer zu einem Witzchen bereit. Lesley sah fragend zu ihr, doch sie lächelte ihn nur geheimnisvoll an. Als die Musik zu einem ruhigen

Walzer aufspielte, nahm er sie an den Armen und
tanzte mit ihr durch den Raum. Alica presste sich fest
an ihn. „Du bist mein Leben, Kriegerin."
„Und du das meine, starker Kämpfer."
Lesley wollte sie nicht von ihrer eigenen Feier
fernhalten, doch die Liebe, die ihm aus ihren Augen
entgegenstrahlte, erregte ihn mehr als alles andere.
Seine Lippen umschlossen ihre zu einem Kuss. Alica
schloss ihre Augen, und als sie sie öffnete, stellte sie
lachend fest, dass sie in ihrem Bett lagen.
„Tut mir leid, Kriegerin, aber ich wollte dich für mich
alleine haben."
„Wer bin ich, dass ich da widersprechen würde?"
Diesmal liebten sie sich sanft und zärtlich, die Wildheit
für einmal unterdrückend, der Liebe zum Beweis.

Armana stand verwirrt im Raum. Gregor war weiter
hinten und sprach mit ein paar Elfen. Die Elfenkönigin
Murga und ihr Gatte Ruschk standen auch bei ihnen.
Armana wollte nicht stören. Ihr Gepard hatte sich
gerade beruhigt und Menschen so nahe zu kommen,
könnte ihn wieder aufregen. Mewil zischte hin und her
und scheuchte das Personal auf, um Platten neu zu
füllen. Wann immer sein Blick ihren streifte, lächelte er
ihr aufmunternd zu. Sie gab sich Mühe
zurückzulächeln, doch sie konnte ihn nicht täuschen.
Als er besorgt auf sie zukam, knurrte ihr Gepard leise,
doch Mewil reagierte wie immer professionell und
ignorierte es geflissentlich. „Mylady? Kann ich Ihnen
etwas bringen? Oder für Sie etwas erledigen?"
Armana lächelte ihn schüchtern an. Sie war es nicht
gewohnt, bedient zu werden. Zu Hause wurde nur ihr
Bruder umsorgt, die Bediensteten mochten sie zwar
alle, wussten aber, dass sie ihre Belange selbst in die

Hand nahm. „Danke Mewil, ich brauche nichts, ich bin nur müde. Ich werde mich wohl bald zurückziehen."
„Soll ich König Gregor Bescheid geben, Mylady?"
„Nein Mewil, ich suche noch meinen Bruder und wenn ich mich ins Zimmer begebe, sage ich es ihm selber. Danke."
Mewil entfernte sich wieder geschäftig. Sie sah sich nach ihrem Bruder um. Sie war noch immer wütend auf ihn; er hatte sie einfach verschenkt, nur weil sie nicht immer einfach war. Doch tief in ihrem Herzen hatte sie gewusst, dass er sie noch besser beschützt wissen wollte, und genau an diesem Punkt hatte sie bereits angefangen, ihm zu vergeben. Als sie dort stand neben Alica, im Refugium der Urmutter und Gregor zum ersten Mal sah, hatte ihr Herz mindestens drei Schläge ausgesetzt, ehe es weitergeschlagen hatte. Er war einfach der absolute Hammer. Groß, stark, schön und wie man ihm sehr wohl ansah, wusste er das auch. Doch nicht nur sein Aussehen, seine ganze innere Präsenz nahm sie sofort gefangen. Plötzlich fuhr ihr eine Hand über den Rücken und umfasste ihren Po, recht unsanft kniff er rhinein, und in ihrem Kopf hörte sie seine Stimme. -*Was für ein Hintern ...*- Auch sein raues Lachen klang fast wie Musik in ihrem Kopf. Sie hatte gekämpft wie wild, gegen einen unsichtbaren Feind, der sie hinter Alica hervorzog, und ihr waren vor lauter Wut die Tränen gekommen. Armana hatte sich wütend gefügt und war ruhig neben Alica stehengeblieben. Als ihr Bruder seine grausamen Worte sprach, war sie innerlich erstarrt. Sie war ein Vampir, und Vampire konnten ihre Gefühle bis zu einem gewissen Punkt ausschalten. Genau dies tat sie jetzt. König Gregor wusste das, er hielt sie fest, ohne zu ihr zu gehen, legte

besitzergreifend seinen Arm um sie, und seine Hand lag auf ihrem Po, während er mit Alica stritt, sagte er in ihrem Kopf: *-Chronia, das wird dir nichts bringen, ich bin der König der Kondore. Gegen mich kommst du nicht an.-*
Armana machte es sich einfach und ignorierte ihn. Sie ignorierte alles um sich herum. Als sie wohl in seine Räume gebracht wurde, sah sie sich neugierig um. Der Kondor, der sie hergebracht hatte, blieb mitten im Raum stehen. Er sah aus wie ein Wikinger aus uralten Zeiten. Es fiel Armana schwer, ihn nicht zu beachten, also konzentrierte sie sich auf die kunstvolle Einrichtung des Wohnzimmers.
Der Raum war nicht riesig, mit zehn Schritten war sie von der Eingangstür bei der einzigen anderen Tür gegenüber angelangt. In der Mitte musste sie um einen Salontisch herumgehen. Er war rund und aus kristallenem Glas. Über ihm hing eine Lampe im uralten Stil, mit mindestens zwanzig Kerzen, deren Schein in den Kristallen funkelte. Um den Tisch standen fünf sehr bequem aussehende Sessel. Sie waren riesig. Armana hätte sicher zwei, wenn nicht sogar drei Mal darin Platz. Der Wikinger stand immer noch unbewegt in der Ecke, er sah nicht zu ihr hin, vielleicht könnte sie sich …
„Lass es bleiben, Mädchen. Mein Neffe liegt gerade im Sterben, und ich habe nicht den Nerv, dir jetzt nachzujagen."
Armana sah erschrocken zu ihm, woher wusste er das?
„Schau mich nicht so an, ich bin nicht dumm, ich rieche, was du vorhast."
„Ja klar." Fast musste sie lachen, doch dann ging ihr auf, wovon er gesprochen hatte. Es gab im Moment

nur einen Angriff, von dem sie wusste. „Robert lebt noch?" Sie freute sich sehr über diese Nachricht. Ob Alica das schon wusste? Schnell wollte sie mit ihr sprechen, doch da war nur Blockade. Klar, der Despot hatte ihre Verbindung gekappt, verdammt!
Plötzlich brach die Wut in ihr hervor, und sie stieß eine riesige Vase von einem Beistelltischchen. Was jetzt folgte, geschah so schnell, dass sie einen Augenblick mit offenem Mund dastand und abwechselnd auf die noch ganze Vase und auf Roran fiel, der sie in den Händen hielt, als wöge sie nichts und sie schief angrinste. „Die ist sehr viel wert, Mädchen, vor allem für den König. Sie gehörte seiner Mutter. Also wenn du wütend bist, dann schlag gegen die Tür, aber mach hier nichts kaputt."
Armana bemerkte erst jetzt die sehr weibliche Note, die in dem Raum lag. Die Platzdeckchen, die vielen Pflanzen. „Wo ist seine Mutter? Lebt sie noch hier?"
„Nein, Mädchen, sie hat sich wie all die anderen Frauen in die Schlucht gestürzt, als ihr Mann böse wurde. Sie ertrug es nicht, ihn so zu sehen. Er war ein guter Mann."
Rorans Stimme war beschlagen, die Trauer stand ihm im Gesicht.
Armana machte es sehr traurig, einen so starken Kerl so zu sehen, sie streckte ihre Hand nach ihm aus und strich ihm tröstend über den Arm. „Es tut mir sehr leid."
So hatte Gregor sie gefunden, dicht beieinander stehend, ihre Hand auf Rorans Arm. Gregor bewegte sich nicht, Roran stieß ein Ächzen aus und flog durch den Raum auf die andere Seite. Dort wurde er an die Wand gepresst. Roran wehrte sich nicht gegen die unbekannte Macht, und ihr war auch ganz klar, warum, er würde niemals seinen König angreifen. Nun legte

Armana die Hand auf den Arm des Königs. Sie kniff ihn fest in die Seite: „Du bist auf dem Holzweg, Alter!"
Gregor ließ Roran noch nicht los, schaute aber auf sie herunter. Seine Augen waren formlos, in ihnen kreiste nur ein blaues Licht, der Rauch seiner Magie.
„Ja! Dich meine ich. Ich habe ihn getröstet. Er erzählte mir gerade vom Tod eurer Mütter, weil ich eine Vase zerstören wollte, die dir etwas bedeutet. Er hat dich gerade beschützt! Wie wohl immer. Lass ihn sofort frei!"
Gregor ließ Roran frei, dieser nickte ihnen zu und verließ den Raum ohne ein Wort.
„Du hättest dich mal bei ihm entschuldigen können, Alter!"
„Ja, Mädchen, genau das habe ich getan."
Armana schaute in seine Augen, die jetzt wieder normal in einem strahlenden Blau zu ihr blickten, fast zärtlich. *-Du gehörst mir, kein anderer wird dich je wieder anfassen.-*
-Nicht er hat mich angefasst, sondern ich ihn.-
-Auch das wirst du lassen, Chronia, außer du willst den anderen tot sehen.-
Ihre Augen weiteten sich, doch ansonsten hatte sie sich nichts anmerken lassen.
„Was bedeutet dieses Wort, mit dem du mich ansprichst?"
Seine Finger strichen sanft über ihre Wange und blieben auf ihrem Kinn liegen. „Das bedeutet Liebste in unserer alten Sprache: Chronia."
Mit seiner Magie hüllte er sie ein, während seine Lippen langsam näher kamen. Sie flimmerte auf ihrem ganzen Körper und erzeugte eine erotische Wärme, die sich ausbreitete und ohne Zögern in ihrem Unterleib zum Feuer wurde. Ihr Aufstöhnen sog er in

sich auf, und ihre Lippen trafen sich zu einem ersten Kuss. Für Armana war es eine Offenbarung. Von diesem Moment an wusste sie, dass sie unrettbar verloren war. Sie gehörte ihm, als wäre es schon immer so bestimmt gewesen. Ihr Körper passte sich seinem an und verschmolz mit ihm zu einem. Armana erwiderte seinen Kuss, als ginge es um ihr Überleben. Sie war schon öfter geküsst worden, aber dies hier war mit Abstand das Unglaublichste, das sie je erlebt hatte. Weit hinten in ihrem Kopf formte sich ein Gedanke an Alica. Wie war das? Er wollte sie foltern, um Informationen von ihr zu bekommen? Der Gedanke überschattete ihre Gefühle und verlieh ihr eine Kraft, mit der wohl keiner gerechnet hätte. Ihre Hände legten sich auf seine Brust, und einen kurzen Moment erlaubte sie sich, seinen festen Körper zu liebkosen, bevor sie heftig gegen ihn stieß. Gregor war so überrascht, dass er nach hinten taumelte. Die Kraft seiner kleinen Chronia war erstaunlich, obwohl gegen ihn kaum der Rede wert. Um ihr das zu beweisen, blieb er stehen und verschränkte die Arme. "Komm her, Chronia."
Armana wollte nicht, sie wollte sich weiter entfernen, doch seine Magie hüllte sie ein und ohne es zu wollen, schritt sie auf ihn zu. „Was machst du?"
„Ach, Kleines, ich bin über 3000 Jahre alt, du kannst gegen mich nicht gewinnen."
„Ich will nicht gegen dich gewinnen, Gregor! Ich will nicht einmal gegen dich kämpfen, ich möchte nur wissen, dass es Alica gut geht. Du hast angedroht, sie zu foltern."
-Ich habe sie doch nicht gefoltert, Chronia. Ich wollte nur Informationen aus ihr herauskitzeln.-
-Was hast du ihr angetan?-

-Nichts, zumindest nicht viel, wir fügen unseren Frauen keine Schmerzen zu. Wir ... hmm ... wir bestrafen anders.-
Armana stand nahe bei ihm. Er hielt sie nicht mit den Armen fest, und doch konnte sie sich nicht von ihm weg bewegen. *-Ich kann mir schon vorstellen, was ihr tut. Soll das heißen, du hast meine Freundin sexuell misshandelt?-*
Gregor legte den Kopf in den Nacken und lachte erheitert. „Na, so kann man es auch nennen. Wenn du findest, dass es misshandeln ist, wenn man jemanden etwas empfinden lässt, was er nicht fühlen will, ja dann muss ich gestehen: Ich hab sie misshandelt."
Amara schlug ihm die Faust in den Magen. „Das ist nicht komisch. Das ist schlimm!" Ganz zu schweigen davon, dass er ihr gehörte und nichts bei Alica zu suchen hatte! Sie konnte diesen Gedanken nicht ungedacht lassen und Gregor, der gerade ihre Gedanken las, grinste zufrieden. „Ja, ich gehöre dir. Ich hätte auch gar nichts machen müssen, wenn sie einfach meine Fragen beantwortet hätte."
„Ja klar, jetzt ist sie noch selber schuld, dass du das mit ihr gemacht hast!"
Greg küsste sie nochmal voller Leidenschaft, *-Gar nichts habe ich gemacht, Les und ich haben die Plätze getauscht.-*
Erleichterung, aber auch Scham über ihre kleinliche Denkweise überkamen sie. Der Kuss bedeutete ihr viel, und doch wusste sie, dass sie es ihm nicht zu leicht machen sollte, er war arrogant genug.
Ja, Armana hatte sich wieder losgerissen und ihm widerstanden. Nicht gegen ihn gekämpft, aber sie war auch nicht auf ihn eingegangen. Armana zuckte zusammen, als sich eine Hand von hinten auf sie

legte, und ihr Gepard schoss hervor. Sie konnte gerade noch verhindern, dass er ihrem Bruder an die Kehle fuhr, der erschrocken einen Schritt zurück trat.
„Was zum Teufel!"
Armana sah erschrocken in die Runde. Der Gepard hatte sich wieder still in das Kleid eingefügt, keinem war etwas aufgefallen, doch Vasili stand mit offenem Mund da und sah auf ihr Kleid. „Du hast ja gehört, was ich bin, und das Fidre hat mir diesen Gepard zum Schutz zugeteilt und um mich im Kampf gegen unsere Feinde zu unterstützen. Feinde, die mir schaden wollen, Bruder." Das letzte Wort spuckte sie ihm förmlich vor die Füße.
Vasili war ein guter Prinz und ein guter Mann. Er konnte Gegner schnell und kalt töten, aber genau so sanft und liebevoll mit seinen Freunden umgehen. Er war klug und gerissen und hatte sie immer vor allen beschützt, auch vor sich selber. Nun blickte er traurig auf sie nieder.
„Ja, ich habe dich nicht gegen ihn beschützt, weil ich dachte, dass es das Beste ist, was dir passieren kann, Königin der Kondore zu werden. Warum bist du es nicht?"
„Du hast mich ihm gegeben, weil du wolltest, dass ich Königin werde? Mehr Macht? Tut mir leid, dich enttäuschen zu müssen. Alica wird eine weitaus bessere Königin und Führerin der Kondore sein. Und ich werde sie unterstützen, so gut ich kann."
Vasili kam gerade ein ganz anderer Gedanke: „Wenn der Gepard auf deinem Kleid lebt, was ist dann mit Alica …"
„Still", zischte Armana, „wir wollen noch nicht, dass es jemand erfährt."

Vasili dachte an den Drachen auf Alicas Kleid: „Gott ich wünschte, ich könnte ihn mal lebend sehen."
Da musste Armana lächeln. Ihr Bruder, es war ihm natürlich egal, ob sie die Führerin war oder nicht. Hauptsache, sie würde glücklich werden. „Wenn du auf unserer Seite kämpfst, wirst du ihn bestimmt einmal sehen. Aber wir müssen erst lernen, mit ihnen umzugehen, ich kann ihn kaum beherrschen hier drin bei all den Menschen."
„Natürlich kämpfe ich auf eurer Seite. Unser Volk war schon immer verbündet mit den Kondoren, und durch eure Heirat wird es noch verwurzelter sein. Warum bist du noch keine Kondor?"
„Na ja, Gregor hat Alica bestraft, wirklich schlimm, und danach musste ich ihn bestrafen, weil ich wirklich sauer war darüber, und habe meine Gefühle ausgeschaltet."
Vasili schüttelte den Kopf. „Du konntest deine Gefühle gegen einen Kondor ausschalten?"
Armana wurde rot: „Er wurde sehr wütend, weil ich es gemacht habe und hat mich danach in Ruhe gelassen. Er hat ein sehr aufbrausendes Temperament."
Da musste Vasili wieder lachen. „Wie ich weiß, ich kenn sie ja nun schon einige Jahre, ist der König einer der eher ausgeglichenen Kondore. Er und Tynan, sogar Lesley. Alle anderen sind sehr viel unberechenbarer. Und sehr undiplomatisch. Und wie ich es mitbekommen habe, ist Roran einer der schlimmsten von ihnen."
„Ich mag ihn. Wirklich kennengelernt habe ich eigentlich erst ihn und Gregor und vielleicht noch ein bisschen Lesley, weil wir alle durch Alica verbunden sind. Aber Roran mag ich sehr."

Roran hatte ihr seine verletzliche Seite gezeigt, und Armana wusste, dass er das sonst nie machte. Irgendwie hatte sie das verbunden. Er kam oft und fragte, wie es ihr ginge, oder einfach mal so zum Reden. Auch als sie in Gregors Bereich bleiben musste, hatte Gregor wieder Roran zu ihr abgestellt. Sie sprachen viel, und Roran erzählte ihr viel über die Kondore.

Vasili schnaubte: „Er ist der älteste von ihnen und der unberechenbarste. Im Kampf kaum zu besiegen, nicht mal mit einer Armee. Ich denke, dass, wenn er sich entscheiden würde, den König auszuschalten, es mindestens drei der Kondore brauchen würde, um ihn zu stoppen. Er ist drei Mal mächtiger und gefährlicher als der König und Lesley zusammen."

Armana schüttelte den Kopf. „Er würde sich niemals gegen den König stellen, niemals."

„Wenn ihn das Böse erreicht, das ihr laut der Urmutter bekämpfen sollt, dann kann ihn keiner mehr stoppen."

Vasili griff nach ihrer Hand. „Ich bitte dich, Armana, ihr müsst alles daran setzen, dass das nicht geschieht. Es wäre eine Tragödie für die Erde und schlimm um diese guten Männer. Ich weiß, das Leben mit ihnen ist nicht einfach, aber ihr müsst es einfach schaffen, sie zu retten."

Armana legte ihre andere Hand über seine: „Mach dir keine Sorgen, Vasili. Alica würde nie zulassen, dass Lesley etwas passiert und auch den anderen nicht. Dazu kommt noch, dass das Fidre auf unserer Seite ist und uns mächtige Verbündete zur Hilfe schickt, weil es nicht will, dass uns etwas passiert."

Armanas Blick lag auf Gregor, der sich geschmeidig wie Äther durch die Menge bewegte. Sie hatte sich schon lange für ihn entschieden, sofort ihre Liebe für

ihn entdeckt. Mit ihren Blicken lenkte sie seine Aufmerksamkeit auf sich, Gregor umfasste sie mit seiner Energie. Er blickte mit seinen formlosen Augen zu ihr, während er mit einem kleinen hässlichen Mann sprach, den Armana nicht kannte.
-Mädchen, das ist der Trollkönig, sei lieb.-
Sie hörte das Lachen in seiner Stimme. *-Spuk nicht in meinem Kopf rum, Alter!-*
Seine Energie fuhr in Wellen über ihren Körper, und Armana erschauerte.
-Du bist blass, Kleine, du solltest mein Blut akzeptieren.-
Armana hatte sich geweigert, Blut von ihm zu trinken, da es doch sehr intim für sie war. Sie hatte noch nie von einem Mann getrunken, sondern immer von einer ihrer Cousinen. Er verweigerte ihr aber das Blut von jemand anderem. Deshalb hatte sie heute Morgen normale Speisen zu sich genommen, eine Weile konnte sie auf diese Weise überleben. Doch als Alica heute bemerkte, wie schwach sie war, hatte sie ihr ihr Blut gegeben. Sie war nicht klug genug, ihre Gedanken abzuschirmen. Gregor sog sie in einer Bewegung zu sich hin und ignorierte die vielen Wesen um sie rum. *-Die Königin hat dir Blut gegeben?-*
-Sie wusste nicht, dass du das nicht willst.-
Gregor schüttelte den Kopf. *-Natürlich wusste sie das! Sie ist viel zu klug, um das nicht gewusst zu haben.-*
-Ich habe sie darum gebeten, sie konnte es mir nicht verweigern, sie ist meine Freundin.-
Gregor hielt sie auf Augenhöhe fest. *-Du musst nicht für sie lügen, ich rieche es, wenn du lügst. Ich werde sie nicht dafür bestrafen, wenn sie dir hilft, das wäre nicht fair. Und ich bin ein fairer König. Aber wenn du von ihr nimmst, wirst du jetzt auch von mir nehmen.-*

Seine Stimme war ein Knurren in ihrem Kopf. Armana hatte nicht bemerkt, dass er sich mit ihr in sein Zimmer materialisiert hatte, bis sie das große massive Bettgestell vor sich sah. Seine Sinne wirbelten in ihren herum, und sie klammerte sich mit beiden Fäusten an sein Hemd.

„Trink von mir, Mädchen!" Gregor drückte ihren Mund auf seine Brust.

Armanas Hunger stieg ins Unermessliche, ihre Reißzähne schoben sich nach vorne, doch sie wehrte sich gegen seinen Griff. Hatte sie erst Blut von ihm getrunken, würde es kein Zurück mehr geben. Er hatte sich auch als Vampir verfestigt, seit er mit ihr zusammen war, und wenn er ebenfalls von ihr trank, konnte sie ihre Gefühle vor ihm nicht mehr verbergen. Sie waren Gefährten, ein Blutaustausch bei Vampiren, die Gefährten waren, kam einer Verschmelzung des Körpers und des Geistes gleich. Sie würden dasselbe denken und fühlen.

-Aber Mädchen, das tun wir doch jetzt schon, trink von mir und akzeptiere mich ganz als deinen Mann.-

Seine Worte klangen verführerisch in ihrem Kopf, und obwohl sie merkte, dass er ihren Wunsch, von ihm zu trinken, mit Magie noch verstärkte, gab sie dem Drang nach. Sanft biss sie in seine Brust und kostete von seinem uralten mächtigen Blut. Es floss wie Lava durch ihren Körper und versetzte sie unmittelbar in Flammen. Der Gepard löste sich von ihr und legte sich schnurrend auf den Boden vor dem Bett. Armana konnte nicht mehr denken, sie konnte nur noch fühlen. Ihr Körper kribbelte von ihren Zehenspitzen bis zu ihren Fingern. Gregor senkte seinen Kopf und biss ihr hinten in den Nacken. Vor Wonne schrie sie an seiner Brust. Er trank nicht viel, nur ein Schluck, dann

verschloss er die Wunde wieder, um gleich darauf wieder in ihren Nacken zu beißen. Armana schloss die Wunde auf seiner Brust ebenfalls, sie legte ihren Kopf in den Nacken und schmiegte ihren Unterleib an ihn.
Als Gregor sie in ihre Kehle biss, explodierte etwas in ihrn und Sterne flimmerten vor ihrem Auge.
„Was tust du? Das ist doch nicht normal."
Gregor lächelte an ihrem Hals. *-Es gibt da noch eine Stelle, in die ich unbedingt reinbeißen muss.-*
Als Armana nicht protestierte, legte er sie aufs Bett und glitt an ihrem Körper herunter.
Bei ihrer festen kleinen Brust hielt er inne und biss direkt neben ihrer Brustwarze zu, um die Wunde gleich wieder zu schließen.
Armana wimmerte und warf sich unruhig hin und her. Greg glitt tiefer und drehte sie ein bisschen um, damit er seinen nächsten Biss am Ansatz ihres Po platzieren konnte. Von da zog er eine Spur Küsse bis zu ihrer intimsten Stelle. Erstarrt hielt Armana inne. Dort würde er sie nicht beißen dürfen, das wäre äußerst schmerzhaft. In ihre Lust mischte sich Furcht.
-Dummes Mädchen! Ich würde dir niemals Schmerzen zufügen!-
Er öffnete den Mund und sog ihr Knötchen in seinen Mund. Armana presste sich ihm entgegen und stieß einen spitzen kleinen Schrei aus. Sie versuchte, ihm auszuweichen, das war zu viel. Seit zwei Tagen stand sie nun schon in einem Wechselbad der Gefühle: Wut, Leidenschaft, Hass, Liebe, Angst. Sie wollte ihn haben, jetzt gleich und einen Teil der Spannung loswerden.
„Bitte, Gregor! Nimm mich, bitte mach mich ganz zu deiner."

Gregor blickte von unten hoch und sah mit einem Blick voller Liebe und Stolz zu ihr hoch. Mit einem Ruck war er auf ihr und presste seine Lippen auf ihre. Sie schmeckte sich selber und seinen Duft auf ihren Lippen. Während er sie heftig küsste, drang er mit einem schnellen harten Stoß in sie ein und zerstörte etwas, mit dem er nicht gerechnet hatte.
-Mädchen, du warst noch unberührt?-
Erstaunen und Freude zeigte sich auf seinem Gesicht. Armana hatte keinen Schmerz gespürt, sie war gefangen in der Lust, doch er machte nicht weiter und erwartete eine Erklärung.
Knurrend schlug sie ihm auf die Brust: „Schau doch nicht so dumm, Alter! Mein Bruder ist der Prinz der Vampire. Denkst du, da stehen viele Schlange, mich anzurühren? Darauf hätte die Todesstrafe gestanden, und jetzt mach verflucht nochmal weiter, oder kannst du nicht mehr?"
Gregor knurrte seinerseits tief und dunkel, sein Mund legte sich wieder über ihren und eine sehr lange Zeit bewies er ihr, dass er sie zu mehreren Höhepunkten treiben konnte, ehe er sich selbst gestattete, Erleichterung zu finden. Nun war sie eine Kondor, seine Kondor. Und als sie völlig erschöpft in seinen Armen einschlief, war es das Schönste, das er seit langer Zeit erlebt hatte.

10. Kapitel

Alica und Armana saßen im Krankenzimmer bei Kathrina und unterhielten sie mit lustigen Geschichten aus ihrer Vergangenheit, als sie noch kondorfrei gewesen waren. Die vogelfreie Zeit nannten sie es lachend.
Katharina war immer noch ein Klumpen Blut, ihre Haut hatte sich noch nicht erholt, doch Dank Alexander litt sie keine Schmerzen. Er hatte sie von ihr genommen und auf sich selber übertragen. Es hatte nicht lange gedauert, bis er bemerkt hatte, dass die fremde geheimnisvolle Frau die seine war. Doch aufgrund ihrer Scheu und Angst vor Männern hatte er sich nichts anmerken lassen. Um diese Geschichte würde er sich kümmern, wenn sie wieder ganz gesund war. Im Moment reichte es ihm, sie zu heilen und langsam ihr Vertrauen zu gewinnen. Auch König Gregor hatte er gebeten, sie so lange, bis sie gesund sei, in Ruhe zu lassen, und dies würde noch eine ziemliche Weile in Anspruch nehmen. Was auch immer sie verbarg, musste warten. Doch es war etwas Großes, etwas Mystisches, denn als Armana und die Königin sich an ihrem Bett niedergelassen hatten, zogen sich die Tiere aus den Kleidern und legten sich neben das Bett. Kathrina hatte weder auf den Geparden noch auf den Drachen wirklich reagiert, was hieß, das sie nicht zum ersten Mal mit magischen Dingen zu tun hatte. Alexander hätte sich in ihren Kopf schleichen können, als sie noch schwach und hilflos war, doch das wäre ihm wie ein Verrat an ihr vorgekommen. Wenn sie sich

wieder wehren konnte, war es etwas Anderes, aber ihre Schwäche würde er nicht ausnutzen.
Armana war nun auch eine Kondor, und Kathrina würde die nächste sein, davon konnte ihn keiner mehr abbringen. Die Damen wussten, dass er anwesend war, doch er hatte sich in seiner ursprünglichen Form in eine Ecke zurückgezogen und lauschte zufrieden ihren Stimmen. Sein anderer Patient war heute das erste Mal bei Tynan auf dem Trainingsplatz. Alexander überwachte die ganze Zeit seine Körperfunktionen, und er machte sich nicht schlecht. Das jahrelange Training mit seiner Schwester zahlte sich jetzt aus. Alexander merkte auch, dass die Königin mit ihren Gedanken immer wieder abschweifte und ihre Stirn sich sorgenvoll verzog.
-Es geht ihm gut, Alica, ich überwache ihn die ganze Zeit, und Tynan ist sehr erfahren beim Trainieren. Er wird ihn nicht überanstrengen.-
Alica nickte ihm dankbar zu und lachte wieder über eine Geschichte, die Armana gerade erzählte.
„Oh ja, der Schleimdämon, das war noch was, als wir ihn zusammen gejagt haben."
Armana nickte. „Er war ja nicht schwer zu erledigen, doch es hätte uns ja vorher mal einer sagen können, dass der explodiert und überall seinen Schleim verteilt. Wir waren über und über mit grünem Rotz bedeckt."
Da musste Alica noch mehr lachen. „Als Robert kam, stürzten wir uns auf ihn und umarmten ihn, damit er auch noch in den Genuss des glibberigen Zeugs kam."
Der Drache hob seinen langen dünnen Hals und schlug mit seiner scharfen, pfeilähnlichen Schwanzspitze in die Luft. Das Gurren, das er ausstieß, zeigte Alica, wer ankam, bevor sie die

Präsenz selber wahrnahm. „Was verschafft uns das zweifelhafte Vergnügen, mein König?"
Armana stand auf und schmiegte sich an ihren Mann, der sich neben Alica materialisierte. Dieser drückte sie an sich, nahm aber Alicas Kinn in die Hand und zog sie hoch. Ihr Drache fauchte, akzeptierte aber den König als Teil von sich und griff nicht ein.
Alica sah in Gregs Augen, in denen sich Magie sammelte und wappnete sich gegen seinen Angriff. Doch er zwirbelte nur ihr Haar um seine unsichtbare Hand und hielt sie fest.
Armana schlug ihm lachend auf den Arm. „Lass sie! So schlimm war das nun auch wieder nicht."
Gregor küsste ihren Schmollmund und ließ Alica wieder los. „Du hast Glück, Königin, dass mein Mädchen dich in Schutz nimmt."
Alica hatte sich noch nie viel aus guten Ratschlägen oder Lehren gemacht, die sie gezogen hatte. Auch als geweihte Königin ließ sie ihrem Mundwerk freien Lauf. „Schutz? Vor dir? Armana weiß genau, dass ich senile alte Männer zum Frühstück verspeise."
In Armanas Kopf formte sie ihr Gesicht, das Gregor die Zunge rausstreckte. Gregor, der auch in ihrem Kopf war, sah es ebenfalls, doch er sagte nur: „Les?" Alica hatte nicht bemerkt, dass ihr Kerl auch mit dem König gekommen war. Er nahm keine Gestalt an, doch sein Körper drängte sie langsam nach hinten an die Wand. Alica wehrte sich nicht und lächelte ihrem Mann entgegen. „Hey, mein Krieger."
-Hey, Kriegerin, noch immer nicht anständig zu unserem König?-
In seiner jetzigen Form konnte er nur über ihre geistige Verbindung mit ihr sprechen.

„Ach was, ich hab ja nur Spaß gemacht, und unser König versteht Spaß."
Kathrina sah sie mit riesigen Augen an.
-Nimm Gestalt an, Krieger, du machst der Tigerkatze Angst.-
Lesley küsste ihren Mund, während er seine menschliche Gestalt annahm. Als er Kathrina aufkeuchen hörte, sagte er nur: „Keine Angst, Tiger, daran gewöhnst du dich, wenn du erst mal eine Weile hier bist."
Kathrina nickte dem König und Lesley grüßend zu. „Ich danke euch, dass ihr mich aufgenommen habt, aber ich muss, sobald es geht, wieder hier weg."
„Ich habe unserem Arzt versprochen, nicht in deinen Geist zu dringen, solange du noch so schwach bist. Aber du brauchst uns nicht zu danken, wir haben dich gerne aufgenommen, und wir können dich hier vor Gabriel schützen."
Kathrina hatte bei der bloßen Erwähnung des Namens schon angefangen zu zittern. Alexander war sofort an ihrer Seite und berührte beruhigend ihre Stirn. Der Blick, den er seinem König zuwarf, war bitterböse. Doch Kathrina schüttelte den Kopf. „Ich danke Ihnen, König Gregor, nichtsdestotrotz werde ich gehen, sobald ich kann."
Alexander nahm ihre Hand. „Hier können wir dich schützen, Katze. Gabriel hat dich schon einmal erwischt, und nun ist er sicher noch mehr hinter dir her."
„Das ist mir gleich, ich habe eine Aufgabe übernommen, als Gabriel meine Schwester tötete, und ich werde an ihr wachsen."
„Was ist das für eine Aufgabe?"

Alexander brauste auf. „Sie ist noch zu schwach und braucht jetzt Ruhe. Los, alle raus hier!"
Alica brach in Lachen aus. „Na los, Gregor, bestrafe ihn, so wie du mich immer bestrafst, wenn ich frech werde."
Alica stieß einen spitzen Schrei aus, als seine Hand sie um ihren Po packte und fest an sich zog, seine Zähne waren gebleckt. Das war das erste Mal, dass sie sich wirklich über ihn erschrocken hatte. Er hatte sie gepackt, nicht mit Magie, sondern als Mann. Über ihren Gesichtsausdruck wiederum mussten nun Lesley und Armana lachen. „An solche Szenen werden wir beide uns wohl gewöhnen müssen." Lesley fuhr Alica mit seiner Hand in die Haare und entzog sie Gregor. Die beiden grinsten sich zu. Armana nahm Alica am Arm, und sie riefen ihre Tiere zu sich, die sich sofort an sie schmiegten. Doch ganz ohne Retourkutsche konnte sie es nicht belassen, dafür war sie zu sehr Alica. „Das ist ja mal wieder typisch. Ich werde bestraft, wenn ich was gegen dich sage, und wenn ein anderer das macht, auch. Armana, sei bloß immer anständig mit ihm, sonst werde ich da auch wieder bestraft."
Der König baute sich vor ihr auf. „Du bist die Königin der Kondore, und alle diese Frauen, die schon da sind, und auch die, die noch kommen werden, hören auf dein Kommando. Also egal, was diese Frauen ausfressen, du wirst dafür gerade stehen müssen."
„Ich wusste gar nicht, dass Alexander eine der Frauen ist."
„Das war nur Spaß, Kriegerin! Gerade du solltest es verstehen, wenn jemand nur Spaß macht."
Alica stampfte auf wie ein ungezogenes kleines Mädchen, doch dann begann sie auch zu lachen. „Das

ist ja wieder typisch, ihr Kondore. Eine Frau zu Tode zu erschrecken, seht ihr als Spaß an."
Noch immer miteinander frotzelnd verließen sie das Krankenzimmer.
Kathrina sah ihnen lächelnd nach. „Man könnte meinen, die führen eine Doppelehe, wie sie alle miteinander umgehen."
Alexander setzte sich zu ihr aufs Bett. „Es klingt vielleicht komisch, aber ich glaube, genau das tun sie. Die vier sind durch das Fidre miteinander verbunden worden. Ja, Lesley und die Königin gehören zusammen und der König und Armana auch. Aber irgendwie hat das Fidre den König und die Königin auch aneinander gebunden. Ich verstehe noch nicht, warum das so ist, aber aus irgendeinem Grund hat es das Schicksal so gewollt. Seit der Zeremonie besteht zwischen den Paaren auch gar keine Eifersucht mehr. Vorher war sie ein kleines bisschen vorhanden, aber auch da schon verhältnismäßig wenig. Doch seit der Drache und der Gepard da sind, ist da gar keine mehr."
Kathrina sah ihn erschrocken an. „Du denkst, der König hat ein Verhältnis mit Alica?"
„Nein", lachte Alexander, „dafür lieben sie ihre Partner zu sehr. Aber sie sind auch mit etwas aneinander gebunden, und das sieht man auch."
Kathrina schaute immer noch auf den Punkt, wo der König Alica gehalten hatte. War nur ihr die erotische Spannung aufgefallen?
„Du irrst dich, Kätzchen, dies fällt wohl allen auf, doch deshalb müssen sie es noch nicht leben. Auch wenn ich mir nicht sicher bin, da gebe ich dir Recht."
Kathrina sah auf den Kondor. Alexander, der Heiler. Nahm ihr die Schmerzen, behandelte sie zärtlich, war

nie aufdringlich. Das passte nicht zu dem Bild, das Alica ihr beschrieben hatte, oder das sie gesehen hatte, als sie vorhin mit ihren Gefährten zusammen waren. „Du bist anders."
Alexander sah sie scharf an, er konnte ihre Gedankengänge verstehen, wenn nicht lesen wie der König. „Mach nicht den Fehler zu denken, ich sei schwach."
Kathrina zuckte zusammen: „Ich habe nicht gesagt, du seist schwach, sondern anders."
Alexander strich ihr ganz sanft über die Wange und drang in ihren Geist ein, um ihre Sinne durcheinanderzuwirbeln. Er suggerierte ihr, wie er sie an sich zog und küsste und liebkoste. Kathrina versuchte nicht einmal, sich zu wehren, so überrascht war sie über die Gefühle, die in ihr hochstiegen, ohne dass er sie wirklich anfasste.
„Oh."
Alexander fühlte tausend Nadeln, die sich in jeden Teil seines Körpers bohrten. Sie bewegte sich zu unruhig und da er ihre Schmerzen abfing, traf es ihn. Ihm selber waren die Schmerzen egal. Aber auch wenn sie nichts fühlte, konnte sie sich so nicht richtig erholen. Nicht ohne Bedauern ließ er ihren Geist frei.

Lesley und Gregor führten ihre Frauen in den Ort, damit sie endlich die Kätzchen beim Bauern Chortas ansehen konnten. Auch Harris und Tyrell waren mit von der Partie, sie postierten sich etwas außerhalb

und prüften die Energieflüsse der Gegend. Lesley stand bei Gregor, und zusammen beobachteten sie die Frauen in der Scheune. Armana hatte sich auf den Boden gelegt und knuddelte ein kleines schwarzes Katzenbaby, das auf ihrem Bauch lag. Die Scheune hatte kein Licht, die Abendsonne schimmerte durch ein paar Ritzen und sammelte sich auf Alicas blondem Haar. Sie kniete neben Armana und spielte mit zwei anderen kleinen Kätzchen. Die dreifarbige Mutterkatze saß auf einem Strohballen in der Nähe und sah wachsam zu.
Gregor sprach mit Lesley auf dem privaten Kanal.
-Ich liebe Armana mehr als mein Leben, das weißt du.-
Lesley nickte, sein Blick ruhte auf der Frau des Königs, und sein Herz begann etwas schneller zu klopfen.
-Ich weiss nicht warum, aber ich auch. Beinahe so stark, wie ich Alica liebe. Was hat das Fidre da nur angestellt?-
-Ja, das Problem ist, dass ich Alica ebenso liebe. Irgendwie hat es uns miteinander vereint, uns alle, und ich verstehe nicht ganz warum.-
Lesley empfand gegenüber seinem König keine Eifersucht mehr. Der König könnte hier und jetzt Alica küssen, und es würde ihm nichts ausmachen. Da Alica seine wahre Gefährtin war, gab es kaum etwas Ungewöhnlicheres. Stellte er sich vor, einer der anderen würde sie auch nur berühren, flammte sofort Wut in ihm auf.
-Wenn du jetzt daran denkst, dass Tyrell Alica küsst, was empfindest du dann?-
Gregor musste nicht antworten, seine Augen verloren die Substanz, und ein Knurren kam über seine Lippen.

-*Ob es daran liegt, dass du der König bist und sie die Königin? Aber warum fühle ich mich dann zu Armana hingezogen?*-
-*Das Fidre hielt es noch nie für notwendig, jemandem einen Grund für sein Tun zu nennen. Das Problem, das wir berücksichtigen müssen, ist, dass unsere Frauen zwar von uns beiden sexuell angezogen werden, aber lieben tut Alica nur dich und Armana nur mich. Ich habe vorher in ihrem Geist gelesen. Das macht die Sache gefährlich und kompliziert.*-
Weder Lesley noch Gregor waren besonders überrascht, als Lesleys Mutter sich in ihr Gespräch einmischte. -*Es ist gar nicht so schwer zu erklären. Alica ist die wichtigste Person in dieser Schicksalserfüllung, und Armana ist für König Gregor die wichtigste Person. Wenn aber der Ernstfall eintritt, wenn jemand die Frauen angreift, ist es das wichtigste, dass Alica gerettet wird. Deshalb hat das Fidre euch dazu gebracht, beide gleich zu lieben. Ihr beide seid die mächtigsten Krieger hier, abgesehen von Roran, und der ist verwandt mit der Königin und wird sie sowieso schützen bis hin zum Tod.*-
Alica zog einen Finger an den Mund und sog an ihm; eine Katze hatte sie so heftig gekratzt, dass Blut hervorquoll. Das Fidre konnte sich nun die Gestalt, in der der König lebte, zu Nutze machen und schickte ihm einen Schwall Blutgier. Lesley dagegen nahm es alle Gefühle für Alica, der richtige Zeitpunkt war gekommen.
König Gregor roch ihr Blut, er wollte es ignorieren, doch seine Zähne wurden länger. Armana spürte den Kampf, den er ausfocht, und binnen Sekunden hatte sie sich auf den neusten Stand gebracht. Alica und sie hatten beide auch schon über die komische neue

Anziehung unter ihnen gesprochen. Und während Alica sich dagegen wehrte, hatte Armana das Band akzeptiert. Armana stand auf und ging zu Lesley. Sie nahm seine Hand und schmiegte sich an ihn. „Komm, Alica muss es noch akzeptieren, und das kann sie nur, wenn sie damit konfrontiert wird."
Lesley schnüffelte an ihren Haaren, sie roch anders als seine Alica, doch nicht weniger gut, ein dunklerer, sündigerer Duft. Wo Alica ganz Kriegerin war, bemerkte er in Armana die sinnliche Frau. Er hatte gemerkt, wie der König auf das Blut von Alica reagiert hatte und da er im Moment als Vampir lebte, verstand Les das gut. Alica würde das nicht wollen, und irgendetwas in ihm begehrte auf, als er wusste, dass sie sich wehren würde.
-Sie wird das nicht wollen, Gregor.-
Gregor sah fast gequält zu ihm hin, sein innerer Kampf war ihm anzusehen.
-Ich kann nicht anders, ich kann mich nicht gegen diesen Drang wehren.- Für die Kondore war das eine ganz neue Erfahrung, zu etwas gezwungen zu werden, das sie nicht wollten. Doch es war das Schicksal, das den Weg bahnte. Lesley verließ mit Armana die Scheune und schloss das Tor. Alica hatte nichts gemerkt von dem Zwiespalt der Gefühle. Sie lutschte immer noch an ihrem Finger. Als das Tor geschlossen wurde, sah sie erstaunt hoch. In der nächsten Sekunde wurde sie von dem Despoten an die Wand gedrückt, und er sog zärtlich an ihrem verletzten Finger. Alica schrie erschrocken auf.
„Was soll das, Gregor? Ich habe gar nichts angestellt, was das hier rechtfertigt!"
Gregor fühlte das Blut der Königin durch sich fließen, und sein Verstand begann zu rasen. Eine rote

Staubschicht legte sich um seinen Körper, und er empfand eine Lust wie selten. Greg hörte, was Alica sagte, doch Rücksicht konnte er gerade nicht nehmen. Er musste sie endlich haben, es gab nichts Anderes. Alica sah, wie sich seine Augen in der blauen Magie verloren. Ihr Finger steckte noch immer in seinem Mund. Von dem Moment an, in dem seine Lippen sie berührten, trieb er heiße Wellen in ihren Körper. Langsam kroch die Furcht in ihr hoch. Sie hatte keine Angst vor ihm, doch vor ihrer Reaktion auf ihn.
-Lesley, hilf mir.-
Lesley war sofort bei ihr in ihrem Geist und schickte ihr all seine Liebe. *-Kriegerin. Du bist mein Leben, aber seines auch. Ich weiß nicht warum, aber es muss geschehen.-*
Alica tastete vorsichtig an Gregors Geist. Gregor bemerkte ihren sanften Anstoß an seiner Blockade und öffnete sich ihr sofort. Er ließ sie fühlen, was er fühlte. Alica kämpfte nun ehrlich besorgt gegen ihn. Das Einzige, was sie in ihm wahrnahm, war sein unbändiger Drang, sie zu besitzen. Der König dachte an nichts anderes als daran, sie sich zu unterwerfen. Dieser Drang in ihm weckte Kräfte in ihr, die sie nicht erahnt hatte. Sie stieß einen Energieball aus, der Gregor in die andere Ecke warf und glitt eilig zur Tür. Sie hatte keine Chance, ehe sie auch nur den Griff berührte, wurde sie hochgehoben und erneut an die Wand geworfen. Gregor gebrauchte seine Magie nicht mehr, seine Augen hielten sie klar im Blick und glitzerten in seinem Saphirblau.
„Gregor, bitte tu mir das nicht an, ich würde dich begehren, doch das wäre falsch, ich gehöre zu Lesley. Bitte."

Sein Blick blieb unverwandt auf ihr. „Ich weiß nicht, warum es so ist, Alica."
Seine Stimme war rau vor Begehren.
„Kämpfe dagegen an, empfinde für mich, aber kämpfe dagegen an." Ihre Worte waren ein Flüstern.
„Ich habe dich schon vor der Zeremonie begehrt und auch bewundert. Seit der Zeremonie ist es sehr viel stärker. Ich liebe Armana, aber dich auch, und ich begehre dich fast genauso stark. Ich kann nicht mehr dagegen ankämpfen." Er trat ganz nahe zu ihr, sein ganzer Körper drückte sie an die Scheunenwand. Alica schlug ihm einmal, zweimal mit den Fäusten auf seine Brust. „Verflucht, du bist ein allmächtiges Wesen, du solltest es können!"
Seine Lippen fuhren die Konturen ihres Gesichtes nach. Er war vorsichtig und sanft, doch Alica spürte das Tier in ihm, das er nur mühsam zurückhielt. Sie wusste genau, würde er es vom Zügel lassen, hätte sie verloren.
„Was kann ich tun, um es zu verhindern?"
In der Mitte der Scheune erstrahlte ein helles Licht, dessen Energie die ganze Scheune in ein warmes helles Licht tauchte. Gregor ließ erstaunt von ihr ab, und auch Alica vergaß den Kampf für den Moment. Eine grollende Stimme sprach aus dem Licht: „Ich bin es nicht gewohnt, Entscheidungen zu erklären oder zu rechtfertigen!"
Die Stimme klang wütend, damit hatte Alica Erfahrung. Sie schritt auf das Licht zu: „Du bist das Fidre?"
„Ich bin eine Stimme aus dem Fidre! Und du zwingst mich zu handeln! Du bist die Königin und hast dein Schicksal zu akzeptieren!"
Alica stampfte wütend mit dem Fuß auf. „Ich akzeptiere doch mein Schicksal! Ich habe Lesley als

meinen Mann angenommen, habe es akzeptiert, dass ich andere Frauen in ihre Sklaverei führen darf, habe sogar die Aufgabe als Königin angenommen, aber ich will nicht akzeptieren, dass ich nun den Mann, den ich liebe, betrügen soll. Und ich gebe nicht Gregor die Schuld! Nein! Ich habe in ihn gesehen, und er kann ja gar nicht anders. Er gibt sich sogar enorm Mühe, es nicht zu tun!"
Nun richtete sich der Zorn des Fidres gegen König Gregor. „Das ist uns durchaus schon aufgefallen, doch der König sollte wissen, dass er das Schicksal akzeptieren muss, wenn er unsere Art retten will! Das ist alles, was zählt. Die Art der Kondore zu retten. Werden die restlichen Kondore noch böse, wird die Welt zu Grunde gehen."
Alica trat ganz nahe an das Licht heran: „So ein Blödsinn! Entweder schlafe ich mit dem König, oder die Welt geht unter? Das ist lächerlich!" Eine Energie aus dem Fidre drückte sie zu dem König rüber, der sie auffing, ehe sie zu Boden fiel. „Ihr werdet bald verstehen, warum es so ist. Wir können nicht riskieren, einen von euch zu verlieren. Ihr werdet es verstehen, doch wir dürfen euch die Zukunft nicht voraussagen, da sich das Schicksal sonst ändert und alles zu Grunde geht!"
Das Licht entfernte sich wieder, und Alica befreite sich aus Gregors Armen. Sie sah ihm an, dass das Fidre seine Barriere nun endgültig entfernt hatte.
„Es tut mir leid, Kriegerin, sie haben den Zwang in mir noch erhöht, ich kann mich nicht mehr zurückhalten."
Alica wich vor ihm zurück und hob abwehrend die Hand, als er sie zum dritten Mal an diesem Abend packte und gegen die Wand drückte.

Sein Knie ging zwischen ihre Beine und hob sie an, sein Mund verschloss ihren, und seine Zunge erstickte jeglichen Protest. Greg setzte wieder seine Magie ein, um sie einzuhüllen und ihre Gegenwehr im Keim zu ersticken. Alica schluchzte auf unter der Leidenschaft, die in ihr hoch stieg. Sein Geist verschmolz wieder mit ihrem, und seine Gier wurde zu ihrer. Hemmungslos erwiderte sie seine Küsse und erstickte ihren Schrei an seiner Schulter, als er ohne weitere Vorbereitung tief in sie hineinstieß.

Es war nicht wie mit Lesley, nicht die Liebe und Zärtlichkeit die sie verband. Es war wild, animalisch, Instinkte, die befriedigt werden mussten. Alica wehrte sich immer noch gegen Greg, sie biss in seine Schulter, um keinen Laut von sich zu geben, während er schnell und hart in sie pumpte. Sie wollte ihm mit keinem Laut bestätigen, was er in ihr auslöste. Auch wenn er es sicher bemerkte, so konnte sie nachher alles abstreiten. Gregor wusste, dass sie das brauchte. Er ließ sie gewähren und hoffte für sie beide, dass der Drang nachher weg war. Ja, es war wirklich gut, es fühlte sich richtig an, aber Alica litt darunter und da er sie auch liebte, bereitete ihm dieser Umstand ein schlechtes Gewissen.

Als Alica einen Orgasmus hatte, biss sie noch fester in seine Schulter, um jeglichen Ton zu verhindern.
Gregor biss seinerseits zu und trank von ihrem Blut, was ihren Orgasmus verlängerte. Sie zitterte in seinen Armen, als er seinen Samen in ihr vergoss.

Sie standen lange so da, er noch in ihr, sie am ganzen Körper zitternd, und als der Rausch nachließ, verlegen abwartend. Beide wussten nicht, was sie nun tun sollten.

Alica war keine Frau, die lange verlegen oder mitleidig war. Als sie die Schuldgefühle in Gregor fühlte, klopfte sie ihm auf den Rücken. Er war nicht schuld, er war ein guter Mann und hatte wirklich versucht, gegen das Fidre anzukämpfen.
„Na dann vielen Dank, war gut, gehen wir weiter."
Gregor sah sie erstaunt an. „Hast du schon mal bemerkt, dass du verrückt bist?"
„Du bist nicht der Erste, der mir das sagt." Sie lächelte ihn an. „Mach dir keine Sorgen, wir wissen alle, dass das Fidre dafür verantwortlich ist. Irgendwann werden wir erfahren warum und bis dahin hoffen wir einfach, dass es nicht oft vorkommt."
Eine Stimme aus dem Nichts sagte in ihrem Kopf: -*Es muss nicht mehr geschehen. Die Frucht wurde gesät, der nächste König kann geboren werden.*-
Alica erkannte die Stimme des Fidres und als langsam die Bedeutung der Worte in ihr Form annahm, blieb sie wie vom Donner gerührt stehen. „Ihr gottverdammten Drecksäcke!" Ob es klug war, den Quasi-Gott der Kondore zu beleidigen, war ihr im Moment vollkommen egal.
Gregor sah sie erstaunt an. „Alica?"
Anscheinend hatte er die Worte nicht gehört, die lieben Heiligen überließen es ihr, dem König das ganze Ausmaß ihrer Sünde zu beichten. Na vielen Dank.
„Dein Drang ist weg, nicht wahr? Du begehrst mich nicht mehr und liebst mich auch nicht mehr, zumindest nicht zu fest?"
König Gregor horchte in sich hinein. „Du hast recht", meinte er erstaunt. „Ich empfinde dasselbe für dich wie vor der Zeremonie. Respekt. Natürlich mag ich dich, aber da ist nichts Zwingendes mehr."
„Willst du wissen, warum nicht?"

Gregor nickte nur.

„Das Vorhaben des Fidres hat gefruchtet."

Gregor verstand sie nicht, er runzelte fragend die Stirn. Jetzt, wo der Zwang, sie zu lieben, weg war, hatte Alica Angst vor seiner Reaktion und auch vor der von Lesley. Konnte er das akzeptieren?

„Stell dich nicht so an." Sie schlich zur Tür und öffnete sie, um mit den nächsten Worten rauszuschlüpfen und in die sicheren Arme von Lesley zu laufen. „Dein Stammhalter ist gezeugt, der nächste König der Kondore."

Gregor verhielt im Schritt und fluchte in einer Sprache, die sie noch nie gehört hatte. Lesley und Armana hatten ihre Worte auch gehört. Lesley, der nun auch nicht mehr unter Zwang stand, stieß ein Knurren aus in der Erinnerung, was er gerade zugelassen hatte. Er stieß Alica zurück, die das widerstandslos mit sich geschehen ließ. Mit einem tödlichen Blick trat Lesley seinem König entgegen. Harris und Tyrell hatten nicht mitbekommen, was genau geschehen war, doch sie bemerkten sofort, dass ihr König in Gefahr war, und die Gefahr ging eindeutig von Lesley aus. Magie flammte zwischen den beiden Urwesen auf.

Mit feurigen Augen flimmerte die Aura um Lesley blutrot auf. Der König hatte nicht nur mit seiner Frau geschlafen, er hatte sie auch noch geschwängert! Seine Gefährtin trug das Kind eines anderen unter dem Herzen. Er hatte in sie gehorcht, sie hatte sich nicht freiwillig hingegeben. Er hatte in ihrer Erinnerung gelesen, was genau passiert war.

Gregor trat vorsichtig einen Schritt auf seinen Freund und Krieger zu. Er hob ergeben die Hände, sein Krieger war im Moment nicht mehr zu rationalen

Gedanken fähig. Er wollte nur noch den Mann töten, der seine Frau verletzt hatte.
Harris war neben ihn getreten, bereit zwischen sie zu gehen. Tyrell war neben Lesley geeilt, um ihn allenfalls zu hindern, einen Schlag auszuführen. Alica erfasste die Situation, sie war brandgefährlich, nur noch eine falsche Geste, und eine Naturgewalt würde explodieren. Lesley respektierte Gregor. Sie konnte nicht zulassen, dass er ihm etwas antat. Das Einzige, was sie jetzt noch tun konnte, war ein nicht ganz ungefährlicher Schritt. Alica materialisierte sich vor den König. Die Reaktionen der vier Männer hätten unterschiedlicher nicht sein können.
Gregor fluchte lautlos. Sich vor einen Kondor zu stellen, der gerade zum Angriff ansetzte, war nicht nur dumm, es grenzte an Lebensmüdigkeit. „Geh sofort weg, du kannst dich nicht mehr so in Gefahr bringen, Weib, du hast noch ein anderes Leben in dir!"
Gregor hätte sie weggeschoben oder wegmaterialisiert, wenn er nicht genau gewusst hätte, dass jede noch so kleine Aktion von ihm mit Lesleys Frau diesen zum Explodieren gebracht hätte.
Harris sah sie mit großem Respekt in den Augen an. Er war in Alarmbereitschaft, doch die unmerkliche Entspannung, die durch seinen Körper ging, half Alica bei ihrem Vorhaben. Als ihr Blick kurz über ihn schweifte, nickte er ihr ermutigend zu.
Tyrells Reaktion passte am besten zu ihm. Er lachte laut auf, zwar sprungbereit, doch die Gefahr, die von dem wütenden Kondor ausging, konnte seinen Humor nicht beeinträchtigen. Auch das half Alica, deren Blick endlich mit dem von Lesley verschmolz. Seine Augen hatten die Form verloren, in ihnen war ein Wirbelsturm aus roter Lava, sein Körper flimmerte, Lichtblitze

fegten um seinen Körper. Ganz wie seine Stimmung kamen dunkle Wolken schnell näher und schlossen sich um die kluftigen Berge rund um das stille Dörflein. Der Magiesturm hüllte Alica ein, sie fühlte, wie ein Teil von Lesley, der sich von ihm abgetrennt hatte, zu Gregor durchbrechen wollte. Sie streckte die Hand nach ihm aus, und es gelang ihr tatsächlich, seinen Körper in der anderen Sphäre zu berühren. Sie wusste nicht, was sie sagen sollte, also nahm sie seine Hand aus der Sphäre und legte sie auf ihren Bauch. Der Wirbelsturm seiner Augen beruhigte sich ein bisschen, und auch die Wolken begannen sich schon wieder zurückzuziehen. Seine Hand legte sich fest auf ihren Bauch, sie wurde an seinen Körper gezogen, und er verschmolz wieder mit sich selber. Alica drückte sich fest an ihn und wünschte sich, er würde seine starken Arme um sie legen.

Armana brachte die Gefahr noch vollends zum Erliegen, mit ihrer unbeschwerten Art spazierte sie an ihnen vorbei. „Juhu, wir werden Mama." Sie ging zu Greg und legte ihm beruhigend die Hand auf die Schulter. „Mach dir keine Sorgen, wir hätten das wissen müssen. Klar muss der nächste König von den beiden mächtigsten Wesen der Kondore abstammen." Tyrell sowie auch Harris schnappten nach Luft, was Alica auch schon wieder zum Lächeln brachte. Doch da kam ihr ein beunruhigender Gedanke.

„Und wenn es ein Mädchen wird? Zwingen die dich dann noch einmal dazu, das zu tun?"

„Bisher gab es nie Mädchen, alle geborenen Kondore waren Jungen. Aber im Moment ist alles etwas anders." Gregors Stimme klang noch sehr leise, beruhigend heilte sie die ganze Umgebung und

erstickte mit ihrem Klang den letzten Rest Magie, die der Umgebung noch Schaden zufügen konnte.
Auch Lesley hatte sich nun vollends beruhigt und konnte wieder klar denken. Er schloss sie fest in seine Arme, er würde sie vor allen beschützen, wenn es sein müsste, sogar vor dem Fidre. „Ich würde es ihnen nicht anraten", knurrte er wütend. „Ich werde das Kind als Teil von dir und Teil von unserem König akzeptieren, und ich werde es ganz bestimmt lieben. Aber wenn sie noch einmal meine Gefühle zu dir beeinflussen, werde ich einen Weg finden, ihnen die Hölle zu bescheren."
Alica kamen die Tränen, die sie lange zurückgehalten hatte, doch sie weinte nicht über die Ungerechtigkeit. „Ich bekomme ein Baby", hauchte sie, „und es ist nicht von dir." Ihre letzten Worte waren kaum zu verstehen. Gregor und Lesley sahen sich ratlos über ihren Kopf hinweg an. Was sollten sie da Tröstendes sagen, der Umstand war nun mal so, man konnte es drehen und wenden, wie man wollte.
Wieder ergriff Armana die Gelegenheit und handelte richtig. Alicas Drache hatte sich von ihrem Körper gelöst und ziepte unruhig um sie herum, Armana legte ihm beruhigend ihre Hand auf den Kopf. „Alica, du bekommst ein Baby, unser Baby, unseren zukünftigen König, den Nachfolger meines Mannes. Dieses Baby wird zwei Mütter haben, die es lieben und verwöhnen und ihm Respekt vor den Frauen beibringen." Sie zwinkerte Gregor zu. „Und zwei Väter, die es lieben und beschützen, ihm alles übers Kämpfen und auch übers Leben beibringen werden. Dieses Baby wird einfach ein wundervolles Leben haben, so wie alle anderen Kinder, die wir nachher noch bekommen werden."

Alica hatte ihre Worte gehört, und sie wusste, dass Armana grundsätzlich recht hatte, doch nach allem, was passiert war, lagen ihre Nerven blank. Sie ließ Lesley los und umarmte ihren Drachen fest. Dieser zirpte weiter und drückte seinen Hals von oben über ihre Schulter.
Lesley wusste nicht, was er tun sollte. Er lächelte auf die Frau und ihren Drachen herunter, wie sie so da saßen, sie weinend und der Drache tröstend, was für ein Bild.
„Kriegerin, was machst du denn? Sind das etwa schon die Hormone? Gregor, erinnerst du dich, als eine unserer Frauen einmal schwanger war? Wie benehmen sie sich da?"
Gregor schüttelte den Kopf. „Unser ältester ist Roran. Das Böse hat ihn damals berührt, aber er konnte noch ganz knapp widerstehen. Wenn einer etwas weiß, dann er. Oder natürlich deine Mutter. Allerdings weiß ich noch nicht, wie wir unseren Leuten das ganze erklären."
„Das lass mal meine Sorge sein. Rufe alle in den großen Saal, auch Phil und Harris. Ich komme nach, sobald sich mein Mädchen beruhigt hat."
Gregor und Armana gingen Hand in Hand weg und materialisierten hoch auf die Zinnen des Schlosses, das wie ein Beschützer über ihnen ausharrte.
Alica schluchzte immer noch, doch sie beruhigte sich langsam wieder. Sie würde ein Baby bekommen, ein kleines Wesen, das von ihr abhängig war, das alleine nicht überleben konnte. Was, wenn etwas passierte? Was, wenn Lesley böse würde und dem Kind etwas antat, oder wenn ihr etwas zustieß? Was, wenn sie Recal wieder in die Hände fiel, oder noch schlimmer: Gabriel. Alica fasste sich wieder, sie durfte jetzt nicht

weinen, sie musste dafür sorgen, dass die Welt für ihr Baby etwas sicherer würde. Denn egal, wer der Vater war, es war ihr Baby. Als sie den Arm nach ihrem Drachen ausstreckte, ging es ihr wieder gut, er schmiegte sich an sie und verschmolz mit ihren Kleidern.
Lesley fasste ihr Kinn und zwang sie, ihm in die Augen zu blicken. „Ich liebe dich, Kriegerin, du gehörst mir. Und wenn du zwanzig Thronfolger für die Kondore gebären musst, es werden alles deine Kinder sein, und ich werde sie lieben, denn sie tragen einen Teil von dir in sich."
„Lesley? Wenn sie dich und Gregor manipuliert haben, warum denn nicht auch mich? Es wäre einfacher für mich gewesen, wenn ich es auch gewollt hätte."
„Vermutlich haben sie darüber gar nicht nachgedacht, das Fidre beinhaltet alle verstorbenen Kondore. Und bei den Kondoren waren immer die Männer diejenigen, die schlussendlich die Entscheidungen trafen. Das heißt, aus dem Fidre sprechen die verstorbenen Seelen der Kondore."
Na, das war ja klar. Die Männer wussten, dass sie sich gar nicht gegen den König wehren konnte, das hatte ihnen gereicht. Wie sie sich dabei fühlen würde, war ihnen wohl nicht klar oder völlig egal.
Alica wusste, dass das, was sie nun vorhatte, Lesley nicht gefallen würde, und versuchte, sich möglichst normal zu verhalten.
„Ich gehe zu Kathrina, ich möchte nicht mit in den großen Saal."
Lesley nickte. Er konnte verstehen, dass sie dabei nicht mit von der Partie sein wollte.

So trennten sie sich. Alica materialisierte sich in Kathrinas Zimmer und Lesley zu den wartenden Männern.
Auch Armana befand sich im großen Saal, doch kaum war Lesley, da ging sie weg. Er verfolgte ihren Pfad und nahm sie auch bei Kathrina wahr. Auf der geistigen Verbindung sagte er zu Gregor: *-Die hecken sicher wieder irgendetwas aus.-*
-Ja, ich vermute es auch, sie sind nervös.-
-Wir kümmern uns nachher darum. Jetzt müssen wir erst unsere Freunde aufklären.-
Gregor überließ Lesley das Wort. Dieser stellte sich vor die anderen hin und räusperte sich einmal kräftig. Alle verstummten gespannt darauf, was jetzt wieder los war. So oft hatten sie schon lange keine Versammlung mehr gehabt, wenn sogar Harris und Phil aus Russland herzitiert wurden, musste es sehr wichtig sein.
„Ganz ehrlich, ich weiss gar nicht recht, was ich sagen soll. Es ist so verwirrend. Das Fidre hat sich in unser Schicksal eingemischt und unseren König dazu gebracht, einen Nachfolger zu zeugen."
Kurzer Jubel kam hoch, doch Roran und Tynan, die beiden erfahrensten von ihnen, sahen stumm zu ihm hoch. Sie bemerkten, dass das wohl noch nicht alles war. So verstummten auch die anderen nach und nach wieder.
„Natürlich freuen wir uns über den Nachwuchs, doch da er der nächste König werden soll, bekommt nicht Armana das Baby von Gregor, sondern Alica."
Robert war das erste Mal auch bei einer Versammlung. Er wurde immer stärker und hatte auch schon einiges über seine Fähigkeiten gelernt.

„Heißt das, der König hat meine Schwester gezwungen, mit ihm zu schlafen?"
Er war rot vor Zorn, und auch Roran trat stirnrunzelnd an seine Seite. „Gregor, du weißt, ich bin dir wirklich ergeben, aber was soll das?"
Lesley ließ Gregor nicht antworten. „Robert, halte dich zurück. Gregor ist unser König, er würde niemals einem von uns vorsätzlich schaden. Das Fidre hat ihn dazu gezwungen. Es hat ihm die Gefühle eingetrichtert. Und nur um es klar zu stellen: Wir freuen uns über dieses Baby, denn es wird unser nächster König!"
Nun trat auch Tynan zu dem Grüppchen, das immer noch wütend zu den beiden Männern vorne starrte.
„Was mich interessieren würde, was hält Alica von der Sache?"

Alica war gerade in einer Besprechung mit den Frauen, doch sie nahm die Unruhe in Lesley wahr und entschuldigte sich kurz bei Armana und Kathrina. Sie erschien gerade neben Lesley, als Tynan das Wort ergriff. Das Geraune der Krieger verstummte. Alle sahen gespannt zu ihrer schönen, stolzen Königin.
„Danke, dass ihr euch über mein Befinden sorgt. Ich weiß es zu schätzen, dass ihr mich gern genug habt, um über meine Gefühle nachzudenken. Und ich bin nur kurz hergekommen, um euch zu versichern, ich freue mich über dieses Baby und erwarte von jedem von euch, dass ihr das auch tut. Denn es wird unter euch aufwachsen, und ich werde auf der Stelle jeden zur Rechenschaft ziehen, der ihm das Gefühl gibt, nicht legitim zu sein oder nicht geliebt zu werden."

Nun brach der Jubel unter allen aus, nun freuten sie sich ohne Vorbehalt über das Wunder des neuen Lebens.
Alica überließ die Männer wieder sich selber und ging zurück zu ihren Mädels.
„Habt ihr rausgefunden, was wir machen?"
Kathrina war vorher schon von ihnen über die neusten Ereignisse aufgeklärt worden. Alica hatte ihnen ihre Furcht um ihr Baby anvertraut, und sie schmiedeten einen Plan, wie sie Recal in eine Falle locken und beseitigen konnten.
„Na ja, ein bisschen. Kathrina versucht, von Alexander herauszufinden, wie man einen Kondor oder Ex-Kondor am besten töten kann. Ich schmiede einen Plan, wie wir unsere Männer von uns fernhalten können. Und dir ist die Aufgabe zugedacht, auf dich aufzupassen."
Alica lachte sie an und sah ihrem Drachen zu, wie er sich neben Armanas Gepard legte. Auch Kathrina sah zu den beiden. „Ob ich auch ein Tier bekomme, wenn ich eine Kondor werde? Ich bin ja Gestaltwandlerin und selbst schon ein Tier. Ich weiß nicht, ob das Tier in mir mit einem Tier auf mir zurechtkäme. Obwohl es bei euren gar nicht reagiert, als wären sie nicht da."
„Das überrascht mich auch sehr, auf den Gepard nicht zu reagieren, ist ja noch normal, aber der Drache sollte dein Tier ziemlich aus der Ruhe bringen."
Alica hatte Kathrina angesehen, als Armana von ihrem Drachen sprach, und sah erstaunt, wie diese erbleichte. Alica war schon lange genug Kriegerin, um eins und eins zusammenzählen zu können. „Außer dein Tier kennt den Geruch eines Drachen bereits."
Kathrina wurde noch bleicher.

„Ich darf euch nichts darüber verraten. Ich traue euch, aber es würde euch in Gefahr bringen."
„Kathrina, glaubst du wirklich es gibt etwas, das mich noch mehr in Gefahr bringen könnte, als den künftigen König der Kondore in mir zu tragen?" Kurz stockte sie, als ihr ein Gedanke kam: „Wie lange sind Kondore wohl schwanger? Und wie kommt das Kind auf die Welt? Ich muss unbedingt mal mit der Urmutter sprechen."
Armana lachte. „Ja, das wär wohl besser! Aber zum Thema vorher, möchtest du uns nicht dein Geheimnis verraten, Kathrina?
Kathrina überlegte nicht sehr lange. Wenn sie mit Alexander zusammen war, wusste sie, dass sie wohl hier bleiben würde, auch wenn sie es nicht wahrhaben wollte. Doch jemand musste ihre Aufgabe weiterführen, und Alica und Armana konnten ihr helfen, jemanden zu finden.
„Ich bewache den Eingang in eine Höhle, in der seit Jahrhunderten ein Drache seine Ruhe hält. Er ist der letzte seiner Art. Seit die Menschen alle seine Verwandten getötet haben, hat er sich zurückgezogen, und wir füttern ihn zwei Mal pro Jahr mit Kühen und bewachen den Eingang, damit ihm keiner zu nahe kommt. Vor mir war meine Schwester zuständig, doch irgendwie hat Gabriel von ihm erfahren und hat sich meine Schwester gegriffen, um ihr durch Folter die Lage des Verstecks zu entlocken. Sie hat nicht gesprochen. Er dachte, ich würde einfacher zum Reden zu bringen sein."
Armana und Alica hörten fasziniert zu und als sie die Tränen in Kathrinas Augen sahen, hielten sie tröstend ihre Hände.

„Ein echter Drachen. Wahnsinn, den würde ich gern mal sehnen."
„Hey, Leferitis ist auch ein echter Drache!"
„Du hast ihn getauft? Cool. Ich muss meinem Gepard auch einen Namen geben. Wie einem Haustier."
Kathrina lachte mit, froh, dass sie ihre schlimmen Erinnerungen vertrieben.
„So, du beschützt also einen letzten Drachen. Das ist mal ein Geheimnis. Weißt du, warum Gabriel ihn will?"
Kathrina schüttelte den Kopf, „Nein, keine Ahnung! Auch nicht, woher er weiß, dass es ihn gibt."
Alica stand auf und ging in dem Raum auf und ab. Ihre anmutige Gestalt schien die Eleganz einer Raubkatze und die Gefährlichkeit ihres Drachen zu haben. Seit der Zeremonie schien ihre Haut immer hell zu schimmern, und auch die Rose um ihren Kopf glitzerte strahlend. Ihre eisblauen Augen schossen Blitze, als sie wütend erwiderte: „Erst kümmern wir uns um Recal, danach werden wir Gabriel unschädlich machen. Wir werden das schaffen. Sobald wir die Informationen haben, die wir brauchen, werden wir ein Ablenkungsmanöver starten. Kathrina wird Recal als Köder in eine Falle locken. Und ich werde ihn töten. Ich werde ihm in die Augen schauen, während er seinen letzten Atemzug macht!"
Armana und Kathrina widersprachen ihr nicht. Aber beide nickten sich zu, als sie sich ohne Worte einigten, dass sie eher ihr Leben lassen würden, als zuzulassen, dass Alica etwas passierte.
Alica trat zu Kathrina und fasste ihre Hand mit beiden Händen. Bevor sie äußern konnte, was sie sagen wollte, schoss ein Blitz von Kathrinas Hand durch sie hindurch.

Alica keuchte vor Schmerzen und schloss die Augen. Als sie sie wieder öffnete, stand sie in einer dunklen Höhle, in der auf einer Seite ein ewiges Feuer brannte, das den Raum in ein sanftes Licht tauchte und auch die feuchte Kälte, die langsam von den Wänden in sie kroch, wieder vertrieb. Ihr Drache hatte sich schnell auf ihr Kleid formiert, als der Blitz in sie schlug und hob nun zeternd den Kopf. Alica trat vorsichtig in die Mitte der Höhle. Was war bloß nun schon wieder geschehen? Sie versuchte, Les zu erreichen, doch jegliche geistige Verbindungen waren gekappt. Weit weg hörte sie die Stimmen von Armana und Kathrina, die aufgeregt ihren Namen riefen. Doch sehen konnte sie sie nicht.
Eine tiefe, grollende Stimme ließ ihren Schutzschild hochfahren und sie erschrocken aufschreien. Sie konnte noch so herumschauen, sie fand keinen Körper, zu dem die Stimme gehörte. „Wer stört meine Ruhe?"
„Hm, Ich weiß nicht, warum ich hier bin oder wo ich bin."
Das Grollen wurde wiehernd: „Und ihr wisst nicht mehr, wer ihr seid?"
Alica schnaubte. „Natürlich, doch ich weiß ja noch nicht mal, wo Ihr seid."
Die Höhle begann zu vibrieren, die eine Wand neben ihr bewegte sich wellenartig, und von vorne drehte sich ein riesiger Kopf zu ihr herum. Er sah aus wie der Kopf von Leferitis, nur etwa zehnmal größer, und seine Augen glitzerten rot. Alica konnte das Feuer in ihnen sehen und auch spüren. Der Körper ließ sich immer besser erkennen. Der Drache lag da, die Beine unter seinem mächtigen Körper begraben, der lange

Schwanz an den Körper gepresst. Der Kopf glitt ganz nah zu ihr hin und machte grunzend: „Puh."
Alica war sich der Gefährlichkeit der Situation durchaus bewusst, konnte aber nicht anders. Sie lachte laut los.
Der Drache wieherte mit. Dadurch zeigten sich die Schuppen und Stacheln auf seinem Rücken. Leferitis löste sich ganz von Alica und schlich von ihr weg, in die Nähe seines großen Verwandten. Der große Drache hielt überrascht inne. „Ich dachte, ich wäre der Letzte. Wie kommt es, dass dich ein kleiner Drache begleitet? Wer bist du?"
Der Drache streckte seine Nase nach Leferitis aus und schnüffelte an ihm. Sein Schwanz legte sich zuckend um den kleineren und hielt ihn in einer beschützenden Umarmung umfangen.
Grollend sprach er wieder: „Bist du hier, um mich zu töten?"
Alica trat auch näher zu dem Drachen und ließ den Schutzschild fallen. „Nein! Ich weiß nicht, warum ich hier bin. Ich denke, ich bin gar nicht richtig hier."
„Ja, da hast du recht. Dies ist eine Vision, die wir beide haben. Verrätst du mir nun endlich, wer du bist?"
Alica nickte: „Ich bin Alica, Königin der Kondore und Frau von Sir Lesley Charleston."
Der Drache behielt seine bedrohliche Haltung noch bei. „Lesley ist nicht der König! Ist König Gregor tot?"
Alica seufzte: „Nein, Gregor lebt, das macht ja die Sache so kompliziert. Warum nicht Gregors Frau die Königin sein kann, weiß ich nicht. Das Fidre ging sogar so weit, dem König und mir einen gemeinsamen Erben zu bescheren."
Nun schnaubte der Drache wieder belustigt.

„Das Schicksal nimmt manchmal komische Wendungen. Mich hat es den Rest meines Lebens in diese Höhle verbannt. Und du weißt nicht, warum du hier bist?"
Alica überlegte scharf. „Vielleicht um dich zu beschützen. Doch das scheint mir unwahrscheinlich, das ist ja Kathrinas Schicksal. Meins ist ein anderes."
Alica lachte auf. „Wenn du eine Frau wärst, dann wüsste ich warum." Sie zwinkerte dem Drachen zu. Dieser schaute sie aus klugen Augen lange an, er schien über etwas nachzudenken. Alica erkannte, dass er mit sich rang und sich dann für etwas entschied, was ihm selber nicht behagte. Einige Sekunden später stand sie mit offenem Mund da und stotterte nur noch: „Du ... ich ... du bist ... wow. Wahnsinn. Ich muss mich setzen."
Alica sank auf einen Stein in der Nähe des Drachen, der sich nach etwas Geflimmer in eine wunderschöne junge Frau verwandelt hatte.
Wie die Schuppen des Drachen glänzten die Haare der Frau in braunen Tönen und umrahmten ihr ebenmäßiges, zartes Gesicht in einer Mähne aus Locken. Sie war sehr klein und zierlich. Tynan würde doppelt so groß sein wie sie. Tynan, warum kam ihr nun Tynan in den Sinn? Nein, nicht doch, das war Tynans Frau. Ach herrje, das dürfte interessant werden. Die klugen Augen der Frau beobachteten sie.
„Und? Weißt du jetzt, warum du hier bist?"
Alica war noch immer nicht fähig zu sprechen, und sie bekam auch nicht mehr die Chance dazu. Während sie weggesogen wurde, zurück in ihren Körper, rief sie der Frau noch zu. „Sei vorsichtig, du hast Feinde." Sie bemerkte, dass die Frau versuchte, ihre gemeinsame Vision noch aufrechtzuerhalten, doch Alexanders

gelber Magiefaden schloss sich so fest um sie, dass sie nicht mehr ausweichen konnte. Seine Stimme zog ihren Geist in den Körper zurück.

Alica lag benommen in Kathrinas Zimmer auf dem Boden. Gregor und Les liefen unruhig hin und her, und Alexander fühlte ihren Puls.

„Alica? Bist du wach?" Alexanders Worte ließen die beiden anderen Raubtiere zu ihr herumfahren.

„Kriegerin? Was ist geschehen? Du warst weg."

Alica setzte sich auf und sah in die besorgten Gesichter. Sie war selbst verwirrt über das Geschehene. „Ich hatte wohl gerade eine Vision."

Alicas Blick suchte Kathrinas. Sie fragte sich, ob sie wusste, dass ihr Drache eine Gestaltwandlerin war. Nach dem Zögern bei der Verwandlung wohl eher nicht.

Gregor half ihr aufzustehen, und Lesley begleitete sie zu einem Stuhl im Raum. „Was hast du gesehen?"

„Tynans Frau."

Kathrina sah überrascht drein. Sie hatte gewusst, das Alica eine Vision von dem Drachen haben musste, aber wo kam da die Frau vor? Sie war die Einzige, die dort aus- und einging. Der Drache duldete keinen Besuch in seiner Höhle, wer unerlaubt hereinkam, wurde in Brand gesetzt.

Gregor nickte. „Wo ist sie? Braucht sie Schutz? Sollen wir zu ihr?"

„Ich weiß nicht, wo sie ist. Ich habe sie einfach gesehen und mit ihr gesprochen. Aber alles andere bringt die Zeit."

Lesley legte ihr beschützend den Arm um die Taille und hob sie in seine Arme. „Meine Frau geht nun ins Bett. Sie trägt ein Baby in sich, und zu viel Aufregung schadet ihr."

Alica wollte erst protestieren, doch dann schmiegte sie sich an ihn. -*Kathrina, Armana, ihr wisst, was zu tun ist. Wir sprechen morgen weiter.*-
Das Nicken der beiden sah sie nicht mehr, da Lesley sich zusammen mit ihr ins Schlafzimmer materialisiert hatte.
Verlegen sah sie zu ihm hoch und zeichnete mit einem Finger die Konturen seines Kinns nach.
„Kannst du mir vergeben?"
Lesley wurde wütend, als er ihre Worte begriff. „Du hast nichts falsch gemacht! Es gibt da nichts zu vergeben! Wie kannst du von mir denken, dass ich dich dafür verurteilen würde! Vertraust du mir nicht?"
Er hatte sie trotz seines Schimpfens sehr sanft auf den Boden gestellt, bevor er ihr erbost den Rücken zukehrte. Sie nahm in ihm den Zwiespalt seiner Gefühle wahr. Die Wut und Trauer, aber auch die Liebe und Verbundenheit zu ihr. Und sie spürte auch die Liebe, die er ihrem Kind entgegenbrachte.
Ihre Stimme war kaum mehr als ein Wispern: „Liebster, es tut mir leid." Sie trat nahe zu ihm und legte ihm sanft ihre Hand auf die Schulter. „Ich würde dir jederzeit mein Leben, das meines Bruders und auch das unseres Kindes anvertrauen."
Lesley entspannte sich ein wenig, drehte sich aber noch nicht zu ihr um. „Bitte komm mit mir in unser Bett und halte mich diese Nacht einfach nur in deinen Armen. Lass mich spüren, wie stark du bist und dass ich mich auf dich verlassen kann."
Lesley ließ sich erweichen. Seine Kriegerin so sanft zu erleben, war er nicht gewohnt, er konnte ihrer Stimme nicht widerstehen. Noch während er sich umdrehte, riss er sie wieder fest in seine Arme und lief eilig mit ihr ins Bett. Doch zu Alicas Überraschung legte er sich

wirklich nur neben sie und bettete ihren Kopf auf seiner Brust, bevor er sie fest umschloss.
„Sag mal, Lesley, wie lange werde ich schwanger sein? Wie groß wird das Kind, und als was kommt es auf die Welt?"
Lesleys Brust vibrierte, als er leise lachte. „Du wirst alles so machen wie die Gestalt, in der du gerade bist."
„Moment mal, kann ich jetzt jede Gestalt annehmen wie du auch? Und kann ich auch einen Teil von mir lösen und zwei verschiedene Dinge tun?"
Wieder spürte sie, wie er lautlos lachte. Sie fuhr zärtlich mit der Hand durch die wenigen Härchen auf seiner Brust.
„Nein! Die Urkondore waren alles Männer, die sich mit den jeweiligen Gestalten, die sie angenommen hatten, fortpflanzten. Weibliche Kondore entstanden erst später, als die Menschheit zu existieren begann. Deshalb sind auch noch nicht viele im Fidre. Obwohl du ziemlich erstaunlich bist und auch Fähigkeiten besitzt, die ich noch nie bei einer Kondor gesehen habe. Nur solltest du es nicht probieren, solange du ein Kind in dir trägst."
„Ob ich je begreifen werde, was genau ihr seid und wie das alles entstand?"
Lesley küsste ihren Scheitel und ließ seine Wärme durch sie gleiten. „Wir haben tausende Jahre, dir alles beizubringen, und du kannst dir alle meine Erinnerungen anschauen, wenn du möchtest! Also mach dir keine Sorgen."
Alica ließ ihre Zunge über seine Brust gleiten und fühlte an ihrem Bein, das sie über ihm angewinkelt hatte, wie er steif wurde.

Schnell zog sie kurz fest an seinen Brusthaaren. „Halt deine Schlange im Zaum, Krieger, heute will ich schlafen."
Lesley zeigte ihr im Geist ein Bild von sich und ihr, was er gerade am liebsten mit ihr tun würde. Alica fühlte die Erregung in sich, doch Lesley wusste, wie müde sie war und schaltete die Bilder wieder aus, bevor er seine magischen Kräfte nutzte und einen Befehl aussprach, der Alica sofort in Schlaf versetzte.

Kathrina sah zu, wie auch Gregor und Armana ihr Zimmer verließen. Sie war froh, etwas Ruhe zu haben, langsam war sie sehr erschöpft von all dem Besuch heute. Alexander stand am Tisch neben ihr und bereitete die Verbände vor, die er ihr wechseln wollte. Er sprach über jeden eine Formel, Kathrina wusste mittlerweile, dass es Heilsegnungen waren, besser als jede Salbe.
Sie würden sich in ein paar Tagen alle in Gefahr begeben, und Alica meinte, sie dürfe dann noch keine Kondor sein. Sonst wäre sie als Köder nicht mehr so gut, doch sie sollte sich auch wehren können. Deshalb musste sie erst noch gesund werden.
Wenn sie Alexander nun geradeheraus fragen würde, wie man Ex-Kondore töten könne, würde er wohl misstrauisch werden. Wie sollte sie nur das Thema ansprechen?
„Kennst du Gabriel?"
Alexander sah zu ihr rüber. „Er war einer der Alten, als ich noch sehr jung war. Er war auch einer der ersten, die ins Böse glitten. Ich habe ihn gekannt, aber nicht sehr gut."

Kathrina sah ihm wieder einen Moment ruhig zu, als er begann, die Bandagen an ihren Armen sanft zu lösen. Wie immer spürte sie kaum Schmerzen, und mittlerweile wusste sie auch warum. Alexander lenkte ihre Schmerzen auf sich, um ihr das alles zu erleichtern. Sie war ihm sehr dankbar dafür.
„Warum wurde er böse?"
„Hmmm …" Alexander strich ihr mit den Händen über ihre nackten Arme, und Wärme strömte in sie hinein.
„Wir wissen nicht warum, aber das Schicksal sagt, dass wir auch böse werden, wenn unsere Frauen, die Alica für uns finden wird, uns nicht vor diesem Bösen retten."
Das waren alles Dinge, die Kathrina schon wusste. Sie konnte sich kaum konzentrieren. Ihren ersten Arm hatte er bereits verbunden, nun war er beim zweiten, und wieder strahlte seine Hand Hitze in sie.
„Was ist das, was du da machst?"
Alexander sah kurz hoch in ihre Augen und zwinkerte ihr zu. Er hatte bemerkt, dass sie immer unruhiger wurde, während er sie berührte. Sie hatte ihren Kopf gesenkt und sog nachdenklich ihre Unterlippe ein. Gregor und Lesley hatten ihn schon gewarnt, dass die Frauen irgendetwas vorhätten und wenn er sich seine Katze so ansah, war das ziemlich eindeutig.
„Das Fidre hat mir die Gabe des Heilens sehr ausgeprägt geschenkt. Können tun wir es alle, doch bei mir geht es soweit, dass ich auch sehr große Verletzungen schneller und besser als alle anderen heilen kann. Ich sende meine Energie über deinen Körper und erneuere das Gewebe. Es dauert bei dir etwas länger, weil du sehr geschwächt warst. Je schwächer der Mensch ist, desto länger dauert es."
„Warum musstet ihr denn Alicas Bruder wandeln?"

„Er hatte zu viel Blut verloren. Blut erneuern kann ich nicht. Das kann keiner von uns. Wir können wohl Organe neu formen und wiederherstellen, doch das Blut, das austritt, kommt nicht mehr zurück."
Kathrina nickte, in etwa begriff sie, was er ihr zu erklären versuchte. Er war wieder ganz auf seine Aufgabe konzentriert, und sie sah fasziniert zu. Er war wirklich ein schöner Mann.
Und sie genoss ganz klar seine Berührungen, doch sie musste an den Drachen denken. Sie durfte ihn nicht im Stich lassen. Er würde sich schon fragen, wo sie bliebe. Was wohl Alica gesehen hatte in ihrer Vision. Alica hatte den Anfall bekommen, als sie sie berührte. Kathrina war sich ganz sicher, dass sie bei dem Drachen gewesen war.
Sie hatten keine Zeit gehabt, darüber zu sprechen, und vor allem musste man Alica im Moment sehr schonen. Sie hatte gerade erst von ihrer Schwangerschaft erfahren, und da konnte leicht etwas passieren.
Alica passte ja nicht wirklich gut auf sich selber auf, also blieb es an ihr und Armana hängen, auf sie achtzugeben. Armana hatte gesagt, dass Recal Alicas Eltern und auch fast ihren Bruder umgebracht hätte, deshalb wolle sie ihn selber töten. Kathrina hätte nicht wirklich ein Problem damit, wenn die Männer ihre Feinde für sie töteten, aber deshalb war wohl auch Alica die Königin und nicht sie. In Gedanken musste sie schmunzeln.
Alexander sah wieder ihren nachdenklichen Gesichtsausdruck und setzte sich zu ihr aufs Bett. Er nahm ihre Hände in seine und rieb mit seinem Daumen sanft über ihre Handgelenke. Fasziniert spürte sie die Vibration, die von der Stelle aus in ihren

ganzen Körper wanderte. „Kathrina, lass dich von der Königin und Armana nicht in irgendeine Sache hineinziehen. Ich weiß, dass Alica dich gerettet hat, aber sie haben nur Unsinn im Kopf und dazu noch gefährlichen."
Er versuchte, in ihrem Blick zu lesen, doch sie verbarg sich gut vor ihm.
Kathrina versuchte, ihm ihre Hände zu entziehen. „Sie haben gar nichts vor. Ich weiß nicht, wovon du sprichst!"
Alexander ließ sie nicht frei und zog ihre Hände an seine Lippen. „Ich will nur nicht, dass du in Gefahr gerätst, Kätzchen."
„Ich kann mich sehr gut selbst beschützen!"
Alexander ließ seine Zunge an ihrem Arm hinuntergleiten und bemerkte erfreut, wie sie erschauerte. „Oh ja, vor allem in Anbetracht dessen, wo und in welchem Zustand wir dich gefunden haben."
Ihre Augen sprühten grünes Feuer auf ihn, und der Tiger in ihr fauchte ihn erbost an. Sie wand sich in seinem Griff, aber er blieb hart „Lass mich los, du ungehobelter Esel! Nicht ihr habt mich gerettet, sondern die Königin. Meine Loyalität gilt einzig ihr!"
Alexander war in all den Jahren, die er schon lebte, noch nie als Esel beschimpft worden. Dass gerade die kleine Frau in seinen Armen so frech war, das zu tun, überraschte ihn. Er war gewohnt, dass die Frauen, mit denen er sich traf, ihn mit Respekt behandelten. Nicht dass er viele traf, er war mit seiner Forschung beschäftigt und hatte kaum Zeit, einmal woanders hinzugehen. Er war meist hier beim König, wie auch Tynan, der fürs Training zuständig war, und Tyrell und Drako, die zur persönlichen Wache des Königs gehörten. Roran war der Älteste von ihnen und auch

bei weitem der Gefährlichste. Meist hatte er Lust auf einen Kampf und kämpfte auf die normale Art, doch wenn es ernst wurde, konnte er in einer Geschwindigkeit töten, die allen Angst machte.
Die Einzigen, die ihn stoppen konnten, waren die Klasse-Fünf-Kreaturen, also böse gewordene Kondore.
Erstaunt stellte er fest, dass es ihn nicht störte, nein, es gefiel ihm sogar, dass sie sich nicht von ihm einschüchtern ließ, obwohl er in ihr eine große Schüchternheit und eine Angst vor Männern erkannte. Ihm fiel etwas auf in ihren Augen, es war ihr unangenehm, berührt zu werden. Es fiel ihm wie Schuppen von den Augen. Er stand abrupt auf, und sein ganzer Körper sprühte Funken. Er war so wütend, dass er seine natürliche Gestalt annahm, um nicht zu explodieren. Kathrina sah erschrocken zu. Sie verstand nicht, was ihn so in Rage gebracht hatte. Ängstlich sah sie ihm zu. „Entschuldige, ich habe nicht nachgedacht, du bist kein Esel."
Alexander konnte in seiner ursprünglichen Form nicht sprechen, also sagte er in ihren Gedanken:
-Sie haben dich missbraucht, nicht wahr? Sie haben dich geschändet!-
Nun wurde Kathrina ruhig. Er war nicht auf sie wütend, sondern auf ihre Peiniger. Sie wusste nicht, was sie sagen sollte, sie schämte sich für das, was passiert war, auch wenn sie wusste, dass sie nichts dafür konnte. „Ich will nicht darüber reden." Ihre Stimme war leise und schwach. Alexander hüllte sie in sich ein. Kathrina erschrak erst, als sie ihn überall an sich spürte, sein Flimmern sie ganz umschloss.
-Ich habe es in deinen Augen gesehen, Kätzchen, du musst es nicht leugnen und ganz bestimmt musst du

dich deswegen nicht schuldig fühlen. Ich werde jetzt etwas tun, das dich vielleicht erschreckt, aber ich möchte wirklich nur sehen, ob du da auch verletzt bist, und dich heilen. Am besten schließt du die Augen, dann merkst du gar nichts.-
Kathrina konnte sich in etwa vorstellen, was er vorhatte und hob abwehrend die Hand.
„Ehrlich, es geht mir gut, und die Erinnerung kannst du doch nicht auslöschen. Lass mich bitte."
Alexander strich beruhigend um sie. *-Schon gut, Kätzchen, schließ die Augen, ich werde es ja doch tun.-*
Sie versuchte aufzustehen, doch Alexanders Macht hielt sie auf dem Bett fest. Also schloss sie ergeben die Augen. Alexander glitt unter die Decke des Bettes und in sie herein, er heilte von innen heraus jedes Wundsein und jeden Riss, sogar ihre Gebärmutter war verletzt. Sie musste während der Vergewaltigung und auch jetzt noch große Schmerzen gehabt haben. Da er nichts davon gewusst hatte, konnte er diese auch nicht von ihr nehmen. Er war so wütend, er wollte die Monster, die ihr das angetan hatten, die seine Frau angefasst hatten, in seiner Faust zerquetschen. Er fühlte eine Wut in sich, dass er wieder zu vibrieren begann. Als er hörte, wie Kathrina zu wimmern begann, als sie den Energiewechsel in sich spürte, riss er sich zusammen und heilte sie zu Ende. Danach glitt er aus ihrem Körper heraus und war endlich im Stande, seine Gestalt wieder zu wechseln. Er setzte sich neben ihr aufs Bett und strich ihr liebevoll eine Strähne aus dem Gesicht. Kathrina presste noch immer die Augen zusammen. Mit einem Lächeln in der Stimme sagte er: „Ich bin fertig, du kannst die Augen wieder aufmachen."

Kathrina schüttelte den Kopf, wie konnte sie ihn ansehen, nachdem er in ihr dringewesen war? Ja, er hatte sie nur geheilt, sie hatte kaum etwas gespürt, außer einmal. Einen kurzen Augenblick hatte er gezittert in ihr, was ihr Blut sofort zum Kochen brachte. Sein ganzer Körper war in ihr und um sie herum gewesen, sie hatte ihn einfach überall gespürt. Wenn er sie in seiner menschlichen Form anfassen würde, wäre es im Moment noch kaum auszuhalten für sie. Doch in der ursprünglichen Form konnte sie ihre Panik bekämpfen und nur noch empfinden, doch sie würde sich hüten, ihm das zu erzählen.
Alexander lachte laut auf. „Kätzchen, wenn du nicht willst, dass ich etwas erfahre, was du denkst, darfst du nicht vergessen, deinen Geist abzuschirmen."
Kathrina wurde rot, sie spürte, wie es im Kopf begann und sich bis zu ihren Zehen ausbreitete. Sie hatte nicht aufgepasst und sich ihm zu weit geöffnet. Hoffentlich hatte er nicht nach ihrem Plan gesucht, das dürfte sonst ziemliche Probleme bedeuten, vor allem für Alica. Der König und Lesley wachten über sie wie über ein Heiligtum, auch Roran und Robert waren sehr um ihre Sicherheit bedacht. Eigentlich wohl alle, schließlich war sie von Bedeutung.
„Ihr seid alle von Bedeutung für uns, Kätzchen, und jetzt schirm dich ab, bevor ich den Plan herausfinde, den ihr habt. Ich möchte nicht, dass die anderen denken, du seist eine Verräterin. Lesley und König Gregor werden schon herausfinden, was Alica nun schon wieder ausheckt."
Kathrina fuhr schnell den Schutz in ihrem Kopf hoch. Es war unangenehm, wenn jemand darin herumgeisterte, besonders beim König musste sie sehr vorsichtig sein. Zum Glück hatten sie alle ziemlich

gute Fähigkeiten, um das wichtigste selbst vor dem König zu verschließen.
„Aber eins musst du dir merken, Kathrina, und hör mir gut zu."
Sie sah ihn an, und ihre Augen verengten sich.
„Wenn du dich in Gefahr begibst, wird nicht Alica dafür bezahlen. Wenn du dich in Gefahr begibst, werde ich jegliche Rücksicht deinem Erlebten gegenüber vergessen und dich meinen ganzen Zorn spüren lasse."
Kathrina sah ihn an, was sollte sie auch darauf entgegnen. Sie nickte und ließ sich aufs Bett zurücksinken. Die brennenden Schmerzen in ihrem Inneren waren weg. Erschöpft schloss sie die Augen. Alexander legte sich neben sie und zog sie an sich.
„Schlaf jetzt, meine Schöne."
Kathrina spürte zwar den Zwang in seiner Stimme, doch es war ihr egal. Sie wisperte noch: „Danke, dass du mich geheilt hast", dann schlummerte sie zufrieden ein.

Auch Armana war sehr müde nach den Ereignissen dieses Tages. Sie sah zu, wie Gregor noch mit Tyrell sprach; als sie ihr scharfes Gehör einsetzte, vernahm sie, dass es um Alicas Bewachung ging. Gregor gab Tyrell den Auftrag, sie nicht mehr aus den Augen zu lassen, auch nicht, wenn sie mit Les zusammen war. Armana war sofort klar, dass Gregor wusste, dass sie etwas vorhatten. Also bereitete sie sich schon einmal auf ihren nächsten Streit vor. Sie setzte sich auf das große Sofa und zappte noch ein bisschen durch die Fernsehkanäle. Das Programm war wie meistens Müll, also schaltete sie das Gerät wieder aus und legte sich hin, um ein wenig zu dösen. Sie wollte nicht ohne

Gregor ins Bett, doch dieser hatte noch eine Besprechung mit Roran. Armana mochte Roran sehr, und aus Respekt vor ihm belauschte sie diese Unterhaltung nicht.

Wer hätte vor einer Woche gedacht, dass sie hier landen würde, an der Seite ihrer besten Freundin, ihrer einzigen Freundin. Und nun war noch eine zweite Freundin dazugekommen. Wenn sie in sich horchte, fühlte sie genau, dass sie noch niemals so glücklich gewesen war.

Behütet und sehr umsorgt aufgewachsen, beschützt und geliebt war sie immer worden, doch richtig glücklich war sie erst, seit sie mit Gregor zusammen war. Er hatte sie aus der Lethargie ihres Lebens herausgeholt, hatte ihr eine Aufgabe und, was noch viel kostbarer war, sich selbst geschenkt.

Und dann war da noch Alica, diese wunderbare stolze Frau. Als sie sich das erste Mal begegnet waren, hatte Alica ihr schon das Leben gerettet. Armana war von zu Hause weggelaufen, direkt in die Arme von vier Klasse-Zwei-Vampiren, leider von der bösen Sorte. Alica sprang mit ihrem Schwert aus dem Nichts hervor, gerade in dem Augenblick, als der eine Vampir ihr die Brust zerfetzte, um an ihr Herz zu kommen. Alica hatte keinerlei Rücksicht auf ihre eigene Sicherheit genommen. Ihr einziges Ziel war es, Armana zu retten. Doch mit drei weiteren Vampiren gleichzeitig konnte sie es nicht aufnehmen. Zum Glück hatte ihr Bruder ihr Verschwinden bemerkt und war ihr augenblicklich gefolgt. Er und seine Männer hatten verhindert, dass sie beide getötet wurden, doch wäre Alica ihr nicht so früh zu Hilfe gekommen, wäre sie damals gestorben. Vasili wäre klar zu spät gekommen.

Auch Vasili wusste das. Er reagierte auch dementsprechend. Armana hatte Hausarrest und eine ständige Wache an ihre Seite bekommen, dazu eine sehr gemeine Schelte. Auch Alica wurde ab diesem Augenblick immer überwacht, sie hatte zwar nichts davon gewusst, doch Vasili ließ sie nicht mehr ungeschützt auf Streife gehen. Einen Moment hatte Armana gehofft, dass Vasili und Alica ein Paar werden würden, doch weder Vasili noch sie hatten je irgendein Interesse aneinander gezeigt. So war sie froh, jetzt auf diese Weise zu Alicas Schwester geworden zu sein. Es ging sogar so weit, dass Alica ein Kind bekommen würde, das zu ihnen allen gehörte. Mehr verbunden hätten sie nicht sein können. Armana freute sich sehr darüber.

Armana war so in Gedanken versunken, dass sie weder bemerkte, dass Roran das Zimmer verließ, noch dass Gregor neben sie getreten war. Sie lächelte mit geschlossenen Augen über ihre Gedanken und erschrak, als seine Lippen sich auf ihre pressten und sie schwungvoll in die Arme hob.

„Was habt ihr Kerle bloß immer mit diesem Herumtragen?", lachte sie an seinem Mund.

„Das ist nicht schwer, Kleine. *Du meins, ich dich Bett!*", ahmte er einen Höhlenmenschen nach.

„Ja, aber ich gehöre auch dir, wenn du mich nicht wie ein Baby herumträgst. Ich kann laufen, fliegen und sogar mich materialisieren."

Armana wollte sich aus seinen Armen ins Bett materialisieren, doch Gregor ließ es nicht zu. Er blockte ihren Versuch einfach ab. Seine Augen hatten wieder die Form verloren, und sie sah in den saphirblauen Wirbel darin.

„Es gefällt dir, Macht über mich zu haben. Daran liegt's."
Gregor würde das nie bestreiten. Das Gefühl, dass sie ihm gehörte und er einfach alles mit ihr machen könnte, war berauschend. Es lag in seiner Natur, sich die Frauen zu unterwerfen, und bisher war das nie ein Problem gewesen. Doch Alicas Frauen, zumindest die, die er bisher kennengelernt hatte, waren allesamt etwas sehr Besonderes und richtige Freigeister. Sie waren gezwungen, sie sanfter anzupacken, denn keiner von ihnen wollte, dass die Frauen ihren Willen verlören,auch wenn er sich wünschte, er könnte Armana in seinem Zimmer einsperren für die nächsten drei-, vierhundert Jahre, bis sie begriff, dass er sie nur in Sicherheit wissen wollte.
Armana sah in sein Gesicht, bis sich seine Augen wieder in die schönen leuchtenden Saphire verwandelten, um sich dann sofort ins Bett zu materialisieren.
Gregor lachte auf. „Du lässt dich nicht gerne beherrschen?"
Armana zog einen Schmollmund.
„Du wirst mich nie beherrschen, ich gewähre dir höchstens, ein bisschen mit mir zu spielen."
Gregor ließ seine Magie wieder frei. Er schwebte zu ihr herüber und wischte ihre Kleider weg. Armana schwebte ebenfalls über dem Bett. Gregor hatte ihre Gedankenkontrolle übernommen und ließ nur noch ihre Empfindungen zu, alles andere blendete er aus. Seine Hände streichelten über ihren Körper, zupften an ihren Brustwarzen und kniffen in ihren Po. Armana seufzte und wimmerte unter seinen Händen.
Manchmal wollte sie ausweichen, manchmal ihm entgegenkommen, doch er zwang sie zum Stillhalten,

einzig die Gefühle wogten in ihr. Ohne Druck ablassen zu können, staute sich alles in ihr auf, bis sie fast explodierte. Sein Mund, seine Zunge, seine Hände, überall konnte sie ihn fühlen. Also tat sie das Einzige, wozu sie noch in der Lage war: Sie schrie auf.
„ Gregor, bitte, ich möchte mich bewegen."
Gregor legte seinen Mund auf ihre Lippen, er schmeckte nach ihr und nach einem guten erdigen Rotwein. Lachend knabberte er an ihr. „Was ist los, Kleine? Ich spiele nur ein bisschen mit dir, du hast es mir doch gestattet."
Armana zitterte am ganzen Körper. Am liebsten hätte sie ihn geschlagen, doch noch immer ließ er nicht zu, dass sie sich bewegte. Als seine Zunge über ihren Hals fuhr und er seine Zähne über ihren Puls schaben ließ, keuchte sie erstickt auf.
„Also gut, erteil mir eine Lektion, aber bitte komm auf den Punkt!"
Sie spürte Gregors Lachen im ganzen Körper.
„Alter, ich mein's ernst! Mach hin! Wenn ich dich nicht bald in mir spüre, bekomme ich einen Herzinfarkt."
Gregor schob sich über sie und drang ganz sanft und langsam in sie ein. Arman wimmerte wieder.
„Schneller bitte …"
„Diesmal nicht, Kleine." Er stieß, soweit er konnte, in sie rein, ganz langsam zog er sich zurück, um wieder langsam und tief vorzudringen. Armana verdrehte die Augen. Schlussendlich war er auch nur ein Mann, und eine Waffe hatte sie noch bereit. Sie öffnete ihren Geist und suggerierte ihm, wie sie auf dem Bett kniete und er hinter ihr. Wie er mit schnellen Stößen in sie hieb. Als er darauf sein Tempo knurrend vervielfachte, musste Armana lachen, bevor sie sich ganz ihren Gefühlen hingab.

Hinterher lagen sie zufrieden und eng umschlungen auf dem riesigen Bett.

Kapitel 12

Die nächsten Tage verliefen eher ereignislos. Sie versuchten herauszufinden, was sie nur konnten, und lernten, ein bisschen besser mit ihren Tieren zu arbeiten. Kathrina erholte sich sehr gut von ihren Verletzungen und wurde langsam wieder kräftiger, auch wenn Alexander sie wie eine zerbrechliche Puppe behandelte, was sie sehr gerne ausnutzte. An einem wunderschönen sonnigen Morgen durchschritt Alica in ihrer gewohnten Anmut die Halle.
Als sie vorher erwachte, war sie bereits allein im Zimmer. Sie schmeckte Lesleys Kuss auf ihren Lippen, und ein Teil von ihm hüllte sie noch schützend ein. Lachend hatte sie ihm gesagt, er solle sich wieder zusammen fügen, sie bräuchte kein Kindermädchen. Alica lächelte ihrem Mann zu, als sie noch kurz zwei Worte mit Roran und Robert sprach. Überrascht stellte sie fest, dass auch Harris und Phil wieder anwesend waren. Sie beschloss, mit den beiden zu sprechen. Wie alle Kondore waren sie sehr groß und muskulös. Harris hatte schwarze Haare, die er allerdings sehr kurz geschnitten hielt, im Gegensatz zu all seinen Freunden, die es eher länger trugen. Seine Gesichtszüge waren hart, und er wirkte ernst. Auch Phil war eher der ernste Typ. Er war etwas kleiner, doch nicht minder beeindruckend. So gesehen war offensichtlich, warum die beiden zusammen kämpften und Tyrell und Drako mit ihrer unbeschwerten Art eher hier bei Gregor waren.

Harris sah sie erfreut an und lächelte kurz, als sie seine Hand ergriff. „Meine Königin." Er deutete ein Nicken an. Nachdem Phil ihr den gebührenden Respekt erwiesen hatte, meinte sie lachend: „Kommt schon, wir sind doch eine Familie, ihr nennt mich Alica, und ich werde dafür versprechen, nett zu euch zu sein."
Wieder lächelten beide kurz, aber Alica merkte, dass sie das wohl nicht so oft taten. „Alica, wir wollten schon lange sagen, dass wir sehr erfreut sind, dich in unserer Familie begrüßen zu dürfen, auch wenn wir nicht allzu oft hier sind."
„Habt ihr erst eure Frauen hier, werdet ihr vermutlich öfter hier sein", meinte Alica im Scherz. Als sie ihre gequälten Gesichter sah, musste sie schon wieder lachen. „Glaubt mir, Jungs, für die Frauen ist es viel schlimmer als für euch. Ich kenne zwar eure Kräfte nicht, aber ich weiß genau, ich hätte nicht die geringste Chance gegen euch, weder mental noch körperlich, und ich habe das gelernt."
Noch immer lächelnd ging sie zu Kathrina und Armana rüber und setzte sich zu ihnen hin. Lesley sprach mit dem König, ließ es sich aber nicht nehmen, sie im Geist zu küssen und fest an sich zu ziehen. Entrückt saß sie einen Moment da, ehe sie sich den Kopf frei schüttelte und sich auf das Frühstück konzentrierte.
„Wie schön, dich hier zu sehen, Kathrina. Geht's dir gut?"
Kathrina errötete leicht und nickte. „Alexander hat mich hergetragen, damit ich mal etwas Gesellschaft habe. Er ist sehr ... hmm ... fürsorglich."
Armana stieß sie feixend mit dem Ellbogen an: „Oh-ho, er ist also fürsorglich."

Ehe Kathrina etwas erwidern konnte, kam Alexander zu ihr mit einem Teller voll mit vielen guten Sachen. „Hier, Kätzchen, ich hab noch etwas Nachschub für dich. Was möchtest du gern haben?"
Sie errötete bis zu den Haarwurzeln, als er ihr einen zärtlichen Kuss auf die Lippen gab. „Lass das! Wir sind hier nicht allein", keuchte sie atemlos.
„Daran wirst du dich gewöhnen müssen, Kathrina. Die Kondore machen, was sie wollen, wann sie wollen und da sie ein sehr leidenschaftliches Volk sind, ist es kaum zu verhindern, dass sie einem immerzu anfassen." Lesley hörte Alicas Worte und ließ einen Teil von sich zu ihr schweben, wo er sie im Nacken packte und sachte über ihre Kehle strich. Die Berührung löste wieder das wohlbekannte Schauern in ihr aus. „Du kannst froh sein, wenn die anderen um dich herum wenigstens sehen, was er tut. Es ist viel schlimmer, wenn er sowas macht, ohne dass er sich zu erkennen gibt. Allerdings gewöhne ich mich langsam daran." Alica streckte ihrem Krieger die Zunge raus. Der fing sie natürlich sofort mit seinem Mund auf und küsste ihr den Verstand weg.
Als sie nachher keuchend dasaß, sah Kathrina reichlich entsetzt zu Alexander. „Kannst du das etwa auch?"
Dieser lachte überheblich. „Na klar! Vielleicht nicht in dem Ausmaß wie Les, aber genug, um dich durcheinanderzubringen."
Kathrina hoffte, er würde es ihr nicht allzu bald beweisen. Alexander küsste ihr noch liebevoll den Scheitel, danach ließ er die Mädels unter sich. Er wusste genau, dass sie etwas aushecken und wollte seine Süße nicht zur Verräterin machen. Er hatte dem König verboten, in ihrem Kopf herumzugeistern, er

sollte seine Informationen von Alica und Armana holen. Natürlich würde er seine Frau ziemlich gut im Auge behalten. Er wollte nicht, dass sie sich in Gefahr bringen würde, und bei ihrer Ergebenheit der Königin gegenüber war er sich sicher, ob sie sich nicht doch in irgendetwas hereinziehen ließ. Und genau so musste es auch sein. Die Frauen lernten sich kennen und führten einige Kämpfe zusammen, bevor sie dem wirklich Bösen gegenübertreten konnten. Sie brauchten das zur Übung. Als Heiler des Volkes hatte er eine innigere Beziehung zum Fidre als die anderen. Wenn er sich in Trance versetzte, konnte er mit den Verstorbenen sprechen, und diese hatten ihm gesagt, dass die Frauen ihren Weg gehen müssten, wenn er noch so schwer sei, um zusammen stark zu werden. Ihm wäre lieber, er hätte Kathrina schon zur Kondor gemacht, denn dann würde sie eine natürliche Abwehr gegen ihre Feinde besitzen, und er müsste sich nicht solche Sorgen um sie machen. Doch sie war noch nicht bereit, sie brauchte noch Zeit, um ihre Vergangenheit zu überwinden. Er würde den Teufel tun, sich in die Schlange derer einzureihen, die sie zu etwas zwangen. Er hatte 3652 Jahre keine Frau gehabt, da konnte er auch noch ein oder zwei Jahre länger warten. Aber das hieß, dass er besonders gut auf sie aufpassen musste. Auch zum Wohle der Kondore, denn würde ihr etwas passieren, fehlte eine wichtige Person im Schicksal, um das Böse abzuwenden.
Alica sah ihm nach.
-Wir können uns nicht laut unterhalten, sie werden uns belauschen und da sie alle wissen, dass wir etwas planen, müssen wir uns besonders schlau anstellen.-

Armana nickte. -*Ja, wir müssen sie glauben machen, sie hätten uns durchschaut. Wir müssen sie unseren Plan vereiteln lassen, während wir den richtigen ausführen.*-
Kathrina rückte näher zu Alica. -*Ich wollte dich schon länger fragen, was du in deiner Vision gesehen hast. Ich hatte das Gefühl, du wärst beim Drache gewesen.*-
-*Ja, das ist korrekt. Und jetzt wo du herausgefunden hast, wie wir Recal töten können, muss ich unbedingt nochmal zu ihr.*-
-*Ihr? Der Drache ist ein Mädchen?*-
Alica nickte. -*Genau genommen ist der Drache eine Gestaltwandlerin.*-
Kathrina war schockiert. Sie hatte nie etwas gemerkt in all der Zeit, in der sie nun schon von dem Drachen wusste, und auch ihre Schwester hatte nie etwas darüber gesagt. Hätte sie es gewusst, hätte es sicher in ihrem Aufgabenbrief an sie gestanden.
-*Bist du sicher?*-
-*Klar, denkst du, du kannst mich nochmal zu ihr führen? Ich möchte sie fragen, ob sie mit meinem Plan einverstanden ist.*-
-*Wie sieht denn dein Plan aus?*-
Armana hatte sich von dem Schock erholt, dass es noch eine Drachen-Gestaltwandlerin gab. Sie alle hatten gedacht, dass diese Rasse schon seit Jahren ausgestorben wäre. Neben den Kondoren waren dies die stärksten und magisch begabtesten Wesen dieser Welt.
-*Ich habe gedacht, wir verraten Gabriel das Versteck von ihr.*-
Kathrina keuchte erschrocken: „Niemals!"
„Scht!"

-*Sei still, du dumme Kuh. Wir schicken die Kondore auch gleich zu ihr, um sie zu retten. Sie ist Tynans Frau und muss sowieso zu uns kommen.-*
Kathrina lenkte ein. -*Na ja, als Ablenkung gut gewählt. Wenn sie das erfahren, würde wohl die versammelte Mannschaft sofort zu ihr eilen. Aber sie wird dem nicht zustimmen, und du ahnst ja gar nichts von den Kräften, die eine Drachen-Gestaltwandlerin in sich trägt.-*
-*Hallo? Ich habe einen Kondor zum Gefährten! Aber genau deshalb will ich zu ihr, ich möchte ihr all das erklären und sie fragen, ob es okay ist. Gehe ich aber in Wirklichkeit, bekommen Lesley und auch Gregor, der mich die ganze Zeit überwacht, es bestimmt mit.-*
-*Du kannst dich auch nicht zu dem Drachen materialisieren, er hat den ganzen Hügel als Sperrzone gesichert, er ist in Magie gehüllt. Auch die Männer kommen da nicht durch. Sie müssen hoch laufen und auch wieder runter. Fliegen geht auch nicht, sie hat einen Schutzzauber gelegt, der alles unmöglich macht außer normales Laufen. Auch für sie selber.-*
-*Denkst du, wir schaffen es nochmal per Vision?-*
-*Am besten probieren wir es aus. Wo sollen wir hin?-*
-*Wir gehen auf die Zinnen, dort gibt es Magiewirbel von den Schutzzaubern, die sie über die Burg gesprochen haben. Da merken sie nicht, wenn sich das Universum etwas verschiebt.-*
-*Wenn wir zusammen gehen, werden sie misstrauisch.-*
Armana hatte recht. Alica fluchte leise vor sich hin, sie konnte es nicht erwarten, den Drachen wiederzusehen.
-*Oh Moment ...-*

„Gregor, Lesley, Kathrina ist es ein wenig übel, wir gehen auf die Zinnen, etwas frische Luft wird ihr gut tun."
Armana und Kathrina grinsten ihr anerkennend zu, die Männer kümmerten sich nicht weiter darum, als sich die Frauen nach draußen materialisierten.
Allerdings galt das nicht für Alicas Schatten. Tyrell tauchte gleich etwas abseits von ihnen auf der Zinne auf, den Teller noch in der Hand. Er beachtete sie nicht weiter, doch die drei wussten genau, dass er sofort kampfbereit wäre.
-Kein Problem, wir setzen uns von ihm abgewandt hin, und ihr sorgt dafür, dass ich nicht umkippe, dann merkt er gar nicht, dass hier was läuft.-
In Eintracht setzten sie sich hin, Alica in der Mitte. Sie ergriff Kathrinas Hand und schloss die Augen, nichts passierte, als sie sie wieder öffnete, saß sie immer noch dort.
-Mist, es klappt nicht.-
Kathrina überlegte scharf, wie sie es auslösen könnte. Sie schloss ebenfalls die Augen und nahm geistig Kontakt mit dem uralten Wesen auf. Sie bat darum, ihr zu helfen, Alica noch einmal zu ihr zu schicken.
Der Drache grollte über die erneute Störung, öffnete sich aber voll und ganz, um den Übergang zu unterstützen. Alica fasste erneut Kathrinas Hand, und nach einem großen Schwindelgefühl stand sie wieder in der weit entfernten Höhle. Die Wandlerin hatte bereits die Gestalt des Menschen angenommen und saß da, während sie in einem großen Topf rührte.
„Seid mir gegrüßt, Königin der Kondore, was führt Euch zurück?"

Alica trat auf die junge Frau zu. „Bitte nennt mich Alica, wie ist Euer Name? Oder wie darf ich Euch ansprechen?"
„Ich bin Anastasia ben Dragon. Freunde nennen mich Ana. Seid Ihr ein Freund, Alica?"
Alica setzte sich ans Feuer, um die Wärme in sich aufzunehmen.
„Ich wäre gerne einer, Anastasia. Doch vielleicht empfindet Ihr das anders, wenn Ihr hört, was ich gerne von Euch möchte."
Anastasia sah misstrauisch zu ihr. „Falls Ihr mein Herz wollt, Ihr werdet es nicht bekommen!"
Alica sah überrascht auf und bemerkte das wütende Glühen des Feuers in den Augen der Drachenlady.
„Warum sollte ich Euer Herz wollen?"
„Ihr wisst es nicht?"
Alica schüttelte nur den Kopf. Nach einer Weile gegenseitigen Anstarrens bemerkte sie, wie sich Anastasia wieder entspannte. „Gut, ich glaube Euch."
Alica zählte eins und eins zusammen. „Kann es sein, dass Gabriel Euer Herz will?"
Anastasia nickte. „Es ist das Einzige, was ich mir vorstellen kann. Nimmt er mein halbes Herz, kann er nur getötet werden, wenn ich im selben Augenblick sterbe, was so gut wie unmöglich ist. Auch umgekehrt wäre es so."
Nun war Alica alles klar. „Er darf Euch nicht bekommen, ich werde meinen Plan anders ausführen. Er darf nicht einmal den Hauch einer Chance haben, euch in seine Finger zu bekommen."
„Erzählt mir von Eurem Plan, Königin, und ich werde euch selber sagen, was ich davon halte."
Alica erzählte Anastasia alles. Wie ihre Eltern getötet wurden, wie ihr Bruder gefoltert wurde und auch fast

sein Leben verlor, wie sie die Kondore kennengelernt hatte und auch, was das Schicksal von ihr verlangte. Anastasia hörte zu, ohne sie einmal zu unterbrechen, auch nicht, als sie von Tynan und der Vermutung, dass sie dessen Frau sei, hörte.
Auch als Anastasia ihren Plan über die Ablenkung hörte, mischte sie sich nicht ein. Als Alica mit ihrer Ausführung geendet hatte, war es eine Weile still in der Höhle. Man hörte nur das Knistern des Feuers und ihr schweres Atmen. Anastasia hatte den Kopf nachdenklich gesenkt, sie bewegte sich nicht, Alica konnte nicht in ihrem Blick lesen, da sie sie nicht ansah. Vorsichtig fragte sie: „Anastasia, ich werde Euch nicht verraten, wenn Ihr es nicht wollt. Allerdings muss ich Tynan sagen, wo Ihr zu finden seid, da ich es nicht ertragen könnte, wenn meinem Gefährten etwas passieren würde."
Anastasia sah sie ruhig an, ihr Blick war wach und sehr intelligent. „Ich habe vor langer Zeit gelernt, dass es keine Chance gibt, dem Schicksal auszuweichen. Ich werde mit einem Kondor schon fertig."
Alica lachte. „Du kennst doch auch ein, zwei der Kondore? Du glaubst nicht wirklich, mit ihm fertig zu werden, oder?"
Anastasia schenkte ihr ein geheimnisvolles Lächeln, sagte aber nichts dazu.
„Du wirst deinen Plan genau so ausführen, wie du es vorhast. Allerdings werde ich Gabriel meinen Standpunkt selber verraten. Das ist für euch zu gefährlich, und ich muss nur einmal aufsteigen, um seinen Spionen zu verraten, wo mein Versteck ist. Rache ist etwas, das man braucht. Du musst Recal selber töten, um deinen Frieden mit deinen Eltern zu schließen, und wenn sie wissen, dass ich ein

Drachengestaltwandler bin und Gabriel mit der versammelten Mannschaft kommt, um mein Herz zu stehlen, werden sie alle zu mir kommen. Ja, ich kenne einen der Kondore, Harris Garender. Wir haben gemeinsam gegen Feinde gekämpft, ehe das Schicksal mich von ihm weg trieb. Ich mag ihn, er ist ein ruhiger, ernster Kämpfer. Von ihm habe ich viel gelernt, auch viel über die Kondore."
„Ah, Harris, ja, er ist wirklich ruhig, ich habe ihn noch nicht oft gesehen, er ist meist unterwegs mit Phil. Das Gegenteil von Tyrell und auch von Drako, die immer nur sticheln und frotzeln. Aber was erzähle ich, bald wirst du es selber erfahren."
Anastasia verwandelte sich winkend wieder in den großen muskulösen Drachen und antwortete im Geiste: -*Wir werden uns bald wiedersehen, Königin, und nun geh und erfülle deine Blutrache.*-
Alica bestaunte den Drachen. Sie war noch immer fasziniert von dem langen Körper, die Beine waren leicht gekrümmt und besaßen Krallen, die so groß waren wie ihre ganze Hand.
Sie nickte in eines der leuchtend roten Augen und suchte mit ihrem Geist ihren Körper. Letztes Mal war sie gewaltsam aus ihrer Vision gerissen worden. Jetzt schwebte sie bewusst über ihrem Körper und sah sich die Szene von oben an. Sie saß da zusammengesunken zwischen Kathrina und Armana. Die beiden redeten miteinander, taten, als sei alles normal, um dem Mann, der etwas abseits stand, keinen Zweifel ins Ohr zu setzen.
Tyrell stand an die Mauer gelehnt, er war wirklich auch ein sehr hübscher Mann. Alica schwebte näher zu ihm hin und betrachtete ihn gründlich. Er hatte blondes Haar, welches ihm locker auf die Schultern fiel, sein

Gesicht war sehr fein, fast zu fein für seinen durchtrainierten Körper. Er hatte die Augen gesenkt, doch Alica sah, dass er sich ganz auf die Umgebung konzentrierte und nicht auf das Gespräch der Frauen, er tastete alles nach Gefahren ab.
Alica spürte das Aufkeimen von Magie, und plötzlich stand ihr Mann neben Tyrell. Ihr Herz schlug sofort etwas schneller, und ihr Magen zog sich vor Liebe zusammen. Ein kleines Teufelchen fing in ihrem Kopf an, Unsinn zu reden und wollte sie dazu bringen, etwas Dummes zu tun. Sie musste widerstehen, durfte ihm nichts verraten. Ihr Körper dort, ihr Geist hier, hatte sie sich abgetrennt? Konnte sie auch etwas berühren?
Sie hatte einen Tee getrunken bei Anastasia, eigentlich sollte es klappen.
Alica schwebte zu Lesley und berührte hauchzart seinen Arm.
Les sah kurz verwundert auf, um es dann kopfschüttelnd abzutun. Da fiel jegliche Vorsicht in Alica zusammen. Sie warf sich an ihn, legte die Arme um ihn und küsste ihn, als hinge ihr Leben davon ab, was irgendwie auch so war. Als Lesley ihren Kuss erwiderte, spürte sie richtig, wie Kraft und Leben in sie zurückkamen, wo vorher nur Leere war, als müsste sie neu auftanken.
Verwundert über die Erwiderung des Kusses öffnete sie die Augen, Les hatte sie hochgehoben und fest an seinen Körper gepresst, doch er stand auch noch ganz ruhig neben Tyrell und besprach etwas mit ihm. Natürlich, das hatte sie nicht bedacht, als sie sich rächen wollte, er hatte einfach einen Teil von sich abgespalten.

Lesley gab kurz ihren Mund frei, um ihr ins Ohr zu flüstern: „Was für eine hübsche Überraschung."
Alica wusste um die leidenschaftliche Art ihres Kriegers und musste sich nicht zweimal fragen, was er nun vorhatte. Doch es störte sie nicht, nein, sie erwiderte seine Küsse in der gleichen Ergebenheit, wie ihre Beine sich um seinen Körper schlangen. Sie würde sich jetzt hier von ihm lieben lassen, zwischen ihren Freundinnen und Tyrell, zwischen ihr und Lesley selber, außerhalb ihres Körpers. Eine ganz neue Erfahrung.
Les hatte ihr die Kleider schon lange weggedacht, und sein Glied drückte bereits hart an ihre Scham. Sie müsste sich nur etwas von ihm wegschieben und würde ihn aufnehmen können. Doch Lesleys Hand legte sich um ihren Po und hielt sie fest genug an sich gepresst, dass sie sich nur an ihm reiben konnte, was sie auch genüsslich in die Tat umsetzte. Sein anderer Arm schloss sich um ihren Rücken, während er sie küsste, beugte er sich nach vorne, damit sie über seinem Arm nach hinten lag. Danach fuhren seine Lippen zu ihrem Hals, und seine Zunge liebkoste sie. Alica erschauerte, in dieser Position sah sie zu Lesley und Tyrell, die sich noch unterhielten, und der Lesley dort zwinkerte ihr zu.
Oh Gott, er schaute ihr zu, er konnte sie sehen. Wie absurd, sich selbst dabei zuzusehen, wie man Sex hatte. Schnell schloss sie die Augen wieder, nicht nur, um seinem Blick zu entgehen, sondern auch, weil seine Lippen sich nun um ihre Brustwarzen schlossen und er heftig zu saugen begann. Kein sanfter Anfang, sie hatte das Gefühl, er wolle sie schlucken, und es jagte ihr tausend Schwerter in ihren Körper. Schreiend

presste sie ihren Unterleib an ihn, verlockte ihn, endlich in sie einzudringen, sie auszufüllen.
Doch er sog und saugte weiter an ihr, leckte sie, bis sie wimmernd und zappelnd wieder die Augen öffnete und sein anderes Ich flehend ansah. Lautlos sagte sie zu ihm. „Bitte nimm mich."
-Schliess deine Augen nicht mehr, sieh mich an und, ich werde dir deinen Wunsch erfüllen.-
Alica nickte bestätigend, brach allerdings ihr Wort gleich wieder, als er mit einem kräftigen Stoß in sie glitt. Sofort zog er sich wieder zurück. Lachend hörte sie seine Stimme in ihrem Kopf: *-Du sollst mich ansehen, Liebste.-*
Alica zwang sich, ihm in die Augen zu sehen, während sein Geist wieder in sie eindrang. Sie sah in seine wunderschönen Augen und zeigte ihm all ihre Gefühle, die er in ihr weckte, zeigte ihm, wie ihre Augen sich verdunkelten vor Lust, zeigte ihm, wie ihr Mund sich keuchend öffnete und seinen Namen flüsterte und wie sie sich anspannte, als der Höhepunkt sich näherte.
Sie ließ auch die Augen offen, als ihre Augen blicklos wurden und der Höhepunkt über sie hereinbrach. Der Atem blieb ihr ein paar Züge lang im Hals stecken, ihr ganzer Körper war angespannt, um kurz darauf erleichtert zusammenzusacken. Seine Arme hielten sie noch immer am Po und um den Rücken. Er kam nach zwei, drei Stößen ebenfalls knurrend in ihr und küsste noch immer ihren Brustansatz.
Danach hob er ihren Rücken an und blickte ihr wieder mit dem Körper, der sie hielt, in die Augen.
„Du bist wirklich erstaunlich, Kriegerin. Und ich danke dir dafür, mit dir wird mir wohl nie langweilig. Das nächste Mal machen wir es auf dem Tisch in der großen Halle, wenn die anderen beim Essen sind."

Alica hörte den Schalk aus seiner Stimme und lachte laut auf.
„Weißt du, Liebster, mir sieht man es an, wenn ich aus meinem Körper gehe. Ich kann nicht weitermachen wie du."
Lesley nickte. „Ja, und dein Drache begleitet dich, er ist nicht mehr auf deinem Kleid, wo du sitzt, sondern ist hier bei deinem Geist. Interessant."
Alica sah auf die Tätowierung auf ihrem Körper. Wenn sie nackt war, legte sich Leferitis als Tattoo um sie, es sah wunderschön aus. Wenn sie Kleider trug, war er in den Stoff gewebt. Sie ging zu ihrem Körper. Les hatte recht, Leferitis war nicht mehr auf dem Kleid. Die Rose und auch der Kranz waren noch dort, aber ihr Kleid war leer. Sie fuhr zurück in ihren Körper und sah, wie sich der Drache sofort wieder auf ihr formte. Kathrina und Armana wollten sie mit Fragen bestürmen, doch Alica schüttelte warnend den Kopf. Sie stand noch etwas schwankend auf und drehte sich zu Lesley um, der elegant wie immer auf sie zukam. Er ergriff stützend ihre Hände und lächelte wissend auf sie nieder. Alica errötete.
„Was geht hier vor?" Armana sah von einem zum andern und legte fragend die Stirn in Runzeln.
„Etwas Privates."
Der Farbton ihrer Wangen nahm in etwa den einer Tomate an, und Lesleys Grinsen vertiefte sich.
Kathrina war nervös, wie immer, wenn ein Kondor anwesend war. Sie konnte ihre Angst nie ganz verbergen, was alle dazu brachte, etwas in Distanz zu bleiben. Der König hatte Alexanders Wunsch respektiert, nicht in ihrem Kopf nach ihren Geheimnissen zu suchen, da sie wirklich Schlimmes erlebt hatte. Alle waren überzeugt, auch von den

beiden anderen zu erfahren, was genau sie vorhatten. Es war nicht nur männliche Arroganz, die sie zu dieser Annahme verleitete, es war die Arroganz von tausend Jahre alten Wesen, die sich nicht von Frauen, die nur ein paar Jährchen zählten, ins Bockshorn jagen ließen. Genau das war es, was den Frauen bei ihrem Plan half. Alica nickte Kathrin zu und diese brachte, ohne zu zögern, den Stein ins Rollen.
„War er etwa in deinem Kopf Alica? Er weiß aber nicht, wo du warst, ihr habt mir versprochen, nichts zu sagen."
Lesley zog eine Braue hoch. „Ah, Geheimnisse, wo warst du, Alica?"
Kathrina spielte ihre Rolle perfekt, sie warf sich vor Alicas Füße. „Nein Königin, nein, ihr habt es versprochen, verratet ihm nichts."
Alica sah auf sie runter und musste ein Lachen zurückhalten, als Kathrina ihr zuzwinkerte.
Stolz hob sie ihr Kinn. „Von mir erfährst du nichts!"
Für alle eine neue Erfahrung. Lesley nahm seine Urgestalt an und wirbelte um sie alle herum, bis er alle zusammen Gregor direkt vor die Füsse materialisierte. Armana und Alica nahmen es einigermaßen gelassen hin, von ihm umspült zu werden, doch Kathrina hatte sich sehr erschrocken über seine Präsenz an ihrem ganzen Körper und hielt sich abwehrend die Arme über den Kopf. Ihr Zittern berührte sogar Lesley.
„Kathrina, komm steh auf, Kleines. Ich wollte dich nicht erschrecken, nur uns alle gemeinsam materialisieren."
Gregor schaute verwundert auf seine Gefährtin, die ihm schnell in Gedanken erklärte, was geschehen war. Gregor befand sich in ihrem privaten Wohnraum, Robert war bei ihm und wie es der Zufall wollte, auch Alexander. Dieser war beim Anblick von Kathrina, die

vor Angst zitterte, erbost aufgesprungen und wollte auf Lesley losgehen. Lesley, der gerade keine Lust auf eine Auseinandersetzung hatte, nickte Robert zu, der sich ihm in den Weg stellte. Robert hatte bereits einige Fähigkeiten der Kondore erprobt und war bewandert in den Kampftechniken und auch der Magie. Er war von allen Kondoren Roran in seinen Fähigkeiten am ähnlichsten. Natürlich hätte er als Neuling keine Chance gegen Alexander, aber Alex war in erster Linie ein Heiler und würde niemals gegen einen seiner Patienten kämpfen, wenn dieser dabei verletzt werden könnte.

Wutschnaubend sah er auf Kathrina, aber blieb stehen verhielt sich ruhig.

Kathrina wimmerte, als Lesley nach ihr greifen wollte, doch dieser ließ sich nicht beirren. Auch Alica sprang nicht ein. Kathrina musste diese Angst überwinden, und das konnte sie nicht, wenn man sie in Watte packte. Lesley würde ihr nur aufhelfen und sie zu Alexander bringen, sonst nichts. Auch Alexander hatte das nun begriffen und zwang seine Wut aus dem Blick, um Kathrina nicht noch zu erschrecken.

Kathrina entspannte sich schon etwas, als sie spürte, dass Lesleys Griff nicht grob und schmerzhaft war, sondern sanft und beruhigend. Ihr Zittern ließ aber erst ganz nach, als er ihre Hand in die von Alexander legte und sie in dessen Augen blickte. Seufzend schmiegte sie sich an ihn.

„Es tut mir leid, Kathrina, ich habe nicht darüber nachgedacht, als ich dich umspülte, was du alles erlebt hast. Ich entschuldige mich in aller Form bei dir, dass ich dir solche Angst gemacht habe."

Kathrina schenkte ihm sogar ein unsicheres Lächeln.
„Du konntest nichts dafür. Ich habe immer noch zu viele böse Erinnerungen."
Lesley nickte Alexander zu. Alica hatte gerade noch die Chance, Kathrina etwas zu sagen, bevor wieder einmal sämtliche Kanäle vom König gekappt wurden.
-Anastasia hat sich an Gabriel verraten, wir werden sofort ins Dorf gehen, wenn die Kondore aufgebrochen sind.-
„Warum kappst du wieder meine Verbindungen?" Ihre Stimme war zornig, und ihre Augen blickten in schmalen Schlitzen auf den König.
Dieser quittierte ihren Zorn mit einem Lächeln. Sie trug sein Kind in sich. Von ihm aus konnte sie alles sagen, was sie wollte. Schwangere waren unberechenbar.
„Ich habe nicht deine gekappt, Königin, sondern die von Kathrina."
Sie prüfte es nach und stellte fest, dass er die Wahrheit sagte.
„Warum?"
„Weil wir wohl wieder streiten werden und ich nicht wollte, das sie zu viel davon mit bekommt. Sie ist noch zu schreckhaft."
Alica warf schwungvoll ihr Haar nach hinten.
„Ach ja? Du willst streiten? Ich nicht, ich habe etwas erfahren, was mich dazu bringt, das Versprechen, das ich Kathrina gab, zu brechen."
Lesley sah sie erstaunt an, doch der König meinte nur: „Erzähl."
„Ich war noch einmal bei der Frau, zu der das Schicksal mich geführt hatte."
„Tynans Gefährtin?"

„Genau, obwohl er wohl seine liebe Mühe mit ihr haben wird, aber darüber lache ich später. Sie ist eine Drachen-Gestaltwandlerin."
Alica ließ ihre Worte etwas sacken und konnte ihr Grinsen nicht zurückhalten, als beide, ihr Gefährte und der König, sie mit offenem Mund anstarrten.
„Ja, schaut nur, sie versteckt sich seit vielen Jahren in einer Höhle. Nur ihre Wächterin hat Zutritt zu ihr, in diesem Fall Kathrina. Nun wurde diese von Gabriel gefangen genommen, damit sie ihm das Versteck des Drachen preisgeben sollte. Sie hat nichts verraten, auch nicht unter der grausamen Folter. Doch Anastasia machte sich Sorgen um sie, als sie nicht mehr kam und erhob sich aus der Höhle, um nach ihr zu suchen. Sie hat mir gesagt, dass sie von Gabriels Spionen entdeckt worden ist."
Weder Gregor noch Lesley reagierten auf ihre Worte, sie sah, wie es in ihren Köpfen rotierte, doch sie hatten noch nicht das ganze Ausmaß dessen begriffen, was es bedeutete. Also half ihnen Alica auf die Sprünge, sie mussten sich beeilen, Gabriel wäre vielleicht schon auf dem Weg zu Anastasia.
„Hallo Männer? Sie ist ein Drache, Gabriel weiß, wo sie ist. Drache, Herz, Gabriel?"
Gregors entsetzter Blick zeigte ihr, dass sie es begriffen hatten.
„Wo ist sie?"
Es zählte nicht mehr, dass sie wohl Tynans Frau war, als Gregor alle zusammenrief. Er erwähnte es nicht einmal, als er alle auf den neusten Stand brachte.
„Ihr werdet auf den Berg laufen müssen, Anastasia hat alles mit Zaubern belegt, die das Fliegen unmöglich machen. Also werdet ihr eine Weile brauchen, bis ihr bei ihr seid. Beeilt euch bitte."

Gregor nickte. Alica hatte ihm das Bild gezeigt, wo die Höhle sich befand und fackelte nicht mehr lange. Alle Kondore außer Tyrell und Drako dematerialisierten sich.
-Mist, Armana! Tyrell, Drako und Alexander sind noch hier.-
„Macht nichts, Alica. Alexander und Kathrina sind noch nicht gebunden, er verliert ihre Spur, wenn wir in der Stadt sind."
Sie hatte laut gesprochen, Tyrell und Drako sahen sich kurz an und wollten dann nach ihnen greifen, doch die Ladys waren zu schnell. Sie materialisierten sich zu Kathrina, packten sie und gingen gleich weiter, ohne auf Alexanders zornigen Schrei zu hören. Sie blieben an keiner Stelle, sondern materialisierten sich etwa zehn Mal an einen anderen Ort, damit die Männer ihre Spur sicher verlieren würden.
In einem kleinen Café hielten sie inne und setzten sich schnell in eine ruhige Ecke. Nachmittags um fünf waren nicht viele Leute da. Ein älterer Herr las seine Zeitung und bemerkte sie gar nicht, die Kellnerin trocknete gerade ein paar Tassen aus und stellte sie ins Regal zurück, an der Bar saß eine junge Frau mit einem Baby auf dem Schoß. Sie war ganz auf das Kind konzentriert und hatte vom plötzlichen Auftauchen der drei nichts bemerkt. Nur ein junger Mann, wohl fast noch im Teenageralter, saß mit großen Augen da und blickte die drei erschrocken an. Armana trat zu ihm. „Wie … Was …Woher …" Er brachte keinen Satz heraus. Armana versuchte gar nicht, mit ihm zu reden, schnell manipulierte sie ihn. „Wir sind ganz normal zur Türe reingekommen, du interessierst dich nicht für uns und liest dir die Bücher in deiner Schultasche gut durch."

Sie grinste zu Alica und Kathrina und setzte sich wieder zu ihnen.
Kathrina sah sie erstaunt an. „Wie ist das mit Vampiren und der Sonne?"
„Na ja, wir vertragen sie nicht allzu gut und wenn wir zu viel abbekommen, frittiert es uns, aber ich bin ja nun mal kein Vampir mehr, sondern eine Kondor."
Kathrina nickte verstehend.
„Also, und nun?"
„Es ist halb fünf Uhr nachmittags. Recal kann erst ab etwa sieben Uhr nach uns suchen. Denn im Gegensatz zu den Kondoren hat er seine Tageslichttauglichkeit verloren, als er böse wurde. Das heißt, wir haben noch etwa drei Stunden, bis er uns findet. Und in etwa vier Stunden wird ein sehr, sehr, sehr wütender Lesley und ein vermutlich noch wütenderer König bei uns materialisiert werden. Also müssen wir unsere Falle vorbereiten, Recal töten und danach schnell nach Hause, um so zu tun, als hätten wir gar nichts gemacht."
Armana lachte. „Ja und sie werden uns das natürlich glauben. Klar."
„Wird Alexander auch wütend sein?" Kathrinas schüchterne Stimme zog eine unerfreuliche Stille mit sich.
„Ja, Kathrina, das wird er, aber nicht auf dich. Möchtest du lieber nach Hause?"
Kathrina riss sich zusammen und verneinte vehement. „Egal was kommt, ich bleibe an eurer Seite und kämpfe mit euch."
Alica schüttelte den Kopf. „Nein, das wirst du nicht, du spielst den Köder und wenn Recal kommt, materialisiert Armana euch beide sofort aufs Schloss, ist das klar?"

Beide antworteten nicht darauf und schauten zur Seite.
„Ich meine es ernst! Als eure Königin befehle ich euch, sofort zu entfliehen, wenn Recal in die Falle tappt."
Das Nicken der beiden konnte vieles bedeuten, aber Alica ließ es gut sein. Sie überlegte, wo sie am besten den Köder auslegen konnten, ohne dass viele Menschen den Kampf beobachten konnten, denn Menschen waren auf die Wesen der Nacht noch nicht vorbereitet. Und ob gerade ein Neutralisier-Team von Vasili anschließend Zeit hatte, wusste sie nicht.
Am besten eignete sich wahrscheinlich der Wald. An Lesley oder aber an Gregor wollte sie im Moment nicht denken, aber egal was nachher war, Recal zu töten, war das tausendmal wert.
Die Mädels irrten sich nur in einem Punkt ziemlich. Tyrell und Drako verschwendeten nicht eine Sekunde damit, nach ihnen zu suchen, sondern machten sich sofort daran, zu Lesley zu kommen. Da die Kommunikation auf dem Berg gestört war und man nur normal laufen konnte, dauerte die Suche nach den Kondoren eine Weile. Sie waren schon halb den Berg hoch und hatten drei Stunden verloren, bis sie Lesley entdeckten.
„Gregor, Lesley, wartet."
Beide drehten sich zu ihnen um, und ihre Gesichter wurden düster. Sehr düster.
„Wo sind die Königin und meine Gefährtin?"
Die Stimme des Königs vibrierte vor Wut, elektrisch aufgeladene Wellen kamen schubweise von seinem Körper, welcher fast explodierte vor unterdrückter Wut.
„Kaum dass ihr aufgebrochen seid, sind sie abgehauen, alle drei zusammen."
„Dann war das nur Ablenkung! Also sofort alle zurück, und dann binde ich meine Frau und deine Frau in ihren

Schlafzimmern an die Wand für die nächsten 300 Jahre!"

Sie hatten sich alle schon umgedreht, als sie oben vom Berg ein dunkles Grollen hörten und ein lautes Jaulen. Auch die Feuerwand, die etwa zwei Kilometer weiter oben emporschoss, wies darauf hin, dass wohl nicht alles gelogen war, was die Königin ihnen erzählt hatte. Nie wären sie darauf gekommen, dass auch Gabriel zum Plan gehörte. Zum Glück nicht, denn die Wut über so viel Dummheit wäre noch um einiges höher gewesen.

„Tyrell, Drako, ihr geht mit den anderen hoch, Tynan, du führst sie an. Roran, du kommst mit uns, es ist deine Nichte, die schon wieder Mist baut!"

Roran musste trotz seiner Sorgen lachen. „Ich war an ihrer Erziehung nicht beteiligt. Euer Glück, sonst wäre sie vermutlich noch schlimmer."

Robert trat vor. „Ich bin mir sicher, Alica will zu Recal. Ich würde euch gerne begleiten, denn auch ich wünsche mir seinen Tod."

Gregor nickte nur, und sie machten sich eilig auf den Weg nach unten.

Die Frauen vermuteten zwar, dass ihre Männer inzwischen Bescheid wussten, ließen sich dadurch aber nicht bei ihrem Tun irritieren.

Sie hatten sich in einen verlassenen Park zurückgezogen, der vor allem von Kiffern genutzt wurde. Die paar Leute, die hier vorbei kamen, waren kaum richtig im Kopf beieinander und würden etwaige merkwürdige Dinge ihrem Rausch zuschreiben.

Kathrina saß an einem kleinen Teich und hatte eine Seerose in der Hand, sie weinte herzzerreißend. Alica war versucht, ihre Form wieder anzunehmen und sie zu trösten, es wirkte so echt. Alica und Armana saßen

in der Ursprungsform der Kondore in den Ästen der Bäume, sie hatten ihre Energie so weit nach unten geschraubt, dass sie nicht mehr abwarfen als eine Eule oder ein größerer Vogel. Recal würde nicht allein kommen, also sammelten sie sich, um sich auf den Angriff vorzu, bereiten.
Kathrina saß auf diesem Stein, sie empfand es nicht als kalt, obwohl es doch schon sehr frisch war. In diesen frühen Abendstunden waren selbst die Tiere ruhig, ein paar Enten schwammen vor ihr auf dem See und suchten in den Seerosen schnatternd noch etwas zu fressen. Am anderen Ende des Sees hörte sie das Quaken eines Frosches, doch die Grillen waren verstummt, seit die Dunkelheit die Feuchtigkeit gebracht hatte.
Kathrina hatte keine Angst. Gabriel wusste nun, wo der Drache war, er hatte es ihm selber gezeigt, also hätte Gabriel nun keine Verwendung mehr für sie. Aber die Königin, die würde er haben wollen, denn sie hatte es gewagt, ihn auszutricksen. Das durfte man mit dem König der Unterwelt nicht machen. Das hieß, Recal würde sie nehmen, um an Alica heranzukommen und diese an Gabriel zu überreichen. Er war in Ungnade gefallen beim König und musste das wiedergutmachen.
Das hieß, sie würde den Köder spielen und wenn nötig, Recal vernichten, denn ihre Aufgabe hatte sich verschoben. Sie beschützte nicht mehr nur einen Drachen, sondern die Königin der Kondore. Eine größere Ehre gab es gar nicht mehr. Da war keine Angst auf Grund der Vergangenheit mehr gerechtfertigt, die einzige Angst, die sie sich noch gestattete, war die Angst um diese unabhängige,

freidenkende Frau und den künftigen König unter ihrem Herzen.
Sie musste um jeden Preis verhindern, dass sie sich umbrachte. Keine leichte Aufgabe, sie waren ja erst zu zweit, Armana und sie, doch sie würden mehr werden, und die Aufgabe würde besser zu bewältigen sein. Doch heute, genau jetzt wollten sie zu dritt gegen einen Klasse-Fünf-Vampir antreten. Oh Gott, wenn das mal nicht schief ging.
Sie spürte, wie die Atmosphäre sich verschob und alles Leben rundherum ängstlich verstummte. Die Präsenz des Bösen kam näher auf sie zu und vergiftete die Umgebung. Als Naturwesen konnte sie fühlen, wie das Gras, die Bäume und die Luft sich protestierend zurückzogen, der Ekel vor dieser bösen Kreatur war groß.
Kathrina stand auf und drehte sich dem Finsteren zu, sah gespielt furchtsam auf die drei Schatten, die sich langsam an sie heranpirschten. Bevor sie sich erhoben, hörte sie schon Recals zischende Stimme.
„Wie nett, eine Jungfrau in Not."
Der Schatten neben ihm lachte rau auf. „Keine Jungfrau, Rec, ich weiß das aus erster Hand."
Kathrina wurde weiß wie die Wand, diese Stimme gehörte einem ihrer Peiniger; er hörte auf den Namen Calvin. Drei der Sorte hatte es neben Gabriel gegeben. Den einen hatte Alica schon beseitigt, nun war der Zweite hier mit Recal. Kathrinas Zähne wurden länger, sie stand kurz vor der Verwandlung in ihre Tigergestalt. Alica hatte die Chance auf Rache, doch auch sie konnte Rache ausüben. Es fiel ihr schwer, angstvoll zu wirken, wenn sie am liebsten sofort zum Angriff übergegangen wäre. Sie spürte die Energie, die von Alica ausging, als sie das Netz wob,

das verhinderte, dass die Vampire fliehen konnten. Armana begann im Gegenzug, Rüstungszauber zu sprechen, die sie alle drei schützen konnten. Der arrogante Klasse-Fünf-Kondorvampir und seine beiden Klasse-Drei-Vampire spürten die Energie nicht, sie weideten sich an der offensichtlichen Angst ihres Opfers. Kathrina trat einen Schritt zurück.
„Bitte tut mir nicht weh."
Wieder lachte Calvin dreckig auf. „Du sagst Recal, wie er an die Königsfotze rankommt, und nachher gehörst du mir. Ich habe gern mit dir gespielt und werde es genießen, dich noch mehr zu quälen."
Kathrina spürte, dass Alica und Armana beide näher kamen.
-Das Arschloch gehört mir.-
-Möge die Vorstellung beginnen.-
Als die Vampire bemerkten, dass Kathrina sich verwandelte, wollten sie sie schnell daran hindern, denn als Tiger war sie zu stark, doch Alica materialisierte sich direkt vor sie hin und zog einen Schutz über sie.
Recal hielt seine Leute zurück. Sein Grinsen war bestialisch und verzerrte sein kantiges Gesicht zu einer Fratze. „Ach seht her, die Königin gibt sich die Ehre, und nun ist sie auch noch gekrönt. Wo hast du deinen Mann und deinen anderen Beschützer gelassen?"
Alica trat einen Schritt auf die Bestien zu und sah, wie sich die beiden anderen auch in Form brachten. Zwei hässliche Kerle sahen sie aus blicklosen schwarzen Augen an.
Alica legte in ihrem Geist ihr königliches Sein in einen Koffer und schloss ihn ab. Sie lächelte süß, und ihre Stimme klang sanft, fast liebevoll, als sie sprach:

„Recal, was für eine Überraschung, dich hier zu treffen."
Ihre Augen waren eisig, unter ihren Blicken gefror das Lachen in den Gesichtern der Vampire. Sie standen sich gegenüber. Eine Tigerfrau und ihr Peiniger, eine Vampirin und ein Mitläufer und zu guter Letzt Ein Ex-Kondor und die neue Königin der Kondore, wobei sie im Moment eher die Jägerin der Nacht war.
„Du willst kämpfen, Miststück?"
„Ich will dich töten, Junge."
Sie sprach abfällig, spuckte ihm das letzte Wort vor die Füsse.
„Du?" Sein Lachen zeugte von echter Belustigung.
„Wo ist dein Mann, ich denke, er ist auch in der Nähe."
Alica wusste, dass Recal dachte, sie hätten ihn für die Kondore in eine Falle gelockt, doch sie wollte, dass er wusste, dass sie es war, die den Plan geschmiedet hatte. Kathrina hatte extra für sie Alexander auf den Zahn gefühlt, um herauszufinden, wie man einen Klasse-Fünf, einen echten Ex-Kondor, tötet.
„Wir drei haben lange an einem Plan gearbeitet, wie wir dich bekommen können, ohne unsere Gefährten hineinzuziehen. Ich kämpfe meine Schlachten selber."
Recal legte seinen Kopf schief, sie sah ihm seine Verwunderung an. „Du warst dabei, als ich deine Eltern getötet habe, nicht wahr? Du hast zugesehen. Du hast also gehört, wie deine Mutter mich anflehte, deinen Vater zu verschonen, wie er getobt hat, auf den Boden gepflockt, als ich deine Mutter unter mir hatte und sie mal richtig zuritt. Wie er geschrien hat, als ich ihr das Herz herausriss, als ich mich in ihr verströmte. In dem Moment, in dem eine Frau stirbt, wird ihre Scheide enger und zuckt. Ich genieße es, Frauen zu

töten, während ich in ihnen bin. Allerdings bin ich versucht, dich eine Weile zu behalten."
Alica riss sich zusammen. Bei seinen Worten lichtete sich der rote Schleier über ihrer Vergangenheit. Ein Energiestrom, der aus ihr herausfloss, aber nicht von ihr stammte, hielt ihn aber sofort wieder aufrecht. Alica wusste, dass nicht sie ihre Vergangenheit verschlossen hielt, doch sie konnte nicht ausmachen, wer ihr half. Fast schien es ihr, es wäre ihr Baby, denn die Energie floss aus ihrem Unterleib. Doch sie tat das ab. Es war erst etwas mehr als eine Woche alt, und selbst wenn, ein Ungeborenes trug noch keine Magie in sich. Die entwickelte sich erst, wenn die Kinder etwas reifer wurden.
Es war ihr gleichgültig, wer ihr half, dank demjenigen konnte sie ihre Fassung wahren und kühl antworten: "Ach Schätzchen, ich werde dich aber nicht behalten, du wirst hier und jetzt sterben."
Noch immer sah er sich wachsam um, als er aber keine weitere Energie fühlte, glaubte er ihnen.
"Wie hast du es nur geschafft, wieder alle Kondore abzuhängen, wo du doch besser bewacht wirst als alle anderen?"
"Ich habe eine Situation geschaffen, die dringender ist als meine Bewachung."
In Recals Augen blitzte so etwas wie Bewunderung auf. Er wusste, welche Situation sie meinte, schließlich hatte er mitbekommen, als Gabriel informiert wurde.
"Du bist nicht nur schön, sondern auch gerissener als alle anderen, die ich kenne. Schade, du hast dich für die falsche Seite entschieden."
"Ich finde, wir haben genug gequatscht, seid ihr bereit, Mädels?"

Es gab keine Antwort, aber beide griffen gleichzeitig ihren Gegner an.
Armana schoss auf den unbekannten Vampir zu und griff ihm an die Kehle. Sie schoss mit ihm nach hinten, bis er an den Baum hinter sich stieß. Sie fuhr ihre Krallen aus und grub sie tief in sein Fleisch, worauf dieser ächzte und zischte. Kathrina packte Calvin an der Schulter, ihr Tiger verbiss sich in ihm, und die Wucht ihres Raubtierkörpers warf den Vampir um. Alica hatte in dem Moment des Angriffs das Schild fallen lassen müssen, da sie die Wand um sich herum und den Angriff führen musste, konnte sie den Schutz, den Armana gewoben hatte, nicht auch noch aufrecht erhalten. Mit ihren Händen formte sie einen Angriffszauber, da die Macht der Überraschung Recal einen Moment lähmte. Es würde der einzige Zauber sein, den sie sprechen konnte, ehe er zum Angriff überging, also legte sie so viel Macht und Energie in ihn, wie sie sammeln konnte. Ein weißer Lichtball sammelte sich zwischen ihren Fingern. Überrascht sah sie, wie sich noch ein weicherer blauer Glanz darin einfügte, der wieder nicht von ihr kam. Sie fragte sich, ob Gregor einen Teil von sich in ihr verankert hatte, um sie besser schützen zu können – saphirblau war seine Farbe der Magie.
Recal hatte sich gefasst und formte seinerseits einen Zauber mit den Händen. Schwarze Magie sammelte sich zwischen seinen Fingern, doch Alica war fertig, mit voller Wucht schoss ihre weiße Kugel auf ihn zu und warf ihn nach hinten, seine schwarze Magie verpuffte. Alica packte Rambura und setzte ihm nach. Mitten im Angriff spürte sie plötzlich Lesleys starke Präsenz.

-Ich bin unterwegs und wenn wir die Kerle fertig gemacht haben, werde ich dir sowas von den Hintern versohlen, wie du es noch nie erlebt hast!-
-Lenk mich nicht ab.-
Ihre Stimme in seinem Kopf klang kalt und abweisend.
-Nimm das Energiefeld um euch weg, dann kann ich mich direkt zu dir materialisieren.-
-Den Teufel werde ich tun!-
Im Augenwinkel sah sie Lesley, Gregor, Roran und Robert außerhalb ihrer Wand auftauchen, doch sie wussten noch nicht, wie sie den Raum gefunden hatten. Also hielt sie die Wand noch eine Weile auf.
-Mädels, die Kerle sind hier, wir haben nicht mehr viel Zeit.-
Mit diesen Worten warf sie sich auf Recal, der seine Krallen nach vorne schlug und sich hart in ihrer Brust versenkte. Der Schmerz traf sie nicht unvorbereitet, und doch brannte es wie Feuer, als er tief in ihr Fleisch schnitt. Sie stöhnte auf. Leferitis löste sich von ihrem Kleid und verbiss sich schreiend in Recals Hals. Er schlug mit seinen Flügeln um sich und traf nicht nur Recal hart damit, sondern schlug auch sie nach hinten. Recal riss ihr ein Stück Fleisch aus der Brust, und sie rang nach Atem vor Schmerzen. Aus dem großen Loch floss schnell und viel Blut heraus. Als Alica sah, wie Recal Leferitis brutal weg stieß und von den Schlingpflanzen an den Boden fesseln ließ, wurde ihr eines klar: Sie hatte keine Chance gegen ihn. Er war ein Ex-Kondor der Klasse fünf, und wie sie niemals im Kampf gegen Lesley bestehen würde – sie wusste, Lesley verschwendete noch nicht einmal Atem, um sie zu beherrschen – würde sie auch nichts gegen Recal ausrichten können. Der Blutverlust ließ sie erschöpft schwanken. Recal streckte seine Hand nach vorne

und griff sie um den Hals. So hob er sie hoch. Alica zappelte nicht, sondern spie ihm Blut ins Gesicht. Armanas Vampir hatte den Kampf verloren und zerfloss in ein Häufchen Asche, Kathrina kugelte sich mit ihrem Peiniger noch immer am Boden. Auch sie würde es schaffen, wenn Recal nicht eingriff. Alica fällte eine Entscheidung. Sie opferte ihr Leben für die beiden anderen. In ihrem Inneren sagte sie: - *Entschuldige, mein Kind, ich muss sie schützen*.-
Sie schloss ihren Schutzschild um Armana und Kathrina und riss die Wand um alle herum ein. Wären sie schnell genug, konnten sie wenigstens die beiden anderen retten. Calvin, der mit Kathrina verbunden war, versuchte, dem Schutzschild zu entgehen, doch Kathrina hielt ihn fest mit ihren Krallen gefangen, und er verbrannte in den Feuern des Schildes.
Gregor eilte zu Armana und untersuchte sie schnell. Lesley und Robert gingen langsam und berechnend auf Recal zu, während Roran zu Kathrina eilte und sie im Sprung aufhielt, den sie auf Recal zu machte. Auch Armana kämpfte gegen Gregor mit Tränen in den Augen an. Sie wollte Alica helfen, doch die Männer hinderten die beiden ohne Probleme daran.
„Recal, lass sie los!" Lesleys Stimme war leise, doch noch nie hatte sie gefährlicher geklungen. Alica verließ ihren schmerzenden Körper und sackte in Recals Griff zusammen. Der dachte, sie wäre ohnmächtig geworden; als sie an Lesley vorbeiging, streifte sie seinen Arm.
Lesley konnte sich nicht abspalten, Recal wusste um ihre Kräfte und hatte sie behindert. Er hatte gegen keinen von ihnen eine Chance, aber solange er die Königin bedrohte, würden sie nicht angreifen. Eine

kleine Bewegung seines Handgelenkes, und sie wäre tot.
-Kämpferin, bleib hier! Ich muss ihn erst dazu bringen, dich los zu lassen. Er wird dir das Genick brechen, wenn du ihn tötest.-
-Er wird mich nicht loslassen. Er weiß, das er so oder so sterben wird und hat nichts zu verlieren. Er spielt nur noch mit euch.-
-Lass es mich versuchen, denk an dein Baby.-
-Es tut mir leid, ich liebe dich.-
Lesley sagte Gregor, was sie vorhatte. Die Opferbereitschaft der Königin brachte den König dazu, seine ganzen Kräfte zu entfesseln. Er war nicht ohne Grund der König der Kondore. Er begann zu flimmern, und ein blaues Licht strahlte aus seinem Körper, überall strahlte es aus seinem Körper, während er in die Luft abhob. Recal wollte in diesem Moment, als er sah, wie der König Magie einsetzte, ihrem Leben ein Ende setzen, doch das verhinderte der König geschickt. Das blaue Licht, das sie alle einschloss, hielt ganz einfach die Zeit an, alle blieben reglos stehen. Gregor ging auf Alicas Körper zu und löste den Griff um ihren Hals. „Du willst deine Rache, Kriegerin, du hast geschickt eingefädelt, dass wir nicht da waren. Ein guter Plan, der dich das Leben gekostet hätte." Alica, die in der anderen Sphäre war, konnte sich noch bewegen und verstand den König genau.
-Ich weiß, Gregor, ich habe uns alle in Gefahr gebracht, auch dich und Lesley. Ich dachte wirklich, ich könnte ihn töten mit meinen neuen Kräften.-
-Weißt du was, wenn du Geduld gehabt hättest, in drei, vier Jahren, wenn du mit deinen Kräften richtig vertraut gewesen wärst und du und der Drache ein

noch besseres Team wärt, wäre dir das wahrscheinlich gelungen.-
-Ich musste handeln, ehe noch mehr Frauen da sind! Gegen Armana und Kathrina kann ich mich noch durchsetzen, allerdings wäre Anastasia nie bereit gewesen, mir zu helfen, wenn sie gewusst hätte, wie gefährlich das ist.-
-Das ist ein anderes Thema. Du hast wirklich den Drachen an Gabriel verraten, um uns abzulenken!-
Alica lachte trotz der Situation. *-Nein, sie hat sich selber verraten, um mir zu helfen.-*
-Was bringt dich nur dazu zu glauben, dass die Frauen dich nicht immer in allem unterstützen werden, was du tust? Du bist unsere Königin! Das heißt, alle unsere Frauen werden dir bis ins letzte Detail ergeben sein und einzig deinen Schutz im Auge haben.-
Alica war ehrlich zerknirscht, er hatte nicht ganz Unrecht. *-Also dann töte ihn und übernimm meine Rache für mich.-*
Eine Träne lief über ihre Wange, Gregor sah sie nicht, aber er spürte es.
„Nein, das ist mein Geschenk an dich. Wir haben dich zu einer der unseren gemacht, wir haben dich in ein Schicksal gezwungen, das du nicht freiwillig wählen würdest, ich habe dich zum Sex mit mir genötigt und ein Kind mit dir gezeugt. Ich habe viel wiedergutzumachen, und ich schenke dir die Blutrache an Recal, die du selbst ausführen darfst."
Alicas Herz zog sich zusammen, und noch mehr Tränen liefen ihr über die Wangen. Gregor schaffte es, seinen Arm durch die Sphäre zu schieben und strich ihr über die Wange, wischte die Träne fort.
„Meine Königin, du bist die Frau meines besten Freundes, doch uns wird immer so viel mehr

verbinden. Ich würde alles tun, damit du glücklich bist. Also hör auf zu weinen und lass es uns zu Ende bringen."
Alica ging hinter Recal, während Gregor das Licht in seinen Körper zurück schob. Im selben Moment, als die Zeit wieder zu laufen begann, bemerkte Recal, dass seine Finger Alicas Hals nicht mehr umschlossen. Er hatte keine Chance mehr zu reagieren. Alica stieß ihren Arm mit ausgefahrenen Krallen tief in sein Herz und zog es mit einem kräftigen Ruck heraus. Recal hatte ihr höhnisches Lachen im Kopf, als er verstarb. Die letzten Worte, die er hörte, waren Alicas: „Auch ich kann mich von meinem Körper lösen, Idiot! Bye bye, Baby!"
Recals Körper löste sich in Luft auf, nichts blieb von ihm übrig, er verpuffte einfach. Alles Böse in der Umgebung zog sich zurück, und die Natur holte sich ihr Reich zurück. Alica fuhr in ihren Körper und hob abwehrend die Hand, als Lesley auf sie zustürmte. „Bitte, ich brauche einen Moment." Die Wunde in ihrer Brust war so gut wie verheilt, sie fragte nicht nach dem Wie. Noch unter Schmerzen lief sie auf Robert zu, der einfach nur da stand und auf den Fleck starrte, wo Recal sich aufgelöst hatte. Doch sein Herz hielt sie noch in den Händen, es war hart wie Stein geworden. Alles was jetzt noch zu tun war, würde Robert erledigen, sie legte es vor ihn auf den Boden.
„Los, Bruder, tritt drauf und bring es zu Ende. Auf dass die Energie dieses Monsters nie mehr eine Chance hat zurückzukommen."
Robert sah ihr in die Augen, dankbar dafür, dass sie ihn teilhaben ließ. Er hob den Fuß und zertrat das Herz. Beide sahen zu, wie die Einzelteile Feuer fingen

und der allerletzte Rest des Mörders ihrer Eltern von der Erde getilgt wurde.
Alica sah zu ihrem Bruder. Seit er ein Kondor geworden war, hatte er sich sehr verändert. Er war ernsthafter geworden. Doch auch sein Körper war nicht mehr derselbe. Er maß fast einen Kopf mehr und wo er früher eher schlaksig gewesen war, standen jetzt harte Muskeln, das Training hatte seinen Körper stählern gemacht. Sie hatte auch ihren Bruder verloren, nicht nur ihre Eltern. Er war nicht mehr der fröhliche junge Mann an ihrer Seite, der sie aufheiterte und auf sie achtgab. Er war ein Beschützer, ein Kämpfer, ein Wesen der Nacht geworden. Sie legte beide Hände um seine Wange und zog seinen Kopf zu sich herunter. Überrascht ließ er es geschehen. Sie gab ihm einen Kuss auf seine Stirn und sagte mit gebrochener Stimme: „Ich hoffe, ich werde dich einmal wiedersehen, mein Bruder, ich hoffe, irgendwo in diesem Körper steckst noch du."
Robert trafen ihre Worte hart, er wusste selbst, dass er sich verändert hatte, wusste, dass der Kondor sein Ich nach hinten gestellt hatte. Doch es war zum Guten, nicht zum Bösen. Alica hatte so viel verloren in letzter Zeit, dass er ihr die Worte nicht übel nehmen konnte. Er verstand ihre Verunsicherung. Doch er ließ nun auch vor ihr den Kondor raushängen, jemand musste diesen Moment brechen. Unsanft packte er sie am Kragen und zog sie auf Augenhöhe. „Was zum Teufel hast du dir dabei gedacht, uns reinzulegen, um alleine auf ein so gefährliches Wesen losgehen zu können? Er hätte dich – verfluchte Scheiße nochmal – töten können!"
Sein Ausbruch war echt, er liebte sie, und der Gedanke an ihren Tod machte ihn rasend. Gleich drei

Knurren ließen ihn beim Schütteln ihres Körpers innehalten. Zum einen knurrte der König, als Warnung, auf sein Kind und dessen Mutter achtzugeben, dann knurrte der Drache, um ihm zu sagen, dass er demnächst zupacken würde, doch am gefährlichsten war Lesleys Knurren.
-Lass meine Gefährtin los, das ist meine Aufgabe!-
Robert ließ sie langsam nieder und zischte ihr zu: „Tu nie wieder so etwas Dummes, hörst du? Nie wieder!"
Alica sah ihn mit geröteten Wangen an. Sie war es noch nicht gewohnt, dass sie schwächer als ihr Bruder war. Allerdings ließ eher der Gedanke an Lesleys Wut ihre Wangen röten. Sie liebte es, mit ihm zu streiten und wappnete sich gegen das, was kommen würde. Doch erst musste sie wohl noch den König besänftigen. Sie drehte sich zu Gregor um, doch dieser schüttelte nur den Kopf. Sie zuckte die Achseln, also keine Standpauke des Königs. So holte sie tief Luft und drehte sich zu ihrem Partner um. Lesley funkelte sie zornig an, seine Augen waren zu engen Schlitzen zusammengezogen. Er trat einen Schritt auf sie zu, was Alica dazu veranlasste zurückzuweichen und abwehrend die Hände zu erheben. „Wenn ich es dir gesagt hätte, hättest du es mir verboten."
Er kam noch einen Schritt näher, geschmeidig wie ein Raubtier. „Und warum, hast du ja gesehen!"
Wieder trat sie zurück. „Ich habe ihn getötet!"
Beim nächsten Schritt war er schon beinahe an ihr dran, verflucht waren seine langen Beine: „Nur weil Gregor dir geholfen hat. Wären wir nicht rechtzeitig gekommen, wärst du jetzt tot!" Die letzten Worte betonte er leise. Die anderen waren aufgebrochen nach Hause, sie beide waren allein im Wald. Alica erschauerte unter seinen Blicken, diesmal machte ihr

Gefährte ihr tatsächlich Angst. Beim nächsten Schritt stieß sie mit dem Rücken an den Baum hinter ihr.
„Ich weiß."
Ihre Stimme hatte einen ganz sanften, beruhigenden Ton angenommen. Sie versuchte, zu ihm durchzudringen und das Urwesen, das er gerade freigelassen hatte, wieder in ihn zu verwandeln. In dieser Stimmung hatte sie ihn noch nie erlebt, er wirkte gefährlicher denn je, noch gefährlicher. Lesley wusste genau, was sie tat und warum. Sie dachte, er hätte sich nicht mehr unter Kontrolle, doch er war voll da und so wütend wie ein angeschossener Bär.
„Ich bin tausende von Jahren alt, habe schon vieles gesehen und erlebt in meinem Leben, aber so etwas Dummes wie du ist mir noch nie untergekommen!"
Alica richtete sich auf, sie war nicht dumm. Sie öffnete den Mund, um etwas zu erwidern, doch er legte seine Hand darüber und hinderte sie daran, auch nur einen Laut hervorzubringen.
„Du hast mir mehr graue Haare beschert als jeder Kampf vor dir. Du bringst dich, deine Freunde und unser ungeborenes Kind ohne Nachdenken in Gefahr."
In seinem Kopf sagte sie: -*Ich habe sogar sehr viel nachgedacht vorher.*-
Da platzte ihrem Gefährten mit seinem explosiven Naturell noch endgültig der Kragen. Er packte sie ebenfalls und zog sie nahe an sich ran. Dann schüttelte er sie, vorsichtiger als Robert vorher, doch genug, um ihr Verstand einzubläuen „Tu so etwas grob Fahrlässiges und Gefährliches nie wieder. Mach nie wieder so eine Vendetta, ohne mich oder einen der anderen Kondore an deiner Seite. Schwör mir hier und jetzt bei unserem Baby, dass du es nie wieder tun wirst!"

Da seine Hand noch immer über ihrem Mund lag, antwortete sie ihm wieder mittels Telepathie.
-Das kann ich dir nicht versprechen, Liebster. Ich kenne die Zukunft nicht.-
Soweit musste er ihr Recht geben, doch er wollte sie nicht so ohne weiteres loslassen. „Versprich mir wenigstens, dass du dein Bestes gibst, es nie wieder zu tun."
Er klang so resigniert, dass sie unter seiner Hand zu lächeln begann. Sanft strich sie mit der Zunge über seine Handinnenfläche.
-Ja, das verspreche ich dir, schon wieder.-
Lesley zog seine Hand weg und senkte seine Lippen auf ihre. Keiner konnte so küssen wie er, so dass sie sich an ihn klammern musste wie eine Ertrinkende, die nach einem rettenden Halt griff. Er küsste ihr den Verstand weg, bis sie nur noch spürte und nicht mehr dachte. Ihre Gefühle für ihn waren so grenzenlos groß, ihr Herz so offen für alles, was von ihm kam, dass ihre Herzen sich verbanden, sich ineinanderschlangen und jeder einen Teil von sich im anderen zurückließ.
Hier in diesem Waldstück, nach ihrer Blutrache, war sie endlich soweit, sich ihm ganz zu öffnen. So wurden sie endgültig zu Gefährten. Was sie vorher schon an Leidenschaft und Liebe verbunden hatte, verschmolzen ihre Körper. Ein ganz kleines, blaues Licht der Magie stahl sich zwischen sie und drang in ihre Herzen ein. Überrascht hob Lesley den Kopf.
„Sieh an, sieh an, auch unser Sohn steckt voller Überraschungen."
„Dann ist er es doch? Ich habe erst daran gedacht, doch es dann wieder abgetan, da Kinder ja erst ab einem gewissen Alter magische Kräfte entwickeln. Er hat mir Energie geschickt, als ich den Angriff gegen

Recal führte, und er hat mir geholfen, mich schneller zu heilen."
„Na da können wir uns ja auf etwas freuen."
Lesley lachte auf und legte eine Hand auf ihren Bauch. Leise flüsterte er dem Baby zu: „Du bist genau wie deine Mama, mit der wird mir auch nie langweilig."
Alica schlug ihm auf die Schulter. „Hey! Das ist was Gutes!"
Sie hörte sein ‚Na ja' nur noch am Rande, als er sie beide wieder zum Schloss materialisierte. In der Halle herrschte reges Treiben, die Kondore vom Berg waren auch schon zurückgekehrt. Alexander sah sie mit wütend blitzenden Augen an, was sie dazu verleitete, ihm die Zunge rauszustrecken. Kathrina grinste sie an, legte beruhigend ihre Hand auf Alexanders Arm und streichelte ihn. Alexander setzte sich wieder hin und begann, hitzig mit Kathrina zu streiten. Armana war nicht zu sehen. Gregor stand ohne sie bei Tyrell und Harris. Als sie näher kam, sah auch Tyrell erst wütend auf, doch bei ihren Worten kehrte sein flapsiges Grinsen sofort wieder zurück. „Schau mich nicht so böse an, Alter! Bist ja selber schuld, wenn du dich von uns reinlegen lässt."
Gregore nahm ihre Hand und zog sie etwas näher. Er musterte sie von oben bis unten, doch Lesley hatte sie noch zu Ende geheilt, und die Kleider hatte sie selbst schnell geflickt.
„Es geht dir gut?"
Alica strahlte ihn an. „Danke, dass du mich das tun ließest. Ja, meine Eltern werden dadurch nicht lebendig, aber es tut unglaublich gut zu wissen, dass ich sie gerächt habe" Mit einem Seitenblick auf Robert ergänzte sie: „Dass wir sie gerächt haben."

„Ich wusste, dass es dir hilft. Aber eines musst du noch machen, um die Vergangenheit ruhen zu lassen, du musst dich jemandem anvertrauen. Nicht heute, nicht morgen, aber irgendwann musst du den roten Schleier lüften, um das Thema endgültig zu begraben."
Alica wusste, dass er recht hatte, aber im Moment wollte sie nicht darüber nachdenken. Um sich abzulenken und auch um ihre Neugier zu stillen, fragte sie: „Wo ist Tynan? Und wo ist Anastasia? Ihr konntet ihr doch helfen?"
Tyrell antwortete ihr. „Das Drachenmiststück ist noch auf dem Berg, Tynan ist bei ihr geblieben, um sie zu beschützen und um sie zu zähmen. Anscheinend steht er auf sie, aber da kann er sich auf etwas gefasst machen."
Alica lachte. „Oh ja, das wird lustig. Aber Anastasia wird mir bestimmt alles erzählen, wenn sie mal hier ist."
Harris trat näher zu ihnen. „Anastasia ist ein ganz liebes Mädchen, sie hat einfach viel Feuer im Hintern. Wen wundert's – sie ist ein Drache. Ich bin auf alle Fälle froh, dass sie noch lebt."
Alica nickte verstehend. „Sie hat erwähnt, dass ihr eine Weile zusammen gekämpft habt."
Schweigend hingen sie einen Moment ihren Gedanken nach. Alica sah sich in der Halle um, doch Armana war nirgends zu sehen.
„Wo ist deine Gefährtin, König? Du bestrafst sie nicht etwa?"
„Nein, sie hat nur dich beschützt. Die einzige, die Strafe verdient hat, bist du. Aber das kann dein Gefährte übernehmen, ich habe keine Lust, dich zu bestrafen, wenn du mein Kind unter dem Herzen trägst."

Alica blitzte ihn frech an, doch sie riss sich zusammen.
„Wo ist sie dann?"
„Sie fühlte sich nicht wohl, sie liegt auf dem Sofa in unserem Quartier."
Alica machte sich Sorgen, vielleicht hatte der Vampir sie doch verletzt, doch Gregor beruhigte sie schnell wieder. „Nein, es ist nichts Shlimmes, aber geh und frag sie selber. Es ist etwas, das sie dir erzählen möchte."
Alica wartete nicht mehr lange, sie nahm Kathrina gedanklich mit und sandte ihrem Liebsten noch ein paar warme Wellen im Vorbeigehen.
Armana lag auf dem Sofa, sie wirkte sehr bleich, doch das war für eine Vampirin nicht ungewöhnlich, auch wenn sie jetzt ein Kondor war. Alica setzte sich zu ihr, und auch Kathrina kam nah heran. Armana hob mühsam die Augen: „Hey, geht's dir gut?"
„Das frage ich dich, was ist los?"
„Ich bin nur etwas erschöpft vom Kampf."
„Du bist Vampirin, so schnell erschöpft euch doch nichts!"
Armana begann, strahlend zu lächeln. „Ja, aber tragende Vampirinnen werden immer schnell müde."
Kathrina und Alica sahen sich verdutzt an, doch als der Groschen fiel, packten sie sich an den Händen und sprangen aufgeregt um Armana herum.
„Wie lange weißt du es schon? Schön, dann hat der kleine Prinz einen Spielgefährten."
Armana lächelte müde, aber glücklich. „Ich weiß es seit vorhin, ich war so müde, dass ich Greg gebeten habe, mich zu untersuchen, da hat er es festgestellt. Der Fötus ist zehn Tage alt, also einen Tag älter als deiner."
„Ist alles gut?"

„Soweit man das jetzt schon sagen kann, ja."
Sie sprachen noch eine ganze Weile miteinander, über den Kampf und die Babys, über ihr neues Leben und Anastasia. Sie freuten sich darauf, sie in ihrer Mitte begrüßen zu dürfen, denn keine von ihnen glaubte daran, dass sie eine Chance gegen Tynan haben würde. Es war nur eine Frage der Zeit, bis sie auch hier ankam.
Kathrina sprach darüber, eine Kondor zu werden und das, sie noch etwas Zeit bräuchte, was sie alle verstanden. Sie bemerkten nicht, wie schnell die Nacht voranschritt und sahen erfreut auf, als ihre drei Gefährten den Raum betraten. Gregor setzte sich zu Armana und strich ihr sanft die Haare aus dem Gesicht, Alexander trat zu Kathrina und hob sie in die Arme. Sie lächelte in die Runde, als er sich mit ihr dematerialisierte. Lesley blieb stehen und umfing Alica mit liebevollen Blicken, doch er wollte, dass sie zu ihm kam und seine Hand nahm. Alica brauchte keine Zeit zum Überlegen. Vertrauensvoll schmiegte sie sich in seine Arme. Ihr Blick streifte den von König Gregor, er sah sehr glücklich aus. Sie drückte sich fester an Lesley und schauerte bei dem Gedanken an das Zwischenspiel vor fünf Tagen. Gregor sah, wie ihre Wangen sich röteten, auch er dachte an diese Episode zurück und grinste sie schuldbewusst an. Alica schenkte ihm ein beruhigendes Lächeln, die Sache war vorbei, und mit Glück würde nie mehr so etwas passieren. Lesley zog sie besitzergreifend noch fester an sich, als er sie beide in ihr Zimmer materialisierte.
„Ich liebe dich! Du bist ein Alptraum, der mir graue Haare wachsen lässt, du bist eine Hexe, die überall ihren Giftstachel reinsteckt, doch ich liebe dich und werde dich nie wieder loslassen."

Das Brennen in ihrem Herzen verriet, was er meinte.
Der Teil seines Herzen, der mit ihrem verschmolzen war, schloss ihr Herz mit Wärme ein. Sie legte ihre Hand auf seine Brust, wo ihr Herz auch schlug und streichelte ihn.
„Ich liebe dich auch, mein Krieger, und werde dich nie mehr loslassen."
Alica sank in seine Arme und ließ sich von ihm in den Himmel führen in dem Wissen, dass es noch tausende Jahre so sein würde. Tausende Himmel zusammen.

Ende

Danksagung

Es gibt fünf Damen, denen ich danken will. Meiner Tritt-in-den-Hintern-Alex, meiner Patentante, die das Ganze auch lesen musste und es nicht ganz so schlecht fand, meiner Komma-in-Punkt-Verwandler-Queen Vali und auch der tollen Künstlerin Debbi, die ein Cover nach meinem Geschmack für mich gezeichnet hat und der Lieben Jana, die sich mit der Korrektur rumschlagen musste.
Mädels, danke, ohne euch wäre das Buch nicht das, was es geworden ist.